读客®

读客悬疑文库

认准读客读悬疑，本本都是大师级。

读客悬疑文库

黑暗之家

［日］贵志祐介 著　　曹逸冰 译

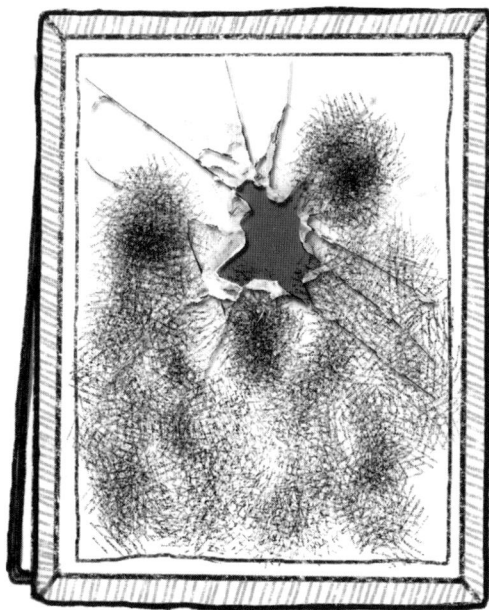

海南出版社
·海口·

中文版权 ©2023 读客文化股份有限公司

经授权，读客文化股份有限公司拥有本书的中文（简体）版权

版权所有，不得翻印

图字：30-2023-050

图书在版编目（ＣＩＰ）数据

　　黑暗之家 / （日）贵志祐介著；曹逸冰译 . —— 海口：海南出版社，2023. 10（2024. 10 重印）.

　　（读客悬疑文库 / 读客文化）

　　ISBN 978-7-5730-1284-5

　　Ⅰ . ①黑… Ⅱ . ①贵… ②曹… Ⅲ . ①推理小说 – 日本 – 现代 Ⅳ . ① I313.45

　　中国国家版本馆 CIP 数据核字 (2023) 第 161466 号

黑暗之家
HEIAN ZHI JIA

作　　者	［日］贵志祐介
译　　者	曹逸冰
责任编辑	徐雁晖　宋佳明　王滨涛　孙舒雅
特约编辑	齐海霞　宋　琰
封面设计	于　欣　朱雪荣
印刷装订	三河市龙大印装有限公司
策　　划	读客文化
版　　权	读客文化
出版发行	海南出版社
地　　址	海口市金盘开发区建设三横路2号
邮　　编	570216
编辑电话	0898-66822026
网　　址	http://www.hncbs.cn
开　　本	890 毫米 × 1270 毫米　1/32
印　　张	9.5
字　　数	220 千
版　　次	2023 年 10 月第 1 版
印　　次	2024 年 10 月第 2 次印刷
书　　号	ISBN 978-7-5730-1284-5
定　　价	49.90 元

如有印刷、装订质量问题，请致电 010-87681002（免费更换，邮寄不付）

版权所有，侵权必究

黒い家

貴志祐介

1

1996年4月8日（星期一）

若槻慎二暂时放松了下握着蓝铅笔的手，微微伸了个懒腰。

收起的百叶窗放任阳光洒入总务室的东窗，在办公桌上汇成一片小小的光池。笔盘中的圆珠笔与图章，还有用于核查文件印迹真伪的放大镜、两脚规等用具，都缀着闪闪发亮的细微光粒。

放眼窗外，京都碧空如洗，似用画笔晕开的长尾薄云随处可见。

清晨的空气舒爽宜人。他深吸一口气，便继续核查起了在桌上堆积成山的身故理赔申请材料。

四十八岁的木匠因吐血住院，被诊断为胃癌；六十岁的企业高管在打高尔夫球时突然晕倒，一查才知道长了脑瘤；今年刚办完成人礼的大学生因驾车兜风时速度过快，来不及转弯，一头撞上电线杆……

摆在若槻面前的，是一个个素未谋面之人的死亡信息。一大早就干这种差事，心情自然美不起来。

入职后，他在总部的外国债券投资课一待就是五年。那段时间，他一门心思研究宏观经济，满脑子都是美国的长期利率、汇率行情什么的，以至于全无入职人寿保险公司的实感，只是隐约觉得自己成了金融机构的一分子。然而在去年春天，他被调到京都分部，负责身故理赔的审核工作，这才切身体会到，自己进了一家与他人的生死打交道的公司。

"今天又死了这么多啊！"邻桌的葛西好夫副长瞥了一眼若槻的桌面，开口搭话。

"明明都开春了，作孽啊！"

这么说起来，申请件数确实多得反常。据统计，一年中死者最多的就是冬季，因为身体虚弱的老人与病人往往熬不过严寒。

这个季节冒出来这么多身故理赔申请，应该另有原因。若槻翻了翻眼前的那叠文件，保险受益人填写的身故理赔申请单后面会附上医生开具的死亡证明、交通事故证明、户籍誊本等材料，谜底很快便揭晓了。

"哦……这批是之前左京区那起火灾的。"

大约三周前，一栋木结构房屋毁于大火，全家五口无一生还。十五份身故理赔申请被一并提交上来，难怪数量反常。其中储蓄型的五年期养老保险占了大头。

若槻不由得想象，那些逝者八成是不好意思拒绝他人的老好人。只要销售代表殷切恳求，说自己要完不成指标了，他们便拉不下脸来拒绝，于是买了一份又一份保险。日本的人寿保险参保率之所以能领跑全球，这类人功不可没。

"那是起纵火案吧？查出是谁干的没有？"

"还没，但受益人与案件有牵扯的可能性很低，所以我觉得正常赔付应该没什么问题。"

"真要命……要我说啊，为了找乐子跑去别人家放火的家伙都该判死刑。"葛西嘟囔道。

只见他卷起衬衫袖子，露出相扑力士般壮实的胳膊，还时不时用手帕擦拭额头上的汗珠。葛西的身高大约一米七五，体重却不止一百二十公斤，这样的身躯散发的热量自是远胜常人。明明是早春时节，而且还是上午，他身上的蓝色3L码衬衫却已被后背与腋下渗出的汗液染成了深蓝色。

电话响了。葛西立刻拿起听筒，按下闪烁的按钮。他是在以身作则，用行动无声地教导在场的女职员"电话一响就得接"。

"感谢您的耐心等待！昭和人寿保险公司京都分部为您服务！"葛西无比明快的男高音响彻办公室。

"若槻主任，麻烦您过目。"

入职第五年的资深女职员坂上弘美将一沓已完成初审的住院津贴申请材料放在桌上。用颜色分门别类的文件早已在桌面堆积成山，满期理赔的，发放长寿礼金与年金的，保单质押贷款的，退保的，印鉴登记的，变更投保人或受益人的，订正地址、出生日期等合同细节的（甚至有订正家庭成员的关系与性别的），重新签发保险单的……

都说人寿保险公司干活儿全靠人和纸，这话一点儿都不夸张，文件的种类也非常多。一刻都磨蹭不得，若槻麻利地核查起来。除去火灾造成的一系列身故理赔，久病辞世的情况占了绝大多数，查不出什么像样的问题。谁知胜利近在眼前时，还是卡了壳。

那是一份保额一千万日元的终身寿险保单。投保已满二十年，照理说出不了问题，但值得注意的是，"死亡证明"这四个字用两道线划去了，改成了"尸检报告"。两者的区别在于，死者有没有在死前二十四小时内接受过法医的诊治。如果提交上来的是"尸检报告"，那就意味着法医自始至终就只见过尸体，因此可能无法百分之百断定死因。

若槻逐项查看起来。

①姓名：田中里

②出生日期：1922年4月21日

若槻心算一番。她若还活着，再过两星期不到就满七十四岁了。

③地址：京都府城阳市久世……

④死亡分类：外因致死（自杀）

至此并无明显异常。这一年多来，他每天都要查看各种死亡证明，久而久之便对本国人的死因有了模糊的认识。

最常见的死因显然是恶性新生物（癌症），其次是心脑血管疾病、肝病等重疾。

事实上，自杀也不过是极其常见的死因之一。自1975年以来，日本每年的自杀总人数基本持平，在两万两千人至两万五千人之间浮动，比每年死于交通事故的人数高出一倍有余。

若槻负责审核的不过是京都府辖区内的昭和人寿保单。但即便如此，他每周几乎都会碰上一两起这种案例。近年来，老人家自我了断的情况更是屡见不鲜。

他杀则不然，至少在京都府这边难得一见，昭和人寿一年能不能碰上一起都难讲。这也许能从侧面证明，日本的治安状况虽说正在迅速恶化，但好歹比外国强些。

⑫死因：非典型缢死

看到"⑬外因致死的补充事项"时，若槻的蓝铅笔停了下来。这一栏分明地写着"系绳于七十厘米高的五斗橱把手，自缢而死"。

死亡证明上本没有记录体格的空栏，医生却特意添了一笔，说过世的老太太身高一米四五。系绳处的高度还不及身高的一半，怎么可能吊死人呢？

若槻拿起那沓文件，观察仍在通话的葛西。看样子，像是客户打来的投诉电话。由于若槻和葛西是京都分部仅有的两个主管保单保全[1]的领导，他也没法找别人商量。

寿险公司分部的日常业务可分为两大板块，即新单与保全。顾名思义，新单业务就是客户购买新保险时所需的各项签约手续。保全业务则泛指针对已签订保单的售后服务。由于后者涉及理赔，与金钱的流转直接挂钩，所以常会牵扯到纠纷与罪案。

葛西1975年从大阪市的一所私立高中毕业，入职昭和人寿。他凭借强韧的身体素质与心理素质深得公司赏识，多年来深耕保全业务，可谓经验丰富。想当年，他被牵扯进了北海道某分部的一起住院津贴纠纷，被人扔进黑帮办事处关了一天一夜，在公司内一度传为佳话。

客户每说一句话，葛西都要夸张地附和两句。不一会儿，他便发出了爽朗的笑声，听着让人颇感舒畅。看来没出什么大不了的事。其实客户投诉大多起因于销售与行政职员的解释不够到位，只要耐心听客户倾诉，往往可以圆满解决。

---

[1] 保单保全指投保生效后，保险公司为了满足用户不断变化的需求，也为了维持保单的持续有效而提供的各种售后服务，但中日两国保全业务的具体内容略有不同。——译者注（书中注释如无特别说明，均为译者注）

"葛西副长……"

眼见葛西要撂下听筒，若槻正欲起身上前，却突然听见一声来自正面柜台的怒骂。

"你们眼里还有没有客户了！"

若槻吓了一跳，侧目望去，只见一个五十出头、长相穷酸的男人双腿开立，用一双猴子似的凹陷圆眼瞪着柜台的女职员。花白的头发倒竖着，身上竟还穿着皱巴巴的条纹睡衣。不难想象，他就是顶着这身打扮出了家门，坐公交车一路杀了过来。

又是他……若槻不胜其烦。那人姓荒木，动不动就跑来分部的窗口，拿些鸡毛蒜皮的小事刁难职员，许是闲着没事干，也可能是把这当成了一项兴趣爱好，都不知道他有没有正经工作。无论他多么高高在上地对职员大吼大叫，保险公司都得小心哄着。他对这种感觉上了瘾，用这种形式暗中发泄平日里被社会边缘化的积愤。

柜台前的客户，还有坐在后方的沙发上等待叫号的客户纷纷皱起眉头，显得颇为不悦。

荒木旁边坐着一个满头白发、戴着银边眼镜的男人，看着像小公司的老板。入职第二年的田村真弓指着一份保单向他解释着什么。摆在他们面前的，好像是保单质押贷款的文件。看样子，她似乎在说对方带来的印章的印迹与保单上的印迹不符。那人听得心不在焉，眼睛打量着一旁的荒木。片刻后，他便把保单塞回小拎包，匆忙起身离去。

若槻看在眼里，觉得此人的举止有种难以名状的不对劲。

"你们可别小看我！你们当我是谁啊！"荒木继续咆哮。

接待他的好像是刚入职不久的川端智子。她不明白眼前的客人为什么要吼她，一脸的不知所措。

保全业务的主管也是窗口的负责人，因此窗口一旦闹出纠纷，若槻与葛西之一必须出面应对。

正要起身，若槻却犹豫起来。"又要费时费力应付那种人了吗？"这个念头掠过了他的脑海。

就在若槻保持弯腰欠身的姿势时，葛西起身拍了拍他的肩膀，快步走向柜台。

"非常抱歉，我们有哪里做得不到位的您尽管说！"声音一如既往地欢快爽朗。他扭头面朝柜台内侧，悄悄用眼神安慰川端智子，放她回了自己的工位。

荒木傲气十足地坐在椅子上，踩着凉拖，跷起二郎腿，露出脏兮兮的小腿肚，数落女职员有多欠管教什么的，那嗓音像极了还没到变声期的孩子。葛西则专注倾听，绝不顶嘴，适时附和两声。

若槻缓缓坐回原处，内心很是尴尬，只觉得葛西看透了自己心中的犹豫。

就在这时，电话响了。坂上弘美拿起听筒，只见她低声应了几下"好的""是的"，便按下了保留键，径直走向若槻。

一看到坂上弘美的神情，若槻便有种不祥的预感。因为她平时几乎面不改色，此刻眼角却透着淡淡的紧张。再者，她本可以通过内线转送功能将电话转给他，却偏要起身过来，可见此事非同小可。

"若槻主任，有客户来电咨询……"

"碰上什么难题了？"

坂上弘美有五年的窗口业务经验，甚至比若槻更了解保险方面的知识。如果是司空见惯的问题，她肯定答得上来。

"她问……自杀赔不赔……"

寿险公司经常接到这样的电话。然而，看坂上弘美的神色，她似乎并不认为这只是一通恶作剧电话。

"知道了，我来接。"

见若槻点头，坂上弘美露出松了口气的表情，走回自己的工位。分部的女职员都能规规矩矩地履行日常职责，完成领导布置的任务，却总是避免做出在某种意义上伴有责任的决定。因为公司对她们耳提面命，要求她们遇到这种情况时先请示上级领导，于是若槻等人身负重压便成了必然的结果。但他们的工资毕竟要比女职员高出许多，多担责倒也是理所当然。

若槻从办公桌的抽屉里取出一份内部机密文件——昭和人寿保险合同的条款说明手册。当然，对方提出的问题本身并不艰深，任何一个寿险公司的员工都能当场答复。只不过，回答时的用词遣句需要格外谨慎。

"您好，感谢您的耐心等待。敝姓若槻，是负责窗口业务的主任。"

清嗓子似的微弱响声自听筒传来，咨询者却是一言不发。听着像是女人。

"请问您具体想询问什么问题呢？"

"刚才不是都说了……"对方嗓音沙哑，音量也压得很低，听不分明，给人相当紧张的印象。

"如果是自杀，保险公司赔不赔钱？"

"这就为您查询。冒昧问一下……是有哪位亲属身故了吗？"

对方沉默不语。清嗓子的声音再次传来。

"如果您手上有保单的话，只需报出上面的编号，就能立即为您查询了。"若槻又问了一遍。

停顿许久后，对方终于开口道："没单子就不知道吗？"

"是的，因为有些情况可以赔付，有些情况却不行。"

"什么情况不赔？"

"这……"若槻已是一拖再拖，对方都明确问出来了，也没法避而不答，"是这样的，保险合同有一年的自杀免责期限。"

"免责？"

"就是无法赔付的意思。"

"为什么啊？"

"《商法》中有规定，自杀属于全面免责的情况，但在保险条款中是以一年为限的。"

"我问的就是为什么这么规定？"对方的声音带了几分烦躁。

"呃……这么规定主要是基于'人寿保险不应助长自杀'这一观点……"

对方再次陷入沉默。

对寿险公司而言，自杀免责条款也是个令人头疼的问题。

根据保单条款的规定，投保人或受益人故意造成被保险人死亡属于免责事由，保险公司无须赔付。同理，被保险人造成被保险人自己死亡，也就是自杀，应该也属于不予赔付的情况。

再者，如果保险公司连自杀都赔，那就有可能酿成鼓励自杀的结果。蓄意自杀者纷纷在动手前投保，即所谓的逆选择[1]问题也会严重影响寿险公司的收益。

《商法》第680条也有明确规定，"自杀、决斗及其他犯罪行为或处决"都属于免责事由，无须赔付。

---

1 逆选择是指投保人在已经出现风险的时候，再向保险公司投保，以获取赔偿的行为。

然而，站在投保人的角度看，"被保险人可能在未来自杀"的风险与"被保险人可能死于交通事故或疾病"的风险在本质上并无不同。即便此人在签约时全无自杀的念头，日后也完全有可能因精神问题等原因突然走上绝路。

一家没了顶梁柱，遗属就会立即陷入生活困窘的境地。可若仅仅因为死者是自杀就拒绝赔付，那就违背了建立人寿保险制度的初衷，即保障遗属的生活。

生命表[1]是计算人寿保险费率的基础，而自杀导致的死亡本就被纳入了生命表的死亡率中，而且占比相当大，大到不容忽视的地步。因此也有人指出，若将这类情况排除在外，就意味着保险公司能在非分红型保险等领域获得暴利。

面对上述原因造成的两难局面，目前日本的人寿保险公司仅将投保后的第一年设定为免责期。毕竟，一个普通人的求死之念是很难维持一年之久的，哪怕此人投保时确实蓄意自杀。不过直至今日，仍有不少人对一年免责期的合理性提出疑问。

"手头没有保单也不要紧，只需提供客户的姓名和出生日期，就能立刻查询到能否赔付了……"

若槻唯一能做的，就是假装相信自杀已经发生了，想办法打听出当事人的名字。

对方缄默不语，但能听到微弱的呼吸声，显得很是困惑。若槻仿佛能通过听筒清楚地感受到对方的紧张。

怎么办？他握着听筒的手渗出了汗。毋庸置疑，对方显然是真

1　生命表又称死亡表或死亡率表，是反映同一时期出生的一批人从出生到陆续死亡的全部过程的统计表，能反映一个国家或地区的人口生存死亡规律。

动了自杀的念头。

当然，即使对方在挂断电话后立即跳窗，若槻也无须承担任何法律与道德层面的责任。客户来电咨询，他照章回答，仅此而已。基于主观判断拒不回答，反倒违背了公司的规定。

然而，若槻觉得自己不能就此坐视不理。

对方都打电话来了，想必确实是想打听一下自杀免责的事情。但她会不会是下意识地，想在实际动手之前找个人求救？

他要如何劝阻，才能让一个钻牛角尖、企图自杀的人回心转意？

对方叹了口气。

若槻感到她要挂电话了，急忙开口："对不起！请您稍等一下，先别挂！"

"啊？"

"您能再听我说两句吗？就当是我多管闲事……"

"还有什么好说的？"对方满腹狐疑。

"如果我猜错了，还请多多包涵。恕我冒昧……您是不是动了自杀的念头？"

蠢货！瞎说什么呢！若槻对自己脱口而出的话感到愕然。保险公司管这种闲事做什么，说错一句话，都有可能被扣上诽谤的帽子。

对方却闭口不语。如果企图自杀仅仅是若槻的误会，对方必然会勃然大怒，至少也要骂上一句。电话那头传来的却是沉默。这就意味着……

"如果真是这样，还请您三思啊。"

耳边仍是沉默。但不知何故，若槻觉得对方似乎在听。于是他暗下决心道："您别怪我多事……自杀确实能让您的家人得到赔付，但您的离去，会对活着的家人造成毕生难以磨灭的心灵创伤。"

若槻环顾四周。荒木仍在柜台前瞎嚷嚷，吸引了总务室所有人的注意力。现在说这些，应该不会被人听见，遭到指责。

"我不是以保险公司负责人的身份跟您说这些的。我亲身经历过家人的自杀，所以才想劝劝您。"若槻也没想到，自己正在向一个素未谋面的陌生人坦白一段从未跟人提起过的往事。

"出事的是谁啊？"对方的语气似乎略有变化。

"是我哥哥。当时他上六年级，我上四年级。"尘封多年的情绪涌上心头。

"……怎么会？"

"不知道。他好像在学校受了欺负，但校方拒不承认。"

对方重归沉默，若有所思。片刻后，她微微叹了口气，问道："你叫什么？"

"弊姓若槻。"

"若槻先生，你干这行好些年了？"

"不，才一年多。"

"哦。"在数秒的停顿后，对方用沙哑的声音嘟囔了一声"谢谢"，随即挂了电话。

若槻一边撂下听筒，一边思索自己这么做是否妥当。兴奋仍未平息，血液奔流于全身，耳朵烫如火烧。

他当然不认为自己刚才的那番话足以让一个想寻短见的人回心转意。即便如此，鼓起勇气说出来试试总归是好的吧。他感觉在对话临近尾声时，双方似乎实现了那么一丝丝的相互理解。

柜台那边似乎也有了进展，葛西总算是哄住了荒木。自动玻璃门开启，荒木转身离去的背影映入眼帘，他的身子如骷髅般瘦弱，睡衣的背部和腰部都起了皱。

该不该向葛西汇报刚才那通电话的内容？若槻踌躇不定。

他思索片刻后，还是决定不说了。毕竟刚才那些话超出了正常的职责范围，是他多管闲事，告诉葛西未免尴尬。而且事到如今，公司这边也没什么可做的了。毕竟，他们没办法查出电话是谁打来的。

就看当事人还有没有活下去的意愿了。不过若槻也告诉自己，近期审核身故赔付申请的时候还是多留意些为好。

"葛西副长，您有空吗？"葛西刚回工位，若槻便见缝插针，拿着刚才那份身故赔付申请材料找了过去。

"有啊，怎么了？"

"您看看这份申请，是不是有点儿问题啊？"

"嗯？你指哪部分？"

若槻兴冲冲地指着"死亡手段及情况"一栏，问身高一米四五的老太太把绳子系在只有七十厘米高的五斗橱把手上勒死了自己是否有违常理。

"嚯——"葛西悠然打量着面前的死亡证明，似乎并没有产生多大的兴趣。

"哎呀，这倒是常有的事。"

若槻原以为这是一起谋杀案，听到这话顿时就泄了气。

"您说这是……常有的事？"

"上吊又不一定非得在高处。真要算起来，把绳子系在低于自己身高的地方反而是更常见的情况。我在仙台分部那会儿，就有位被诊断出阿尔茨海默病的老太太因为痛苦难耐吊死了自己。她就是把睡袍的系绳拴在了病房床头的铁管上，然后从床上滑了下来。那铁管也就四五十厘米高吧。"

"哦……"

"你要实在放心不下，不如派站长去辖区警署问问。确定没有疑点，你也就不用纠结了。"

"好的。"若槻知道葛西这么提议是不想伤他的自尊。他苦笑着接过材料，心中五味杂陈，既有放心，又有沮丧。

当天下午，真正的麻烦找上门来。

"若槻主任……"

若槻抬头望去，只见坂上弘美与田村真弓站在跟前。田村已是花容失色，感觉下一秒就要哭出来了。

"怎么了？"

"那位客人说，都怪我们，他的支票才会被拒付……要我们赔他五千万。"坂上弘美一脸的不知所措。

若槻望向柜台。坐在椅子上的男人看着很是眼熟。白发加银边眼镜……正是今天早上荒木闹事时坐在一旁的小公司老板。当时他便觉得这人的神色不太对劲，只是被荒木分散了注意力，没有多想。

此刻细细观察，就更觉得此人全无生气了，完全不像会亲自杀来窗口谈判的角色，而且还有些心不在焉。

他身后则站着个捧着胳膊的男人，四十五六岁，身材微胖，却不失壮实，顶着一张宽大的红脸膛，一双小眼好似弹珠，眼神凶狠。明明穿着西装，打着领带，却散发着全然不同于寻常工薪族的气场。

"怎么就怪到我们头上了？"

"因为那位矢田部先生……今天早上来申请过保单质押贷款。"

坂上弘美递来一份电脑输出的试算表。根据表单上的信息，这位满头白发、老板模样的客户名叫矢田部政宏。他购买了储蓄型保险和个人养老年金保险，所以可以将保单质押给保险公司，获得总额不超过一千六百四十万日元的贷款。

"于是我就给他办了手续。结果在核验资料时，我发现他带来的印章的印迹和保单上的印迹不一样。字形倒是完全一致的，大概是同一批刻的两枚印章。"

田村真弓将攒了许久的透写纸和今天早上填写的保单质押贷款申请表放在若槻的办公桌上。保单的印迹被分毫不差地转录在透写纸上，两枚印章的字形确实一模一样，但申请表上的印迹的直径要大上两毫米左右。

"那对方当时是怎么说的？"

"他只说了句'那就没辙了'就走了。"田村真弓的声音轻得都快听不见了。

"谁知他刚才带着身后的那个人找了过来，说支票因为没拿到那笔贷款被拒付了，公司也破产了，开口就要我们赔他五千万……"坂上弘美用含着怒气的声音补充道。

每一步都是计划好的，若槻心想。矢田部故意带了另一枚印章过来，让职员指出印迹不符，再拍拍屁股走人。这些都是前期铺垫，好戏正要开演。

怕不是碰上黑社会了。若槻深吸一口气，试图让自己平静下来。午休刚结束，葛西便去下京站审计了。虽说离得不远，但在他回来之前，若槻只得独自应对。

松村佳奈从柜台小跑过来："呃……若槻主任，那边的顾客问，要让他等到什么时候……"

若槻不必看向柜台，也能感觉到站着的那位正瞪着这边。他是故意不与那人对视。

"那就带去第一会客室吧。"若槻如此吩咐松村佳奈，穿上挂在椅背上的西装，那感觉就像上战场前要身披铠甲。

"我去和他们谈。要是葛西副长回来了，就让他立刻来一趟。对了，记得备些饮料，知道该怎么弄吧？"

"知道。"坂上弘美点了点头，带着田村真弓回了工位。

走出总务室时，若槻只带了便签本和铅笔。他做了好几次深呼吸，走过铺着油毡的走廊，敲了敲第一会客室的门，随即推开。

"让二位久等了。"

壮汉转动粗壮的脖子，死死盯着若槻的脸，颧骨处微微发红，一副怒火中烧的样子。衬衫的衣领都快被撑爆了，看着都觉得喘不过气。

"可不是吗，等得黄花菜都凉了。希望你能给出点儿像样的回复，别让我们白等。"

一旁的矢田部垂头丧气，一言不发。若槻瞥了眼两人的神色，将两张名片放在桌上。

"敝姓若槻，是负责窗口业务的主任。这位是矢田部先生吧？请问您是哪位？"

壮汉鼻头皱起："我是老板手下的员工。我们公司被你们害得倒闭了，所以我陪老板来讨个公道。"

这是一个连若槻都能识破的谎言。无论从哪个角度看，这人都不像正经的上班族。而且他对矢田部这个老板的态度极其傲慢，全然没将他放在眼里。

敲门声响起，坂上弘美走了进来，手中的托盘上摆着三杯橙汁，来自开在同一栋楼里的咖啡馆。许是因为紧张过度，玻璃杯相互碰撞，发出叮叮当当的响声。坂上弘美小心翼翼地将结露的玻璃杯放在桌上，仿佛它们是一触即发的炸弹。完事后便鞠了一躬，转身离去。

昭和人寿有一本根据长年的工作经验总结而成的客户投诉应对指南，坂上弘美就是根据这本指南端来了橙汁。

指南称，绝不能用热饮招待正在气头上的客户，必须奉上果汁这样的冷饮，想方设法让对方喝上一口……

"大致的情况，刚才接待二位的女职员都跟我说了……"若槻请二人先喝些果汁，见壮汉喝了后才开口。

"哼，你们平时都是怎么培训女柜员的？嗯？"

是"职员"，而非"柜员"。若槻很想纠正，但还是忍住了。

"请问她们可有冒犯之处？"

"冒犯？岂止是冒犯……"壮汉从口袋里掏出烟叼上，摆出一副等若槻点烟的架势，若槻却故意装傻。壮汉凶神恶煞地瞪了若槻一眼，这才不情愿地掏出自己的打火机。

"喂！怎么没有烟灰缸啊！好歹要备一个吧？"壮汉吸了一口烟，低声咆哮，语气凶悍。

"不好意思。"若槻站起身，将会客室架子上的轻质铝烟灰缸放在桌上。

指南中指出，有可能用作凶器的东西绝对不能出现在柜台与会客室的桌子上，好比沉重的石烟灰缸。这个铝烟灰缸则不然，就算被职业棒球投手抡起来砸中，也不会伤得太重。

"你知不知道你们家的女柜员都干了些什么？"壮汉吞云吐雾，絮絮叨叨，"都怪你们，银行拒付支票，把我们公司折腾倒闭了。从明天起，员工和家属就要流落街头了。这么大的责任，你们准备怎么担？嗯？"

"是这样的，矢田部先生今天早上带来的印章的印迹与保单上的略有不同……"

"这还用你说！"壮汉高声打断，"这么点儿小问题，凭你的权限还搞不定吗？嗯？印章稍微有点儿不一样，也不妨碍办手续啊？我可没那么好忽悠！"

若槻心想：看来这人还挺懂的。

遇到这类情况时，只要客户能出示驾照或其他证件，证明他就是投保人，即便印迹略有差异，手续也是可以办的。人寿保险公司毕竟不是政府部门，做的是服务客户的生意，办事不能太死板。

"如果客户有什么不得已的难处，我们确实有可能特事特办，但矢田部先生当时并没有提……"

"岂有此理！怎么还怪起我们老板了？"壮汉气势汹汹地喊道，"还不是因为你们这里的女柜员没解释清楚吗？所以我们老板才会觉得这事没法通融了，只能死心走人！"

见对方露出昂然得意的表情，若槻暗道不妙。双方的讨论正逐渐偏向奇奇怪怪的方向，再这么下去，怕是正中对方的下怀。

敲门声响起。只见葛西道了句"打扰了"，拿着活页夹和笔走进会客室。

"搞什么啊，又来一个？就不能一起来吗！又要我从头讲起啊？"

"情况我都了解了。都怪我们窗口职员疏忽大意，给您添麻烦了。"葛西深鞠一躬。

见葛西长得人高马大，壮汉脸上闪过些许戒备，谁知葛西的态度比若槻还要谦卑，于是他便又得意忘形起来，滔滔不绝地提起了要求。

"所以，二十名员工的遣散费，还有今后的生活费，都得你们出。我是想要一个亿的，但这次就放你们一马，给个五千万算了。怎么样？昭和人寿保险可是大公司啊，总得给点儿像样的诚意吧？"

"非常抱歉，我们无法满足您的要求。"葛西轻描淡写道。

"什么？这话是什么意思？我们公司的支票被拒付，可都是被你们害的啊！"壮汉拍案怒骂。

"办理保单质押贷款需要携带与保单的印迹吻合的印章，或提供相应的印鉴证明。因此，窗口职员要求矢田部先生带同一枚印章来并没有错。"

"你当我傻啊！我知道章不对也是能办手续的！"

"就算真有过您说的情况，那也是例外。原则上还是需要携带与保单印迹吻合的印章的。"

壮汉一连吼了十多分钟，葛西则坚守"不畏惧、不失礼"的原则，态度平和，却拒不接受。

过了一会儿，只见那壮汉傲气十足地靠上椅背，喝了口已然温热的橙汁，许是吼累了。就在这时，电话铃声响起。若槻下意识望向会客室的电话，但那并非铃声的源头。

壮汉装模作样地从西装内袋掏出一部手机，大声讲起了电话，那叫一个旁若无人。

"哦，您好您好，好久不见。是呀，大哥生意怎么样？那敢情好。这里管得紧，日子那叫一个难过啊。啊？现在？我正好在外面办点儿闲事。对，嘿嘿，那我一会儿就过去坐坐。替小弟跟东家带个好……"

壮汉刻意抬高音量，显然是为了让若槻他们猜出自己有黑道背景。若槻心想，大概是暴力团新法[1]施行后，这群人就没法公开提及帮派的名字吓唬人了，所以才用这么拐弯抹角的法子。

若槻将目光投向默默坐在一旁的矢田部。他看起来身心俱疲，似乎对眼前发生的一切全无兴趣。

打完电话，壮汉又跟他们耗了半个多小时，最后撂下一句"改天再来"，总算是打道回府了。

"那人真是黑帮的吗？"

自称员工的壮汉带着空壳一般的老板矢田部坐电梯离开后，若槻问葛西道。

"不，他应该不是真的黑帮混混，也不属于黑帮旗下的掩护机构，"葛西摇头道，"刚才那通电话演得真够假的，真黑帮可不会用这么露骨的法子。那个姓矢田部的大叔开的公司大概是真的快倒闭了。我看啊，陪他来的那位八成是债主。"

矢田部本人确实不像奸邪狡诈之徒。若槻不由得想，他也许是因为公司业绩长期低迷，现金流出了问题，才摊上了这么个要命的债主。到头来，公司被逼破产不说，还落得个被人敲骨吸髓的下场。

1　这里的暴力团新法指1992年施行的《暴力团对策法》。

"瞧瞧。"葛西打开手上的活页夹,拆下一份矢田部的保单质押贷款记录,用手背敲了敲。

"贷款余额一度逼近上限,说明矢田部的资金周转出了很大的问题。结果上个星期,他突然把钱都还清了。"

若槻对自己的粗心大意懊恼不已。他愣是没想到要查一查矢田部过往的贷款记录。

"可他们不会是专门为了干这种事,才特意筹钱还清了贷款吧?"

"像他们这样专门杀来窗口闹事是很常见的伎俩。再说了,只要矢田部退保,那些钱随时都能拿回来,碰碰运气也没什么损失。说白了就是设了个套,盼着我们在应对时出什么差错,让他们抓到把柄。"

"您说他们还会来吗?"

"哎呀,就算他们还来,最多也就闹个两三次。见我们这边没戏,他们很快就会撤了。等着瞧吧,下周结束之前,肯定会全额退保的。"葛西用鼻孔哼了一声。

若槻突然想到了一种可能性。

矢田部买的保险恰好都是偏储蓄型的。换句话说,退保或到期时能拿到的钱,和投保人身故时得到的赔付相差不大。这要是换成保障型保险,身故赔付设定得非常高,退保却拿不到几个钱,"杀害矢田部,将赔款占为己有"定会是一种难以抗拒的诱惑。

回神望去,葛西快步穿过走廊的背影映入眼帘,若槻急忙追了上去。

2

在北区紫野的今宫神社内，汉子们身着绯红大袖礼服与白色袴裤，扮成红发恶鬼与黑发恶鬼，敲锣打鼓，东跑西颠，舞姿雄壮。

"最后那句唱的是什么呀？"黑泽惠问的是伴唱者的唱词，乍一听好似咒语。

"花儿安息吧，"若槻一边回答，一边连续按动小相机的快门，"旅游指南上写着，从前每到这个季节，就是花粉飞散的时候，疫病都会大肆流行，于是各地纷纷举办镇花祭，以驱赶瘟神，久而久之就成了传统。"

"花儿安息吧……我在京都住了这么多年，却不知道还有这样的祭典。难怪镇花祭的别名叫安息祭。不过办都办了，能不能顺便帮我求个花粉症早日痊愈啊……"

阿惠用手帕捂着鼻子，打了个响亮的喷嚏。

若槻不禁想起了与阿惠的初遇。那时他还在上大学，加入了一个志愿者社团，阿惠则是后加入的学妹。她个子不高，身材苗条，有一头日本娃娃似的乌发，肤色白皙，让人过目不忘。可能因为太紧张了，她给人的第一印象有些沉默寡言。不过后来有人为活跃气氛开了个无聊的玩笑，逗得她莞尔一笑。就是这一笑，深深印入了他的心底。

社团活动的内容包括慰问京都府内的养老院、帮智障人士工作站组织文娱活动等，每逢年底还要前往大阪西成区的爱邻地区，为流浪者送饭。

若槻对社会福利与志愿者活动本没有特别大的兴趣。和大多数成员一样，他是入学典礼后不久被强拉进来的，就这么稀里糊涂成了社员。阿惠却是极少数打从一开始就自愿入社的成员之一。

她好像是一见到弱势群体和受苦受难的人，就会不由自主地、发自心底地共情。

记得某年除夕夜，她救助了一位因为大冷天睡在街上而感染肺炎的老人，把人送去了急救医院。老人似乎有什么苦衷，不得不背井离乡。虽然沦落成了流浪汉，却没有因此变得低三下四，自暴自弃。他衣着整洁，齐胸的白须也打理得干干净净。奈何年事已高，他没能找到工作，整整一个星期没吃上东西。

阿惠听老人讲述过往，一双明眸噙满泪水。若槻将这一切看在眼里，感到自己对她越发着迷。

最终，若槻的低调攻势开花结果，两人开始单独约会。所幸京都拥有一千六百多座古寺名刹，名胜古迹数不胜数。稍微走远些，便能遍览岚山与大原的自然风光。小情侣不愁没地方去，而且花不了几个钱。

若槻毕业后入职了东京的人寿保险公司，两人便谈起了异地恋。见面的机会确实少了，但他们的关系并未就此渐渐疏远，至今如初。

他们都不是性格精明的人，没有随便换人或脚踏两条船的本事。而且没法经常见面，反而有助于他们维持新鲜感。

后来，阿惠留在母校读研深造，若槻则在去年碰巧被调来了京都分部。起初还以为每周末都能约会，谁知若槻的忙碌程度远超预期，以至于最近每月能见上一两次就不错了。

"这么说起来，祇园祭的起源不也是驱赶疱疮神吗？现代人瞧着热闹，殊不知这些庆典活动的起点往往是对疫病与死亡的恐惧。"

"嗯，在那个没有特效药的年代，人们对天花和黑死病的恐惧，恐怕比现代人对艾滋病和埃博拉出血热的恐惧要强烈得多。毕竟整座村子无一生还，在当年也不是什么稀罕事。"

两人离开神社，漫步闲逛。春日和煦，好不舒服。

"不过当年要是有你这种负责审核身故赔付的人，那可就要累死了。五百人份的材料往你桌上一放，说'昨天有个村子闹了天花，人都死绝了'……"

"受益人也都死了，哪还有人申请啊。"若槻淡淡地回答。

对话停顿片刻。再走两步，便是从大德寺墓地边上穿过的小路。

"哦……"阿惠一边哼哼，一边意味深长地打量着他的脸。

"干吗？"

"看来你不太喜欢现在这份工作呀？"

"这话从何说起啊？"

"因为就算聊到了工作，你好像也不太乐意开口。你以前可不是这样的。"

"是吗？"

"是啊。我去东京找你的时候，你张口闭口都是欧元市场、LIBOR的日本溢价、美国财政部发行的国债……我听得云里雾里，可你说得不要太起劲哦。"

"有吗？我倒记不清了，"若槻嘴上装傻，内心却有种被戳到痛处的感觉，"哎呀，分部的保全工作就那么回事，也没啥好聊的。"

"因为这算后台业务？"

"不，恰恰相反，"若槻摇了摇头，"向客户支付赔款，就是保险公司存在的意义。甚至可以说，保险公司的每个部门都是为了这个终极目的存在的。从这个角度看，我在东京做的资产运营工作反而偏后台业务。"

"但你心底里并不是这么想的吧？"

"嗯……呃，我当然是这么想的。"

两人走入大德寺院内，若槻的爱车就停在这里。那是一辆普普通通的简约款摩托车，雅马哈SR125。这辆车原来的主人是京都分部的销售，比若槻入职更晚。他调任别处的时候，便将车低价处理给了若槻。为避免运动不足，若槻平时上下班都骑山地车，周末出行则靠SR125。

"还不到两点啊，有点儿尴尬。离吃晚饭还有段时间……接下来去哪儿？"

"我有点儿累了。"

"那找家咖啡馆坐坐？"

"嗯……要不去你家吧？都好久没去了。"

家中的一片凌乱景象浮现在若槻眼前。

"倒是可以，可我更想去你家参观参观。"

"不行啊。你又不是不知道，我租的那地方说是公寓，其实跟房东家的别院差不多，规定只有父母等直系亲属、女性朋友和猫才能进门。"

"那就没辙了，只能请稀客屈尊移驾寒舍喽！"

若槻一边戴头盔，一边夸张地叹气，心情却很是雀跃。他将专为阿惠买的粉红色头盔递过去，跨上摩托车。

阿惠坐在身后，紧紧搂住他的腰。

若槻插入钥匙，按键点火。发动机立时启动，摩托车沿北大路向东驶去。

"说回刚才那个话题……"

若槻家所在的公寓位于御池大街以北不远处。电梯口挂着"例行检查中"字样的牌子，真不凑巧。无奈之下，两人只得爬楼梯上七楼。爬到半路，阿惠突然来了这么一句。

"哪个话题？"

"你不是不喜欢现在的工作嘛。"

"这话是你说的，我可没说过。"

"我这一路上都在琢磨你为什么不喜欢……"

总算爬到了六楼和七楼之间的楼梯平台，若槻深刻感觉到，由于平时缺乏锻炼，下肢力量是越来越弱了。

即便如此，他还是一鼓作气冲过了最后几级阶梯，想在阿惠面前耍耍威风。

"哎，别跑呀。"

若槻家是705室，楼梯口数过去的第五间。周日下午的公寓楼里冷冷清清，插钥匙开锁时，金属发出的沉重响声在整栋楼里回响不止。

"怎么跟恶魔岛监狱似的……"从后面追来的阿惠嘟囔道。

"不好意思哦，只能委屈你来单人牢房坐坐了。"

被推开的铁门嘎吱作响，确实能让人联想到监狱。若槻将阿惠请进屋里。

这是套一室一厅的房子，约六叠[1]大的餐厅兼厨房，同样是六叠左右的起居室兼卧室，外加浴室和厕所。虽然狭小，但靠近京都市中心，地段方便，而且是公司租下的员工宿舍，他不用出一分钱房租，所以没什么可抱怨的。

为防万一，他昨晚就把不想被阿惠看见的杂志什么的收了起来。奈何家中还是散乱着各种东西，一如其他忙碌的独居男性。换下的牛仔裤、旧报纸、装水用的塑料哑铃、空啤酒罐和酒瓶……

"搞什么嘛，还没拆箱呢？"印着搬家公司名字的纸箱仍堆在卧室深处。见状，阿惠很是无语。细细算来，她都有半年没来过了。

"都快一年了……"

"太忙了，总也抽不出空来收拾。而且里头大多是用不上的东西。吃喜酒拿的餐具啦，为了应酬买回来，却只用过三次的网球拍啦，高尔夫球具啦……还有一些书吧。"

"哼……我怎么觉得你是想早日逃离京都呢。"

"你不是未来的心理学家吗？就不能再深入解读解读？"

"要是你哪天成了连环杀手，警方看到这间屋子里的情形，

1　叠是日本常用的面积单位，1叠约1.62平方米，6叠约9.72平方米。

肯定会把你归入无条理型[1]的。"阿惠小声嘟囔。

若槻将几种咖啡豆混合起来，倒入电动咖啡机，开始研磨。因为阿惠口味偏酸，所以用作基底的摩卡、乞力马扎罗比平时多放了些，曼特宁、巴西等配料则相应减少。

在此期间，阿惠从餐具柜中取出杯碟摆好。

将沸水滴入盛有咖啡粉的滤纸，馥郁的香气顿时填满了整个房间。

"我才发现，咖啡还能当除臭剂用呢。"阿惠深吸一口气，感慨道。

"说得跟我这儿很臭似的。"若槻抗议道。

"没到臭的地步啦，但刚进来的时候，还是会闻到一股男人住的地方特有的味道。"

"有吗？"

"哎呀，你自己是很难闻出来的啦。"见若槻皱着眉头，抽动鼻子嗅来嗅去，阿惠用大姐姐的口吻说道。

沸腾的咖啡险些溢出架在炉子上的虹吸壶。若槻急忙关火，把滚烫的黑色液体倒入清水烧咖啡杯。这杯子也是他们一起去清水新道（别名茶碗坂）时买的。

"真好喝。你冲的咖啡就是这世上独一无二的美味。"

"其实咖啡还有一大功效，你知道吗？"

"什么功效？"

"催情。"

"催情……？"阿惠一时间没反应过来。

1　犯罪心理侧写理论中对罪犯的一种分类，与之相对的是有条理型。

"讨厌，净胡说。"

"我可没骗你啊。据说要是再加一味捣碎的斑蝥，效果会更好，前提是你不介意咖啡里有虫子的怪味。"

"打住！真拿你这虫子迷没办法……恶心死了。"

若槻正要伸手搂住阿惠的肩膀。

"对了，刚才的话题还没聊完呢，"阿惠灵巧地溜出了若槻的怀抱，右手仍拿着咖啡杯，"若槻慎二明明是个工作狂，怎么突然就不爱提工作上的事了？"

若槻的手扑了空，只得捧起胳膊装装样子："我也没有不爱提啊。"

"这么一说，我倒想起来了。你去年春天刚调过来的时候，可是大事小事都会跟我分享呢。"

"是吗？"

"还记得有一次，你说着说着，面色突然一沉。就是在那家只提供波旁酒的餐厅，当时也不知为什么，我一直记着那一幕。"

若槻默默起身，给自己倒了第二杯咖啡。

"当时你恰好说起，审核理赔申请的时候，是要检查死亡证明的。记得你当时是这么说的……"阿惠闭上眼睛，似是为了唤醒记忆，"一大清早刚上班，想着今天也要加油干的时候办这种事，心里总归是不太愉快的。如果是享尽天年的老人家也就罢了，就怕看到孩子的死亡证明。看到一个年幼的孩子因为大人一时疏忽被车撞死，总会忍不住去想象孩子的父母是什么心情……"

"别说了。"若槻本以为自己用了尽可能随意的口吻，谁知话一出口，却带着难耐的怒火。

阿惠吓了一跳，不再言语。房间里的空气突然紧绷。糟糕，若槻心想。

"呃，我没发火。"他急忙辩解。

"对不起。"阿惠的神情好似挨了批评的孩子，觉得自己必须说些什么，却怎么都找不到合适的话。

她的开朗与天真都不是装出来的，但她的内心也有近乎病态的细腻与脆弱的一面。通过这些年的交往，若槻深知她对"不再被爱""被抛弃"抱有近乎病态的焦虑。

与若槻单独喝酒时，她时常在言语中暗示自己与父母的关系有点儿问题。她明明是横滨某知名机械零件制造商的总裁千金，却离开了父母，跑来京都的大学攻读心理学，甚至留校读研，原因可能就在于此。

若槻将咖啡杯放在桌上，来到阿惠身边，从背后轻轻拥她入怀。她一动不动，背脊挺直，全身僵硬，仿佛没在呼吸。

"道什么歉呀，我确实是对现在的工作有点儿厌烦。在保险公司的窗口做事，就意味着每天都得跟无赖打交道，压力能不大吗。"若槻说起话来，试图填补空白。虽然只能看到侧脸，但他感觉阿惠的表情似乎缓和了一些。

"无赖？"

"总有人想方设法要榨保险公司的钱。大概是因为这些年大环境一直不太好吧，那叫一个络绎不绝啊。"若槻详细讲了前些天有人来到分部，以保单抵押贷款不成为由敲诈勒索的事情。

"不过，普通人真的动了怒才是最可怕的。好比泡沫经济那阵子，保险公司有一种产品叫变额保险，现在几乎都绝迹了。所谓变额，就是你能拿到的钱是会根据保险公司的投资收益增减的。怎么说呢，比起普通的保险，它的性质更偏理财产品。"

"哦，这么说起来，我……我爸好像也买过，是别人推荐的。"

"嗯。你父亲这样的有钱人用的都是零花钱，倒是无所谓的。坏就坏在，这种产品被推销给了那些手头没什么闲钱的人。保险公司把它跟银行贷款捆绑在一起，说白了就是鼓励人们从银行借钱来买变额保险。如果一切顺利的话，红利和到期赎回的钱就足以还清贷款的本金和利息，客户手头还能留下一笔可观的收益。"

阿惠露出若有所思的表情。

"我对保险了解不多……但无论是人寿保险还是财产保险，都应该是为分散风险服务的吧？明明是在买保险，却为了获利不惜冒险，听着总觉得哪里不对。"

若槻叹了口气："要是大家都跟你一样聪明，也就没那么多事了……泡沫没破的时候，保险公司的资金运作也比较顺利，保费资金和红利都在增长，付完银行的本金和利息还有剩的，客户也很满意。谁知泡沫一破，地价和股价同时下跌，再加上日元升值，去外国投资都行不通了，运作业绩大跌，瞬间就亏了。有些人能贷多少就贷多少，投资了一大笔钱，最后连房子都亏掉了，濒临破产。"

"但他们决定投资的时候，也知道这是有风险的吧？"

"另一个问题就出在这儿。如果在推销变额保险的时候跟客户解释清楚，告知他们收益跟行情有关，存在一定的风险，那就无所谓了。但跑外勤的销售代表一心想拉高自己的业绩，所以推销时往往满口大话，把'稳赚不赔''零风险'什么的挂在嘴边。如果只是卖保险的大妈这么说也就罢了，连银行负责贷款的人都帮着打包票，建议客户买，客户当然会信。这跟信用社破产时闹得特别凶的抵押证券是一回事。搞了半天亏了钱，客户当然会觉得'你们当初可不是这么说的'，于是杀来分部讨个说法。其中当然会有一些情绪非常激动的。"

"那些人也算无赖吗？"

听到阿惠这个全无恶意的问题，若槻不禁苦笑。

"不，他们才不是无赖呢。要我说啊，寿险公司和银行才更无赖。"若槻抱紧阿惠。

"勒死了，喘不过气了啦。"阿惠终于展颜一笑。

"就这么抱一会儿？"

"别。"

"为什么？"

"今天又闷又热……刚才走着走着都出汗了……"

"那去冲个澡？"

"好呀，你先去吧。"

"要不要一起？"

阿惠抡起手来，作势要打。

若槻走进浴室，一边冲澡，一边吹着不成调的口哨。本想吹巴卡拉克[1]的*Are You There (with Another Girl)*，然而传到他自己的耳朵里，都只像是一个自暴自弃的人在学鸟叫。阿惠貌似在外面听着，被他逗得扑哧一笑。

若槻洗完便轮到了阿惠，她牢牢锁住了浴室门。

四角裤加浴袍的若槻从冰箱里拿出一罐啤酒，喝了起来。

过了一会儿，阿惠洗完出来，用毛巾按着一头洗得光亮的乌

---

[1]　伯特·巴卡拉克（Burt Bacharach，1928—2023），美国歌手。

发，身上还套着刚才那身连衣裙。

"怎么又把衣服穿上了？"

"总不能光着身子出来吧？"

"又没人看。"

阿惠朝若槻噘起嘴，目光随即落在他手中的铝罐上。

"真是的，怎么又大白天喝上了？"

"有什么关系嘛，这年头连牛都是大白天喝啤酒的。"

"对对对，我看你也是一身雪花肥肉，鹅肝傍身。"阿惠用食指戳了戳若槻的肚子。

若槻伸出双手，轻轻握住她的肩膀。她的肩骨是如此纤薄，足以用手掌裹住。阿惠稍微挣扎了一下，但很快便放松下来，闭上了眼睛。若槻将她拉近，双手环住她的背脊，吻上那双唇。并排坐在床上之后，两人的嘴唇再次交叠。

若槻怀中的阿惠是那样柔软，仿佛抱得太紧都会将她弄坏。他将她抱上膝头，他已经有了反应，涨得发痛。他轻抚娇小的乳房，拉开连衣裙的前襟。裙子被扔去床脚之后，他也脱下了浴袍和四角裤，正要挺进，某种东西却在他体内分崩离析。

额头渗出汗来。今天也不行吗……失望好似冰冷的泥浆，攀上他的全身。片刻后，若槻垂头丧气。

阿惠握住他的手，露出一切了然的微笑："没关系呀。"

若槻自嘲似的脸颊一抽，仰面躺在她身边。

"抱抱？"若槻将她揽到胸口。

他曾暗暗期望今天能得偿所愿，结果却惨不忍睹。少量的酒精最终也无济于事，他甚至觉得症状似乎有所恶化。

不讲理的负罪感盘踞在他心底。每当他想委身欢愉，尽情享受，障碍便会跑出来挡路。

这毛病该不会持续一辈子吧。若槻叹了口气。

"能这样我就很满足、很幸福了，"阿惠轻触他的脸颊，"要一直陪着我呀。"

若槻调整姿势，趴在她身上，将脸埋入柔软的双峰之中。阿惠纤长的手指划入他的发丝，温柔轻抚。

若槻没体验到那方面的满足，却被甜蜜的自怜所笼罩，仿佛哭着入睡的孩子。他任凭阿惠抚慰，逐渐陷入困意的旋涡。

漆黑一片。

片刻前的平静与满足消失不见，某种荒凉与阴冷取而代之，将他笼罩。

不知为何，他蜷起身子，屏住呼吸，绝对不能发出一点儿声响。要是让声音漏了出去，就一定会被发现。

自己身在何处？他并未产生这样的疑问。此刻他似乎正藏身在一处类似于避难所的地方。他趴在地上，而那避难所也只够盖住他的全身而已，好似龟壳。

来历成谜的可怕敌人正在外面徘徊游荡，一旦被发现，就会被活活咬死吃掉。所以他别无选择，只能屏住呼吸，等待危险过去。

外面的情况透过避难所的缝隙映入眼帘。他心头一凛。因为他看到了阿惠。

阿惠好像正在荒野中拼命奔逃，寻找能藏身的地方。他知道敌人在她身后紧追不舍，也知道她绝无可能逃脱。敌人渐渐显现。他只能隐约看到那团身影，却仍被那阴森的气场吓出了鸡皮疙瘩。

阿惠发出悲痛的惨叫。

阿惠！他在心中嘶吼。阿惠会死的。

然而，他不能离开避难所上前搭救。要是去了，自己也会一命呜呼。他只得呆呆看着阿惠的身影，几近癫狂。

他眼睁睁看着阿惠在那骇人的颚中缓缓死去。即将气绝时，她似乎转头望向了他。原来她早就发现他藏身于此了，却愣是没有开口呼救。她也许一心只想救他，甚至不惜牺牲自己。

阿惠！他用心呼唤，奈何她的意识已然消散，什么都感应不到了。

泪水夺眶而出。

阿惠死了。世界末日般的无尽绝望与悲伤汹涌而来……

人是醒了，但悲伤的余韵仍在。若槻擦了擦眼角渗出的泪水，望向身侧。阿惠睡得正香。

怎么会做那种梦？

若槻松开攥紧的拳头，掌心留有四道深深的爪痕。汗水沿着生命线、感情线的凹陷和其他细小的皱纹，汇成细微的水珠，闪闪发光。

阿惠给他的平静，早已消失得无影无踪，只剩下某种深深的失落感，仿佛陷入了一片黑黝黝的无底沼泽。

若槻叹了口气。无论从哪个角度看，在梦中对阿惠见死不救的愧疚都没有任何依据。他从没抛弃过她，连想都没想过。

是否应当将那个梦解释为，他对哥哥的感情以另一种形式爆发了出来？受阿惠的影响，若槻曾一度对心理学产生了兴趣，看过各种各样的书。但他毕竟没有系统地学习过，对自我分析并无把握。刚才阿惠好像正要提起这个，要是当时没打断她，耐心听她分析就好了。

若槻忽然想起了前几天打来分部的那通电话，他在电话中将哥哥自杀的事情告诉了一个陌生人。当然，他对自己的责任只字未提，反而将自己塑造成了因哥哥的自杀受到伤害的被害者。

他必然在潜意识里产生了愧疚。今天这个梦，便是在还债。

他很清楚负罪感因何而来——他眼睁睁看着唯一的亲哥哥走上了绝路。

那件事定会化作不可磨灭的伤疤，永远留在他的心中。

十九年前的1977年秋天。若槻慎二当时九岁，念小学四年级。

星期六下午，慎二回家后发现有东西落在了学校，便回去了一趟。

他从桌肚掏出忘拿的东西，冲下校舍的楼梯。跑到半路，却意外地在鞋柜附近看见了哥哥的身影。他本以为哥哥早就回家了。

哥哥良一上六年级，比慎二大两岁。只见他和几个同学走在一起，走着走着，两个同学一左一右将他夹在了中间，仿佛是在押送囚犯。

良一和同学们换上了运动鞋，朝体育馆后面走去。慎二年纪虽小，却也捕捉到了非同寻常的气氛，便远远跟在后面。

学校操场四周种着白杨，黄色的落叶被风吹来，堆在水泥路上，厚得几乎能遮住脚踝。慎二没有刻意藏匿踪迹，就这么跟在后面。所幸那群六年级的学生全程都没回头，所以他没有被发现。

体育馆后面有一道高墙，墙外是一片梨园。体育馆和围墙之间的距离不足两米，形成一片盲区，哪个方向来的人都看不见，除非从体育馆的天窗伸出头来看。

慎二躲在楼房的阴影处偷看。

那群六年级的学生将良一团团围住，好像在逼问什么，不一会儿便推推搡搡起来，还有人拽他的衣领。良一性情温和，喜欢动物，很少与人争吵打斗。别人家兄弟间能吵翻天，他却几乎从没跟小自己两岁的弟弟慎二吵过。

难怪良一在学校成了绝佳的欺凌对象。当年不比现在，几乎没有媒体报道校园霸凌问题。勒索钱财的倒是没有，但对弱者拳打脚踢以发泄心中郁闷的事情，在每所学校都屡见不鲜。

慎二提心吊胆地旁观事态的发展，那群人对良一的欺凌已经发展到了将他推倒在地上用脚踢的地步。慎二一咬牙，决定找老师来。但他运气太差，其中一名六年级的学生偏偏在这个时候抬起头来，与从体育馆后探出头来的慎二对上了眼。

"喂！你给我过来！"

听到这一声大喊，其余的六年级学生顿时齐刷刷看着他，神情凶狠无比。

要是他这个时候撒腿就跑，兴许还能逃脱，可他不敢。脸都被人家看到了，更何况，他还要在这里上好几年的学。

慎二战战兢兢地走了过去，几乎比他高出一个头的高年级学生问他看到了什么。

慎二默默摇头。

踢良一时用力最猛的带头大哥说，我们几个是好朋友，都是闹着玩的。你是几年级的？

慎二回答"四年级"。那带头大哥威胁了他一番，大意是他要敢把这件事说出去，那就是死路一条。"到时候我就弄死你，埋到山里去！"

威胁本身荒唐可笑，但当时的气氛足以令年幼的慎二心惊胆寒，信以为真。慎二被迫向那群校园恶霸保证，不会向任何人提起在这里看到的一切。

良一坐在后方的地上，低着头一言不发。他好像哭了。慎二不敢与良一对视，因为他担心，要是恶霸们发现他们是兄弟，自己搞不好也要挨欺负。良一大概猜出了弟弟的心思，装作与慎二素不相识的样子。

最终，慎二撂下哥哥，仓皇逃离。

当天傍晚，慎二不敢立刻回家面对哥哥，便在外面闲逛了许久。快到五点才下定决心，踏上归途。若槻家在某高层小区的八楼，日暮时分，晚霞将整栋楼都染得通红。

只见自家所在的那栋楼跟前围着一群人，救护车和开了警灯的警车停在楼下。

慎二走近人群，想看看出了什么事。突然，有人抓住他的胳膊，将他拽了回来。抬头一看，竟是对门家的阿姨。

"别过去！"阿姨的神情前所未有地骇人，"孩子，知道你妈妈的联系方式吗？"

兄弟俩的父亲在两年前出车祸去世了，母亲伸子在昭和人寿保险公司当销售代表维持生计，平时快七点才能到家。回家便能查到站点的电话号码，但很难联系上她本人，毕竟她通常都在外面跑业务。

慎二摇了摇头："怎么了？"

"你哥哥出事了。"阿姨就此沉默。

见阿姨咬着嘴唇，愁容满面，慎二呆若木鸡。这时，周围人群的窃窃私语传入耳中。

"听说是从屋顶跳下来的。才上小学吧？六年级？好端端的，怎么会自杀呢？"

自杀？慎二仰望面前的高层公寓。从正下方看去，只觉得威压更甚平时。哥哥跳楼了？

后来发生的事情，在他记忆中留下的印象不知为何有些模糊。伸子自是悲痛万分，毕竟丈夫走后，两个孩子便成了她唯一的寄托。

形形色色的人相继出现在他面前。亲戚家的叔叔、学校的老师，还有其他不太熟悉的人。他们似乎对慎二说了各种各样的话，大概都是安慰鼓励的话。但事后回想起来，竟是一句都没听进去。

记忆中的下一幕，就是和尚在葬礼上用诡异的腔调没完没了地念经，自己则因为长时间跪坐双腿发麻，难受极了。再然后，就是看到一缕细烟自火葬场升起。当时他心想：原来人死了就会变成那样啊。

到头来，他还是没能向母亲和其他人说出哥哥在学校受了欺负的事实。因为一旦提起这件事，他就不得不交代自己当时是如何对哥哥见死不救的。尘封的负罪感久久无法消弭，如炭火一般在内心深处烧个不停。

平时还能靠自制力压住。可一旦撤去压制，想要流露真我，漆黑的情绪渣滓便会如鬼魅般显现。

"醒了？"

回过神来，只见阿惠枕着右臂，盯着他的脸看。

"嗯。几点了？"若槻坐了起来。

"四点不到。"

他还以为自己躺了很久，谁知睡着的时间和醒来后想心事的时间加起来还不到一个小时。

"要不现在出门？就是早了点儿……"

阿惠却按住了他："不用硬爬起来。累坏了吧？"

"嗯。"若槻仰面躺下，看着天花板。

"刚才想什么呢？"

"嗯……就是些杂七杂八的事情。"

"看着可难过了。"

"是吗？"他本想把梦的内容说出来，征求阿惠的意见。奈何自己眼睁睁看着她被咬死这种事情实在难以启齿，就算只是个梦，说出来也尴尬。

"哎……我有没有问过你，你上大学的时候为什么选了昆虫学专业啊？"阿惠突然问道。

"不为什么，就是因为喜欢虫子。"若槻很是莫名，不知她怎么突然问起了这个。

"话说昆虫到底是个什么东西呀？"阿惠趴在床上，探出身子问道。

"胸部由三个体节组成，长着六条腿和四片翅膀的节肢动物。不过也有不少翅膀退化的昆虫。"

"蜘蛛和蜈蚣不算昆虫？"

"不算。蜘蛛是蛛形纲的，蜈蚣是唇足纲的。"

"那昆虫的'昆'字是什么意思呢？"

若槻正要回答，喉咙深处却突然被什么东西梗住。

"怎么了？"阿惠一脸莫名地问。

"呃……是什么意思来着？我给忘了。"

阿惠没有抓着这个问题不放。

"那你怎么喜欢上昆虫的呢？"

"上小学的时候，我看了法布尔的《昆虫记》，大概就是从那个时候开始的吧。那本书被我翻来覆去看了好几十遍。当年家附近还有很多杂树林，所以我经常拿着捕虫网和采集箱出门抓虫。"

"一个人去？"

"不……总是跟比我大两岁的……哥哥一起去。"

阿惠停顿片刻，若有所思，随即又转向若槻，抛出一个问题：

"其实你并不想干保险吧？"

她的声音听起来有点儿紧张，似乎是怕再次惹恼若槻。若槻唯恐阿惠追问他哥哥的事情，听到这儿不禁松了口气。

"不干保险？那干什么？"

"比如继续研究昆虫什么的。"

"那可养不活自己啊。"

"可要是真心喜欢，总归有办法的吧？"

"像法布尔那样，一大早带着盒饭跑去野外，花一整天观察昆虫，在我看来是极奢侈的。在今天的日本，你得有相当优越的经济条件才能过上这样的日子。"

"那就是你理想中的生活？换成我，大概会无聊死的。"

"大多数人都会吧。而且你对虫子本就不感兴趣，觉得无聊也很正常。再说了，虫鱼之学自古以来就是无用学问的代名词，进了公司也完全派不上用场。"

"那你当时为什么选了保险公司呢？"

"为什么呢……一方面大概是因为我妈希望我干保险吧。而且人寿保险制度在关键时刻帮了我们家大忙，"若槻轻叹一声，"我爸出车祸去世的时候，肇事者一分钱都没赔，直接溜了。要不是当初做人情买的寿险赔了钱，我们一家怕是就走投无路了。我之所以能上大学，也是多亏了我妈在保险公司做销售。要知道这年头，没什么特殊技能的中年妇女想找一份通过努力获得一定收入的工作可不容易。"

阿惠双手撑着脸颊，看着若槻："哦，看来你对人寿保险还是有点儿情怀的。"

她趴在狭窄的床上，从头到脚勾勒出优美的曲线。见一向正经的阿惠如此随便，若槻不禁眨了眨眼。

"哪有这么夸张。不过……早知道以后要进保险公司，我当初就该选同属理学院的数学系，而不是生物系。"

"学数学有用？"

"嗯，以后可以当精算师，就是运用统计学知识，计算保险费率、年金什么的。只要有精算师资格证在手，就不用担心被公司踢去偏远地区当站长了，升任董事的机会也大，毕竟董事会里一定要有精算师的。"

"嚯……你喜欢那种工作？"

若槻思索片刻："不，一点儿也不喜欢。"

阿惠咯咯一笑。若槻望着她的笑容，发现自己也在不经意间嘴角上扬。

若槻晚上回家时，发现电话答录机里有一条留言。

按下播放键，母亲的声音传入耳中。她明明有一分钟的时间留言，却只用十五秒左右连珠炮似的说了一通，中心思想是让他打个电话回去，然后便突兀地挂断了。

若槻虽然觉得不会有什么大不了的事，但还是拨了电话。

铃响了六声后，伸子接了起来："您好，这里是若槻家。"

"喂，是我。"

"哦，是慎二啊。怎么啦？"

若槻顿时火冒三丈："明明是你给我留言，让我打电话过去的啊？"

"哦，对对对。有没有兴趣相亲呀？"

"没有。"

"瞧你这孩子，都不问问人家姑娘家是什么情况呀。"

"我不喜欢这么搞。"

"为什么啊？"

"总有种双方掖着藏着自己的弱点，却虎视眈眈地打探对方的感觉……"

伸子却对此充耳不闻："我把姑娘的照片跟简历寄给你了。不管你中不中意，都别拖着人家，看完就赶紧寄回来，记得发挂号快件啊。"

"就不能先征求征求我的意见再安排吗！"

然而伸子不以为意，单方面说起了分部为了在秋天上架财险搞的培训。

又来了……若槻不胜其烦。伸子的话匣子一开便没完没了，而且语速极快，根本插不上嘴。

念在母亲独自住在千叶，难免心生寂寞，他平时都会耐心听着，谁知今天的伸子分外滔滔不绝。

若槻忽然产生了一种强烈的冲动，想问母亲一个问题。

"妈……"

"啊？怎么了？"伸子许是从若槻的语气中察觉到了什么，

默不作声。

　　你知道哥哥当年为什么自杀吗？这个问题消散在若槐的舌尖，没来得及汇成声音。

　　"我明天还要早起，先挂了。仔细想想，这通电话还是我出的钱呢。"

　　"哟，反应过来啦。那就这样吧，晚安。"不等若槐道晚安，电话便挂断了。

3

4月19日（星期五）

出了JR线山科站，再往山边走一段，便是那家医院。

龟冈站长菅沼驾驶的本田里程停在了医院正门口。若槻下了车，打量那座四层楼高的医院。

白壁蒙尘发黑，颇显阴森，门口周围也破败得很，不见花坛绿植之类的东西。绕到侧面，只见混凝土围墙和楼房之间留有三十厘米左右的空隙，里头堆满了破烂自行车、空罐、塑料瓶之类的垃圾。若槻即便没有任何成见，怕是也不愿意住进这样一家医院。

"久等了，走吧？"菅沼将车停进停车场，晃着矮胖的身子快步走来。

进楼之后，若槻对这家医院的印象也没有丝毫改观。这楼的采光本就不好，再加上照明不足，搞得大堂昏黄一片，仿佛天还没亮的样子。抬头望去，日光灯近一半没开。

大堂内摆着三排破旧的黑色沙发，坐在上面的尽是些无所事事的老人。离午休明明还有一段时间，挂号窗口却已经拉上了帘子。

内科病区在四楼，三部电梯都停在上层一动不动，全无要下来的迹象。无奈之下，两人只能改走楼梯。

"我上次来的时候，都没在病房见着人。"菅沼艰难地爬着狭窄的楼梯，气喘吁吁道。

脚步声和说话声在封闭而空旷的楼梯间回荡。台阶上的油毡被磨得精光，防滑胶条都不见了，稍不留神便会脚底打滑。

"于是我就拐弯抹角地找同病房的病人打听了一下，这才知道他每天白天都会去车站跟前的店打小钢珠。"

"常有的事。"

没毛病的人长期住院，难免会闲得没事干，就白天偷偷溜出去。可他们又不敢跑太远，唯一能去的地方就是弹珠店。

"我本想改天再来，正要走呢，却跟他撞了个正着。他双手捧着一大堆东西，有瓶装的威士忌、蟹肉罐头什么的。一看到我，他便露出一副大事不妙的表情，找的借口还挺有意思的，说是不得不出去办点儿事，至于威士忌，是别人托他带的……"

"小日子过得不错啊！"

其实在与人寿保险有关的种种犯罪中，"骗取住院津贴"对保险公司的收益影响最大。只是这种诈骗不如谋杀骗保那么骇人听闻，所以不太有媒体报道。

如果寿险保单附加了住院险，那么每住院一天，最高能领取一万日元的津贴。要是手握好几家保险公司的保单，每天便有数万日元进账，比大多数正经工作都划得来，所以企图通过装病骗取住院津贴的人可谓前赴后继，络绎不绝。

最常用的幌子是颈椎挫伤，俗称挥鞭伤。因为医生也很难对症状做出客观的诊断，当事人喊痛便能蒙混过关。不过，若槻他们即将拜访的出租车司机角藤有着更为复杂的背景。

"不过话说回来，医院真跟他是一伙儿的？"菅沼一脸的难以置信。

"这是家出了名的道德风险医院。"楼梯间并无旁人，就是回声太明显了。若槻生怕被人听见，便压低嗓门儿回答。

道德风险是寿险行业的专用术语，指人的性格与心理带来的风险。被打上这个标签，就意味着与违法犯罪有了牵扯。京都市内有不少参与骗保等犯罪行为的道德风险医院，光若槻知道的就有四家。

医院名下往往有房地产等巨额资产，本就容易被黑帮盯上。再加上医院普遍好面子，逮着一起轻微的医疗事故加以威胁，便能相对轻松地要到钱财。

暴力团新法实施后，明目张胆的敲诈勒索确实有所减少。但近年来，财政困难的医院比比皆是，黑帮能利用的"抓手"反而越来越多了。

医院的院长是医学方面的专家，但对经营管理一窍不通。而且他们往往听惯了旁人的阿谀奉承，没经历过社会的毒打。

黑帮岂会放过如此天真的院长。最开始，他们会装成正经的实业家与之接触，逐渐博取信任，然后在医院经营方面帮忙出谋划策。最典型的套路，就是在院长抱怨医院财政困难的时候雪中送炭，介绍一位号称曾将多家医院带回正轨的"经营顾问"给他认识。

这种人一旦进入医院，就会迅速掌握医院的财政大权。要不了多久，他就会逼迫院方抵押土地和昂贵的医疗器械，贷款给毫不相干的公司，将医院吃干抹净。乱开票据、走向破产便是这种医院的结局。

部分医院则以半死不活的状态被保留下来，也许是想等房地产市场复苏，久而久之，便成了不折不扣的骗保温床。

"您好啊，角藤先生。身体还好吧？"菅沼走进一间多人病房，对盘腿坐在最靠里的病床上抽烟的人打了声招呼。

那人回过头来。"好无聊的家伙"就是若槻对他的第一印象，全身上下，没有一处地方能勾起旁人的兴趣。

蓬乱的头发生得格外浓密，几乎看不到额头。吊起的小眼看起来斤斤计较，却与想象力无缘。面色呈不健康的黑紫色，颧骨突出。简而言之，无论从哪个角度看，那都是个顶着无聊面孔、过着无聊人生的家伙。

"这位是我们分部的若槻主任。"

听到菅沼的介绍，角藤将烟头掐灭在用作烟灰缸的软饮空罐中。他口鼻处冒着烟，吊儿郎当地眯起眼睛说道："他算哪根葱？不是让你带分部一把手来吗？"

看来越是无聊的人，就越是喜欢摆架子。

"因为若槻主任就是负责理赔工作的。"菅沼向若槻那边摆了摆手，试图转移火力。

"哦，行，你是负责人？"那人在床上转过身来瞪着若槻，"那我问你，申请交上去那么久，钱还没到账，这算怎么回事？签合同的时候点头哈腰，要付钱了就翻脸不认人了？你是负责这块的吧？今天必须给我一个说法！是不是你故意拦着不给啊？"

若槻跟这种人打了一年多的交道，自然而然练就了一双分辨对方是否真的危险的火眼金睛。他早已看出，这个角藤不是什么厉害角色。和前些天带着小老板矢田部杀来分部的那个人相比，角藤的气势可差远了，肯定是个只会嚷嚷而没什么真本事的胆小鬼。

角藤漫长的住院史始于一起追尾事故。他驾驶的出租车被人撞了，害他受了挥鞭伤。若槻认为，那一次恐怕是确有其事。因为交通事故证明显示，出租车尾部严重受损。就是这一次让他尝到了甜头，难以忘怀，以至于渐渐沦为惯犯。

"总部那边正在审核您的申请。"

"审核来审核去的，到底要我等多久啊？啊？休想糊弄我！"

"关于这次的申请，我还有几个问题要问您。"

"这都什么时候了，还有什么好问的……"

"首先，您为什么住进这家医院呢？"

"干吗？住这儿犯法啊？"

"您家在龟冈市吧？龟冈明明在京都的西郊，这家医院却在京都市最东边的山科区，您怎么就偏偏挑了这儿呢？"

"这……因为我听人说这家医院好啊。"虚张声势的角藤顿时气焰大减。

"这家医院好啊……"若槻环视布满污渍的病房墙壁，"可我听说您当时是胃溃疡犯了，痛得受不了了才住院的，不是吗？而且还是自己开车来的。照理说，这种情况不该去离家更近的医院吗？"

"你到底想说什么？这……去哪家医院还不是我说了算啊！"

若槻掏出包里的住院证明复印件，装模作样地审读一番。

"您住院以后，病名也是一改再改。起初是胃溃疡，住着住着又出现了肝功能障碍，现在又变成糖尿病了？哦……"

"那又怎么样？就是后来查出来的呗。"

"这样啊。不过话说回来，单次住院的赔付上限是一百二十天，而您每次改病名，都刚好卡在住满一百二十天的时间点上……"

"臭、臭小子……老虎不发威，你当老子是病猫呢！"角藤再次尝试恫吓若槻，声音却不争气地发起了颤。大概他原以为保险公司的人都很好对付，此刻却突然发现自己的处境岌岌可危，顿时就慌了神。

"你、你要有意见，就去问医院啊！诊断书可都是医院开的……"

若槻从包里取出文件和圆珠笔。

"可否请您在这里签个名？"

"这是什么东西？"

"退保申请。"

"退保？什么意思？"

"我们无法支付住院津贴给您，但会退还您迄今为止交纳的保费，保单就此作废。至于已经支付的住院津贴，我们也不要求您返还。"

"你……你个臭小子，你敢！"角藤的嘴唇瑟瑟发抖，咆哮着甩开那份申请和圆珠笔。圆珠笔一路滚去病房的角落。

"你、你当我是谁啊？等着被发配吧！你当我不敢杀去你们总部投诉啊？你这么个小年轻，我一根手指头就能摁死！"

"您先别激动，好好考虑一下吧。今天我们就先告辞了。"

若槻捡起地上的文件，放在床上，随即转身走出病房。他最后瞥了角藤一眼，只见那张黑紫色的脸已是血色全无。

"若槻主任，这样行不行啊？"菅沼在楼梯口追上来问道。

"唉，就不能真把我发配去别处吗？"若槻伸着懒腰嘟囔道。

"啊？"

"要是我真像他说的那样被调走了，那才是撞大运呢！"

"呃，我不是问这个……他刚才发了那么大的火，事情会不会闹大啊？"

"放心，退保是总部拍的板。我们今天不过是来通知他一声罢了。"

"可他要是死活不肯签字呢？"

"他要实在不签，那就要打官司了。"

"打得赢吗？"

"恐怕很难，因为我们必须证明医院也插了一脚。医师协会绝对不会承认道德风险医院的存在。还是得想办法让他同意退保。"

"话是这么说，可怎么才能让他退啊？"

"我们已经完成任务了。总部找了对付这种无赖的专家，剩下的就让专家出马吧。"

出乎意料的是，第二天坐头班新干线来到分部的专家个子很矮，可能还不到一米七。递来的名片上只有"保险数据服务有限公司三善茂"寥寥数字。

葛西、若槻与主管分部行政工作的内务次长木谷出面接待了他。三善说了句"您好啊，葛西先生"，葛西也微笑着点头示意。看来是老相识了。

一行人来到会客室后，若槻递上关于角藤的资料，叙述事情的来龙去脉，同时细细观察这个姓三善的人。

年纪四十出头。眉毛极淡，消瘦的脸颊上刻有一道纵纹，深凹的眼睛几乎一眨不眨。头发剃得很短，能看到深处的头皮。皮肤晒得黝黑，显得很健康，乍看像跑销售的。

然而若槻能感觉到，他尽管穿着朴素的西装，表现得彬彬有礼，身上却散发着某种常人所没有的精气。而且他的气场更偏阴狠，不似运动健将那样积极阳光。

"知道了。"看完资料，三善点了点头。

低沉的嗓音与体格并不相符，混杂其中的金属泛音分外刺耳。莫非这就是所谓的"寂声[1]"？

起初，若槻甚至怀疑那是不是喉癌的早期症状，因为他刚审核过喉癌病人的住院证明。过了好一会儿，他才意识到，那是天天扯着嗓子恫吓他人的人所特有的嗓音。

"两三天应该足够了。"

"那就拜托了。"

众人齐齐起立。木谷带头鞠躬，其他人有样学样。

"不过您也真够辛苦的啊，"葛西在送三善去电梯口的路上说道，"后面是不是还排了别的活儿啊？"

"是啊，等这边搞定了，还得跑一趟九州的小仓。那是另一家寿险公司的委托。"

三善的身影消失后，若槻感到了一种莫名的解脱。比起大吼大叫的角藤，正常说话的三善反而更加令人生畏。葛西戳了戳若槻的身侧："是不是觉得他的气场很强大呀？"

"是啊，确实跟普通人不太一样。"

"听说人家当年真在道上混过，"他用食指在脸颊上一划，暗指三善的那道疤，"据说他原本是收债的，手段狠着呢，但结

1　寂声指沙哑低沉、别有韵味的嗓音。

婚以后就洗手不干了。就在他为找不到正经差事发愁的时候，他们公司的老板看中了他的特长，把人捡了回去。"

"特长？"

"他懂得软硬兼施，会视情况采取强硬或怀柔的态度，达到让人退保的目的。有时是抓住对方的弱点纠缠不放，有时则干脆噼里啪啦一通吼，吓得人家瑟瑟发抖，当场退保。听说他在这方面是一等一的专家。不过我是不太赞成请这种人的，就算投保人不是什么好东西，就算要多花点儿时间，也应该以理服人，而且走正道往往能收获比较理想的结果。"

"不过找这种人对付角藤这样的家伙……也算是以毒攻毒吧，不也挺好的吗？"若槻受够了低三下四哄着那群寄生虫的日子，倒是有些欢迎这种强硬的对策。

葛西愁眉苦脸道："如果一切顺利，用这招确实省事。可一旦出了什么岔子，那就骑虎难下了。唉，希望这次能圆满解决吧。"

事实证明，葛西的担心不过是杞人忧天。

当天傍晚，分部窗口结束营业后，三善再次现身。

分部总经理正在另一层楼给站长们开动员会，木谷与葛西也去了。主管保全业务的领导就只剩下了若槻一个。

"您好，我今天早上来过的……您是若槻先生吧？"

"他们刚好都不在，有什么问题吗？"若槻还记得葛西早上说过的话，见三善突然来访，他便担心退保交涉出了什么问题。

"哦，我就是来送这个的。"三善从黑色公文箱里取出一份退保申请。若槻看着那份文件，整个人都蒙了。角藤确实在上面签了名，盖了章。

"这么快……他居然答应了？"

"让他答应就是了……不难对付。"

"太感谢了，您帮了我们的大忙。"

若槻注意到，三善的公文箱盖内侧贴着一张塑封的照片。照片里有位三十五六岁的女士，身材微胖，但长得很是讨喜。她怀里抱着个同样胖嘟嘟的小姑娘，约两三岁。照片是抓拍的，大人笑着凑在孩子耳边说话，大概是让她看镜头。孩子许是困了，半张着嘴，眼睛几乎闭着。

"这两位是您家里人呀？"

被若槻这么一问，三善头一次咧嘴笑，简短回了一句"是我老婆和闺女"。

若槻目送三善像来时一样悄然离去，直到电梯门完全合上。

回到工位后，若槻舒舒服服往椅背上一靠，给总部打了个电话。对接人还没下班，他便汇报了退保手续办妥一事。打完电话，他哼着小曲将相关资料插进活页夹，塞进带锁的办公桌抽屉。销售会议似乎还没开完，内务次长和葛西迟迟不见人影。

若槻起身走去洗手间，目光无意中扫到镜子，却见半张脸上贴着自己从未见过的扭曲笑容。若槻看着笑容缓缓退去，最终消失不见，他按了好几下泵头，弄了一手黏糊糊的绿色皂液，反复搓洗双手。

5月7日（星期二）

长假后第一天上班，一早便忙得晕头转向，浮躁的情绪在分部上下弥漫。

十点刚过，税务局的调查员来到办事窗口，出示了裹着塑料套的证件，要求查询客户的保单明细。

窗口给出的回复是，保单明细涉及客户隐私，需要有正式的问询函。对方却拒不让步，坚称其他地方都是一亮证件就给看的，态度傲慢得简直不像是公务员。

保险公司每天都会接到大量来自税务局、福利事务所等部门的查询要求。原则上，没有当事人的申请或政府部门出具的正式问询函，就无法提供相关信息。

调查员渐渐抬高嗓门儿，但保险公司见惯了这种场面。一番口角之后，调查员绷着脸、跺着脚打道回府。

紧接着，木谷内务次长、葛西与若槻又接待了自东京来访的昭和人寿顾问律师。有一起与保险赔款有关的诉讼将在明天于京都地方法院举行首轮庭辩，所以律师要与他们提前磋商一下。那是一场继承人之间的骨肉之争，昭和人寿也被卷了进去。

话虽如此，首轮庭辩不过是确定一下后续日程而已，不会进行实质性的审理。与若槻年纪相仿的律师顶着长长的刘海，心态与游客并无不同。除了喝茶闲聊，他一直在打听名胜古迹的游览路线，还认真做着笔记。

午休过后现身窗口的第一位客人一看就不是东方人。他头发又黑又卷，皮肤却很苍白，把若槻吓了一跳。虽说京都有不少外国游客，但他们绝不会出现在保险公司的柜台前。

接待他的柳叶有香是大专英语系毕业的，现在也在英语培训班上课。谁知没交流几句，她便来找若槻救火了。

若槻带着些许疑惑在柜台前落座。对方看着二十出头，国籍不详。

他一开口就用英语问外国人能不能投保，一副火烧眉毛的样子。

若槻搜索着脑子里的应试英语回答，投保人不一定要有日本国籍，但原则上必须是日本的居民。对方又问投保时需不需要做检查，若槻解释道，这取决于险种与保额，有些需要找医生体检，有些则只需要在表单上填写健康状况。对方又问了一遍需不需要检查，若槻问他指的是哪种类型的检查，他却没有明确回答。

过了一会儿，那人好不容易挤出一句话来："要不要验血？"

若槻强颜欢笑，以掩饰内心的慌张。免责条款的英文是Escape Clause，可"某种情况是免责的"又该怎么说呢？

若槻字斟句酌地说明，投保不用验血，但投保人投保时如果患有疾病，就需要告知保险公司。如果身故后查出投保人当初违反了告知义务，就无法得到理赔。

见对方似乎被说服了，若槻松了一口气。他目送那人进了电梯，看着电梯门慢慢关上。

在现实生活中，艾滋病已逐渐变成一种不太致命的疾病。听说美国那边有意向允许HIV抗体检测呈阳性的人投保。然而，日本恐怕还需要许多年才能走到那一步。

回工位时，只见葛西放下听筒，面露难色。见若槻回来了，他便招了招手。

"若槻主任，有人点名找你呢。"葛西将打印出来的保单明细和一张潦草的字条递了过来，若槻却是一头雾水。保单共有三份。

一份是保额三千万日元的终身寿险保单，附加定期寿险。投保人为菰田幸子，被保险人为菰田幸子，受益人则是菰田重德。另一份同样是附加定期寿险的保额三千万日元终身寿险保单，被保险人是菰田重德。还有一份保额五百万日元的儿童教育基金保险保单，被保险人名叫菰田和也。

"电话就是这个菰田重德打来的，你认识吗？"

"不认识啊，听也没听过。"

若槻养成了一个习惯，接到投诉时先看对方的年龄。这个人四十五岁。根据他的经验，三十出头的人最危险，但这人也才四十多，不能放松警惕。地址在岚山附近，应该算高档住宅区。若槻在记忆中翻箱倒柜，却是一无所获。

"哦，那是怎么回事？反正人家特地打电话来，让若槻主任去一趟。"

"是关于什么的投诉啊？"

"那人说话叽里咕噜的，我都没听清楚，像是在抱怨上门收钱的销售代表态度不好。"

"对方特别生气？"

"那倒也没有……"葛西歪头思索片刻，"照理说，这种事派站长出面也就够了。可对方既然点了名，还是麻烦你赶紧跑一趟吧。"

"好，我这就去。"

待在分部也不过是对付一茬茬棘手的客户。如果不是什么很严重的投诉，若槻巴不得出去走走。

那户人家的收款工作归太秦站管。若槻本想先打电话联系一下站长，却得知站长不在办公室。反正听着也不像什么大问题，心想自己去得了。他翻阅住宅地图，找到了那户人家的位置，将那一页复印下来。

外面舒爽宜人，好一个晴朗的五月天。

昭和人寿保险公司京都分部位于昭和人寿京都第一大楼的八层。这栋楼在四条乌丸的路口以北。就算寿险公司自己有办公楼，分部或销售站点往往也会被安排在高层，租金收入较高的底层则出租给其他商户。

明媚的阳光落在朴素的深棕色墙面上。透过半透明的窗户，可以隐约看到一排排日光灯。

若槻在附近的昭和人寿专用点心店买了一盒糕点用作见面礼。糕点盒的尺寸取决于投诉的内容，这回买最小的应该足够了。阪急电车坐一站路，到四条大宫换乘京福电铁的岚山线。

京都的有轨电车在十多年前就停运了，理由是有碍交通。但有部分轨道设在普通马路上的京福电铁和叡山电铁至今仍是市民不可或缺的交通工具。

还记得刚上大学时，若槻得知京福的"福"指的是福井，觉得很不可思议。因为京都并没有通往福井县的线路。放暑假时去福井游玩，才发现那边也有京福电铁，疑问就此解开。据说京福电铁的夙愿，就是将目前在京都和福井分别运营的线路串联起来。

仅有一节车厢的陈旧电车从宽阔的大马路钻进小巷似的地方，擦着民宅的房檐和树篱行进。不知为何，随着目的地的临近，若槻心中滋生出一种莫名的不安。

三条口、山之内、蚕之社……一连驶过好几个极具京都风范的站名。驶过因影视基地闻名的太秦，便是岚山本线与北野线的分界站点帷子之辻站。听到广播报出的站名时，一种极其不祥的感觉向若槻袭来。

为什么？他看着站牌思索片刻，这才意识到是"帷子"二字让他联想到了死人穿的白寿衣"经帷子"。这和把天花板上的木纹错当成鬼是一个道理,情绪不稳定的时候,人就很容易胡思乱想。但他不明白自己为何如此神经质,葛西不是都说了,这应该不是什么很严重的投诉啊?

终点站岚山站之前的一站,是设在JR山阴本线嵯峨站边上的嵯峨站前站。好一个低三下四的站名。从车站步行约十分钟,便是投诉者菰田的住处。

这一带似乎自古以来就是富人的聚集地,走在路上,时不时可以透过古色古香的竹栅栏看到闪闪发亮的沃尔沃与奔驰。若槻一手拿着住宅地图,沿大弯道走过一户围着气派树篱的人家。就在这时,一栋乍看儿近朽坏的黑屋映入眼帘。

不知为何,若槻的心脏在那一刻咯噔一跳。

看位置,应该就是这儿。房屋本身看起来很破旧,但占地面积相当大,好几只小狗的叫声从黑色木板围栏后的院子里传来。

只有院门看着像近期重建的,但做工用料很是廉价,与周围环境格格不入。一看铭牌,上面确实写着"菰田"二字,错不了。

深呼吸后,若槻按下了门禁对讲机的开关。等了一会儿,却无人应答。于是他又按了一下,问了句"有人在吗",可回答他的依然只有小狗的叫声。

忽然,若槻感到身后有一道目光,转身望去,只见街对面那栋房子的门口有个中年妇女正在窥探这边的情形,看着像那家的主妇。若槻行了注目礼,对方却慌忙往后躲。若槻正要上前几步,她竟啪的一声关上了门,打听菰田家的计划就这么落空了。

房子的外观本已令他感到隐隐不快,对门主妇的态度又如此可疑,这令若槻产生了一种印象:菰田家被街坊四邻孤立了。

不过话说回来,这到底是怎么回事?葛西是让他赶紧跑一趟没错，但他忘了问一句跟对方是怎么约的。对了，葛西不是说菰田说话口齿不清，听不太清楚吗？搞不好是哪里听错了，生出了误会。

算了，人都不在家，还能怎么办呢？换作平时，若槻会想办法在当天与人见一面，但今天是个例外，他产生了一种"想尽快离开这里"的冲动。

记忆突兀地涌现，他想起自己在很久以前也有过类似的感觉。

应该是刚上初中那会儿。不是4月，就是5月。

那天，他去新交的朋友家玩球，就是你投我接的游戏。起初还老老实实投直球，投着投着便腻了，争相投起了曲线球。当然，他们投出的球也转不了多大的弯。谁知后来有一个球被小伙伴的手指尖挂了一下，砸在若槻的手套上，弹向远处。

若槻沿着平缓的坡道，追着那颗跳来跳去的球。走着走着，便来到了一条冷清而诡异的小巷。左边是仓库，右边是朽烂大半的破房，再往前走三十米左右便是死胡同，尽头处是木架和波纹塑料板搭的围栏。围栏后面应该是私营铁路的轨道，他来时坐的就是这条线路的车。

说来也怪，铁轨另一边的楼房之间，好像也有跟这边差不多宽的空隙，搞不好那头也是跟这边一样的死胡同。球停在了小巷中段的电线杆下。若槻想过去捡球，谁知才刚迈出一步，寒意便席卷了他的脊背。

不知不觉中，他的目光已被空无一物的小巷尽头牢牢吸引。他感觉那块廉价的波纹塑料板后面好像有什么活物。那感觉诡异极了，后颈的汗毛几乎根根倒竖。

他轻轻伸出手去，捡起地上的球，一溜烟地逃走了。因为他有种莫名的直觉，在那里久留准没好事。他感觉自己一来一回花了很久的时间，实际却不过三十多秒。

后来跟小伙伴一打听，才知道小巷里原本有一处道口，但被封闭了，原因不明。据说是之前那里年年都出事，搞得自治会与铁路公司头疼不已。最终双方经过协商，将道口的两侧拦了起来。

坐电车回家时，若槻又一次经过了那个地方。凝神望去，薄薄的围栏内侧确实有疑似道口升降栏杆残骸的东西在视野中一晃而过……

若槻猛地从回想中回归现实。此时此刻，清晰明确的警告已然响彻脑海。

快走！

近似于焦躁的不快催促着若槻。他缓缓后退，正要转身离开，却见一个人沿着他刚刚走过的那条路走过来了。

径直走向若槻的是个中年男子，穿着沾染油污的工作服。他身高与若槻差不多，但胸板很薄，四肢很细，身材瘦弱。额头虽然秃了，看着却不是很老。硕大乌黑的双眼一动不动，仿佛正凝视着什么。与整张脸相比，他的嘴小得极不匀称，似乎还挂着莫名的奸笑。若槻看着那人的脸，近乎后悔的情绪涌上心头。

"你是哪位？"那人开口问道。发音含混不清，也许是因为嘴张不大。正如葛西所描述的那样，很难听清他在说什么。

"敝姓若槻，来自昭和人寿京都分部。请问是菰田先生吗？听说您之前打过电话来……"

"哦，是有这么回事。家里没人？"

"好像是。"

"怪了……"

那人用右手掏出工作服口袋里的钥匙。不知为何，他只有左手戴着劳保手套。见他打开院门走了进去，若槻只得跟上。

几只小狗显然是听到他回来了，从院子里一路跑来。棕色的山寨柴犬，垂耳的白色串串，眼神可怜的长条黑狗……看着像随意捡来的流浪狗。只见那人原地蹲下，依次抱起每只小狗，用脸颊蹭蹭它们。

"健太呀，寂不寂寞呀？是不是很想爸爸呀？哎哟，乖……顺子，你也过来呀。"

瞧这疼爱方式，小狗们更像是他的孩子，而非宠物。陪小狗们玩闹时，他几乎完全遗忘了若槻的存在。

见他站起身，小狗们便又冲向了院子。他再次举起钥匙串，打开房门，请若槻进屋。

"家里有点儿脏，别嫌弃啊。"

"打扰了。"

门后很是昏暗，刚跨过门槛，便有一股异味扑鼻而来，直让人误以为自己进了某种神秘动物的巢穴。

老房子往往都有独特的气味，但菰田家的气味非比寻常。除了发馊的垃圾所特有的臭味，还有酸性的腐臭、类似麝香的香料膻臭等混杂在一起，令若槻直反胃。

他想象不出那是什么气味，但那气味肯定早已浸透了整栋房子。每个人都对自己家中的气味不甚敏感，然而在这样的环境下泰然自若，怕是只能用异常来形容。若槻拼命抵抗想掏出口袋里的手帕捂住口鼻的冲动，无论对方为什么投诉，他都要尽快解决，火速开溜。

那人低头看了看脱鞋的地方，嘟囔道："搞什么啊，和也不是在家吗……老婆上哪儿去了……"若槻低头望去，只见角落里有一双小学生穿的运动鞋，摆得整整齐齐。如果可以，他是真不想进屋，但无奈之下还是脱下皮鞋，规规矩矩摆在一旁。

走廊的地板黑光铮亮，像是被反复擦磨过。然而在这般臭气熏天的环境中，光亮的地板跟结块的污垢也没什么两样。

那人一边走，一边朝里屋喊道："和也，和也！"但无人回应。走到半路，他回过头来，冷笑着问若槻："臭不臭？"若槻只得僵着脸摇头。

看来那人也不是完全闻不出来，他至少意识到了恶臭的存在。既然是这样，那为什么不在家里放些除臭剂呢？

若槻被带去了面朝院子的日式客厅。客厅里的气味依然难闻，所幸那人打开了纸糊拉门，好歹有风吹进来，不那么难熬。

那人坐在壁龛跟前，与若槻隔着矮桌。

"不好意思啊，让你久等了。工作结束得比我料想的晚。"

"劳您费心了，其实我也才刚到，"若槻将糕点放上矮桌，递了过去，"您就是打电话来我们分部的菰田重德先生吗？"

"是啊。"

"听说站点的工作人员多有冒犯，实在抱歉。"

"好说，你也不容易啊。"

"多谢体谅。"

那人收下糕点，却似乎有些心不在焉。明明都进家门了，却没有要摘下手套的意思，而且迟迟没有提及重点，也就是投诉的具体内容。他为什么要把自己叫来？记得葛西说的是"有人点名找你"。若槻本以为，就算对名字没了印象，见到了总能想起来的，可他完全没有跟眼前这个人打过交道的记忆，甚至没有在分部的窗口接待过他。可若真是这样，那他又是如何得知了若槻的姓名？

“和也啊！你要在家就过来一趟！”菰田重德突然伸长脖子，对着若槻身后的推拉门吼道。举止做作，仿佛在演戏一般。房中寂静无声，无人回应。

“和也？家里有客人来了，怎么都不出来打个招呼啊？多没礼貌啊！”

“呃，没关系的……”若槻劝道，菰田却啧了一声。

“能不能帮忙开开那扇门？”

“啊？”

“那是书房，和也应该就在里头。”

无奈之下，若槻只得依言起身，边开门边道“你好”。

一个十一二岁模样的男孩半翻着白眼，眼珠朝上凝视着这边。他面色苍白，干了的鼻涕在半张着的嘴上留下了痕迹。

若槻眨了眨眼。只见男孩耷拉着四肢，悬在离地约五十厘米的半空。

随后，在房间深处的楣窗与紧绷的绳状物体跃入眼帘。正下方的榻榻米已然变色，仿佛是被洒了水，后面则倒着一把带脚轮的椅子。

意识到那是一具吊死的尸体后，若槻不知发了多久的愣。突然，他回过神来。菰田重德已神不知鬼不觉地站在了他的身侧。

若槻刚转头望向菰田，目光便撞上了那双乌黑的眸子。一抹慌张闪过菰田重德毫无表情的脸，他的视线立时从若槻脸上移开。

隐约的别扭，瞬间化作惊愕。

菰田重德根本没在看那个孩子。

他竟不顾自家孩子的尸体，暗暗观察若槻的反应。那是冷静的旁观者特有的眼神，不带丝毫的情绪波动。

菰田避开若槻的凝视，走近悬空的尸体，嘴里念叨着"和也，你为什么想不开啊"之类的话。然而，他的独白是如此虚假，如此矫揉造作。

房中仿佛流淌着两种迥异的时间。菰田假惺惺的举止，让人意识到周遭的时间在正常地流逝。然而，在那个似乎因恐惧而瞪大双眼的男孩周围，时间已然凝固，宛若静止的图像。

若槻盯着菰田重德，目瞪口呆。

菰田丝毫没有要触碰尸体的意思，仿佛害怕在尸体上留下自己的指纹。

突然间，恶心的感觉涌上喉头。若槻用手帕捂住嘴，鼻腔受了胃酸的刺激，激出泪来。

若槻呆立在原地，拼命抵抗想要呕吐的冲动。

4

菰田家周围拉起挂着"禁止入内"牌子的警戒带。放眼望去，到处都是警察。

刚才有鉴证人员开着闪光灯拍了一通，这会儿像是拍完了。

铝梯架了起来，一位身穿背后印着"KYOTO POLICE"的防暴服、头戴制服帽的胖警官慢慢吞吞爬了上去。他的体重虽不及葛西，但也相当了得，一站上去，梯子便嘎吱作响起来，感觉很不稳当。

菰田家的天花板很高，系绳的地方是上方的门楣，足有两米多高。胖警官用一把大号美工刀割开绳子的中段，候在下面的两名警官接住尸体，然后将尸体安放在提前铺好的布上，看着像防水布。剩下的绳子也被割断，装进透明的塑料袋里，不过绳结原样未动。若槻心想，警方回头可能会研究一下绳结的打法。

尸体的四肢一落地便跟孩子的手脚似的绵软弯曲，脖子以上的部分好像已经出现了尸僵，旁人怎么晃都纹丝不动。

若槻伫立在稍远处，只觉得眼前的一切好似影视剧中的场景，仍无法相信那都是现实。

他瞥了一眼仍呆立于尸体跟前的菰田重德的背影。恐怕在旁人看来，此刻的菰田垂头丧气，一副茫然若失的样子，很符合"痛失爱子的父亲"这一身份。

孩子的母亲尚未归来，不知她回家闻讯后会有何感想。

身后有人拍了拍若槻的肩膀。回头望去，只见一个便衣刑警模样的人站在那里。

"你就是报案人吧？方便聊两句吗？"

换作平时，被警察问话定会带来诸多焦虑。但在此刻的若槻听来，这位警官的话简直成了救他于水火的福音。

他一刻都忍不了了，没法再将自己目睹的一切埋在心里了。苦闷与不快的紧张感迟迟不散，他心跳虚浮，手心直冒冷汗，想立刻找人倾诉一番，赶紧解脱。

可这不是说话的地方，他总觉得面朝另一边的菰田重德正在竖起耳朵偷听。

若槻咽了口唾沫，润了润干得冒火的嗓子："呃……如果您方便，最好找个不会被别人听见的地方……"

"哦，那就去车里吧。"警官听到若槻的话，并未表现出意外，他领着若槻走了出去。一出门，这位警官便大口深呼吸，换上笑脸，回头对若槻说："真要命，我也不想在那臭气熏天、臭得要死的房子里待太久。"

连用两个形容词是京都地方话的一大特色。警官打开警车的后车门，请若槻先上，自己也在旁边坐下。

无论是上警车，还是被警察问话，对若槻而言都是生来头一回。坐进来才发现，警车和普通的车并无区别，不过他想起以前听人说过，警车靠里的车门结构特殊，无法随意打开。一想到这位警官不让开，自己就出不去，他便产生了一种诡异的压迫感。

他细细打量起这位掏出笔记本的警官。三十五六岁的模样，身材在警察里算瘦的，穿着衬衫开领的西装，语气柔和，看起来也算和颜悦色，一头短发烫成了大佛似的小卷，怎么看都不像寻常的工薪族。

若槻递上名片，自报家门。警官也掏了名片，上面写着"京都府警搜查一课巡查部长松井清"。原来他不是片区警署的，而是来自级别更高的府警，而且搜查一课应该是专管谋杀这种重案的。莫非警方一上来就怀疑这案子有蹊跷？若槻顿时便觉得，自己多了一位可靠的战友。

松井警官拿着若槻递来的名片，细细端详。

"你是昭和人寿京都分部管保全的……主任？这么说来，你应该不是跑销售的吧？保险公司的人来这儿干什么呢？"

"菰田重德先生打电话来我们分部，好像是要投诉，点名要我来一趟。"

"要投诉？他投诉什么了？"

"实不相瞒……我也不知道他想投诉什么。"

"不知道？"

"说是跟上门收钱的销售代表有关，但在电话里说得不清不楚的……人家点名要我来，我便想还是先来一趟，好歹了解下情况。"

"他点名要你来，是不是早就认识你啊？"

"不是，今天是我第一次见他。"

"哦……那他怎么会知道你的名字？"

"我也不知道。"

"哦……"松井警官似有所感，"那他在你们那儿投了多少？"

"菰田夫妇保额各三千万日元，孩子保额五百万日元。"

"足足三单？怕是要交不少保费吧？"

"是啊，每个月总共要五六万日元吧。"

"回头能不能提供一下保单的详细信息？"

"好的，不过按流程，还是需要您出具问询函的……"

身为保全业务的主管，哪怕是这种时候，也要坚守原则。

"知道知道，我会写的……那就讲讲你发现上吊尸体的经过吧。"

若槻在座位上挪了挪屁股："当时菰田先生带我去了客厅，喊了几声孩子的名字和也，却没人回话，于是他就让我把那个房间的门打开……"

"是菰田重德先生让你开的门？"松井舔了舔铅笔，在笔记本上做着记录。

"是的。"

"然后呢？"

"然后我就站起来，拉开了门。"

"于是就发现了尸体。哦，明白了……"

若槻深吸一口气："呃，话说那个时候……"

"嗯？"

"菰田先生当时的反应……我觉得有必要跟您描述一下。"

松井似乎生出了兴趣："说吧，尽管说。"

若槻很是神经质地在裤子上擦了擦双手。

"最开始，我的注意力都集中在尸体上，没留意菰田先生那边的情况。回过神来才发现，他已经站在我身边了。"

"哦，然后呢？"

"我望向他，大概是想说些什么，但具体想说什么已经记不起来了。就在那时，我发现他在看我。"

"看你？怎么说？"松井警官的眼神顿时犀利起来。

"他没在看尸体。那感觉就好像……我也不知道这么说合不合适，就好像他更关心我的反应，而不是尸体本身。"

若槻掂量着这番话的分量，他是在控告菰田重德涉嫌谋杀。松井警官沉默片刻，再次开口时，语气似乎与先前有所不同，措辞也更接近板正的普通话了。

"你确定？也许是错觉呢。"

"不，我很确定。"

"会不会是你看向他的时候，他恰好也转头看向了你？"

"不会的，我感觉他应该已经观察我好一会儿了。"

"你怎么知道？"

"因为在对视的那一刻，他把视线移开了。"

遇到不知该如何处理的异常情况时，人会不自觉地看向对方的眼睛。这是为了在对方眼中读出与自己相同的恐惧和惊讶，从而感到放心。

菰田却主动看向了别处，这说明他想知道若槻的反应，但不想暴露自己的表情。

显而易见的紧张已然刻上松井警官的面容。听说刑警非常重视这种涉及心证的证词。先入为主固然危险，但第一印象往往与真相八九不离十。

若槻松了一口气。反正责任已经尽到了，只需最初的轻轻一推，"警方"这部机器应该就会运作起来。离真相大白的那一天，应该不会太远了。

若槻回到分部时已近傍晚，因为他后来又去京都府警录了口供，将事情经过从头到尾又叙述了一遍。

"哎哟，这次可真是飞来横祸啊！"坐在办公桌前无所事事的葛西叫住了他。语气明快，一如往常，这令若槻颇感欣慰。从警局打电话回来汇报情况的时候，葛西的声音也是冷静如常。不过当面细看他的神情，还是能找到一抹忧虑。

"抱歉回来晚了。内务次长呢？"

"在第一会议室。他刚把太秦站的站长叫来，正跟外务次长一起问话呢。你方便立刻去一趟吗？"

"菰田和也的死亡通知录入了吗？"

"都弄好了。"

若槻望向干干净净的桌面，看来葛西已经帮忙把需要盖章的文件都处理好了。

葛西与若槻拿着便签本和相关资料，赶往下一层的会议室。会议室跟教室很像，平时经常用来培训新入职的销售代表。木谷内务次长、统管销售代表和一线销售工作的大迫外务次长与太秦站的樱井站长齐聚一堂。

分部总经理去东京出差了，眼下这两位次长就是分部级别最高的领导。

"辛苦了，情况怎么样？"木谷内务次长抬起布满皱纹的脸。他高中毕业后就进了公司，走遍了全国各地的分部，从基层一路打拼上来，可谓饱尝艰辛。如今他已年近花甲，马上就要退休了。

"我去警局录了口供，说是到时候搞不好还要出庭做证。"

独自抽着烟的大迫外务次长发出打嗝儿似的奇怪笑声。他与内务次长对比鲜明，不过四十多岁，体重略逊葛西一筹，个头倒是分部最高的，足有一米八五。

"瞧这事闹的……若槻，听说尸体是你发现的？"

"是啊，今晚怕是要做噩梦了。"

"嚯，谁乐意摊上这种事啊。话说这真是谋杀？"

"肯定是。"若槻答得不假思索。

"话是这么说，但警方还没下定论吧？"

葛西忧心忡忡道。看来他对若槻的判断还抱有些许疑虑。

"可我思来想去，还是觉得只可能是他干的。"

"哦……既然若槻都说到这个份儿上了，那肯定错不了。搞不好跟别府市的三亿日元骗保杀人案[1]里的那个A能有一拼。"

在大迫提起的那起案件中，凶手开车载着妻子和两个继女从码头栽进海里。大迫当年就是负责相关保单的站长，不知跑了多少趟警局。

"刚才听樱井站长说，这单本身不是太秦站拉来的。"木谷指着打印出来的保单明细说道。那是菰田家三份保单中的一份，保额五百万日元，被保险人为菰田和也的儿童保险。

"是大阪南分部的狭山站拉的，一年半前签的约，去年才转给我们。"樱井补充道。在这群人里，只有他比若槻资历浅。他今年二十七岁，入职第五年，头发却已日渐稀疏，许是压力过大

1　三亿日元骗保杀人案指1974年发生于日本大分县别府市的骗保杀人案，凶手荒木虎美为骗取保险赔偿金，制造车祸杀害了妻子和两个继女。荒木虎美的姓氏首字母为A，这里用A来指代他。

所致。

"谁办的？"

葛西回答了大迫的问题："是个叫大西光代的主妇，四十五岁，已经辞职了。我打电话找狭山站的站长打听了一下，说是那人的性格不适合做这份工作，拉完亲朋好友，就几乎拿不到新单子了，连一年都没坚持下来。她拉来的那些后来大多也退保了，不过站长说，也没闹出过什么跟道德风险沾边的事情。"

"那她跟这个菰田是什么关系？"

"据说她跟菰田幸子是小学同学，这个幸子应该就是菰田重德的老婆吧。不过签单的过程是有点儿问题，"葛西低头看了看便签本，"说是大西光代在大阪南区打小钢珠的时候，碰巧看见菰田幸子坐在了自己旁边。明明都从小学毕业好几十年了，她却一眼就认出了这位老同学。她俩当年好像也不是特别要好，但大西光代那段时间大概是总也签不下单子，就把她当成了救命稻草，约去咖啡馆坐了坐，抱怨了一通公司的指标太高什么的，顺便给了张名片。她当时也没抱奢望，心想老同学自己不买也没关系，万一能给她介绍个客户呢。没想到三天后，菰田重德突然打电话去了站点，说愿意找她买保险。"

在日本，客户决定投保大多是销售代表死缠烂打、苦苦哀求的结果。因此，一旦碰到主动找来分部或站点的客户，就必须先怀疑是否另有隐情，算是旨在防止骗保的风险初筛[1]。

"而且他一买就是三份。保额是菰田夫妇各三千万日元，孩

---

1 风险初筛即第一轮审核，是由销售代表进行的筛查。销售代表通过与客户面谈，观察对方的言行举止与健康状况，了解其职业、投保目的、收入等信息，从而规避一些基本风险。

子五百万日元。附加险加满，保费加起来要每月六万一千八百七十二日元。”

“若槻主任，你觉得菰田家的收入大概是个什么水平？”

“呃……我没问菰田重德是做什么的，但他好像在工厂之类的地方上班，看着不像有钱人。家里的房子倒是挺大，但相当破旧……”

“房子八成是租的吧。”

“搞什么啊，那岂不是浑身都是疑点！大阪南分部怎么没在他投保的时候查出来啊？”大迫嚷嚷起来。

若槻拿起桌上的打印件，查看签约时间。

“是前年11月签的。”

“11月啊……”大迫沉吟道。

11月素有“寿险月”之称，是保险公司重点关注的月份，又称“11月大战”。每到这个时候，家家都铆足了劲儿，比谁的签约额更高。总部分配给各站点与分部的指标是其他月份的几倍，所以难免会出现“不管三七二十一，先把约签上”的倾向。申请单如潮水般涌来，审查部门也难免会马虎大意。

“不过嘛，眼下还没到下定论的时候。等对方申请理赔了，再决定怎么办也不迟，”木谷如此总结道，“若槻主任已经跟警方搭上关系了吧？这段时间要跟他们保持密切联系，设法套些消息出来。”

“好的。”

“通常情况下，我们是会提醒受益人申请理赔的，您说这次该怎么办呢？”樱井忧心道。

“这次也一样，你明天就把申请单给人送去，”葛西斩钉截铁道，"不过樱井站长，菰田在电话里提过一嘴，说上门收钱的人态度不好，这到底是怎么回事？没出过什么会落人话柄的事吧？"

樱井一脸不解地回答："这……我找负责他们家的职员问过了，说家里确实是经常没人，总也见不着。可遇到这种情况时，他都会留张便条，第二天再登门拜访，实在想不出有什么可投诉的。那职员做事踏实，我觉得他的话还是比较可信的。"

"那都是借口，借口！菰田就是想把若槻叫过去，让他第一个发现尸体！"大迫咬牙切齿道，"虎毒还不食子呢……"

"搞不好那孩子就不是菰田亲生的……"葛西若有所思。

"就算不是……正常人也干不出那种事啊。"

那具吊死的尸体，突兀地浮现在若槻的眼前。

那个孩子吊在楣窗上，仿佛悬浮在空中。

四肢无力地耷拉下来，垂下的脖子僵直，堪比雕塑。浑浊的眼睛仿佛蒙着白膜，光彩全无。

那是一具丧失了生命，却仍保留着人形的躯壳，是一个曾经是人的东西在人世间留下的影子与余像。它将永远停留在未完成的形态，成长无望。即便置之不理，也只会在缓慢地化学分解之后消失不见。

对若槻而言，那就是荡然无存的可能性的象征，恰似十九年前从这个世界消失的哥哥。

本可以热烈燃烧数十年的生命之火骤然熄灭。那些突然无处可去的生命能量，又迎来了怎样的结局？它们会不会永远怀着怨恨，徘徊在幽冥深处？

"没事吧？"葛西的声音将若槻拉回现实。在场的所有人都站了起来，这场会似乎已经开完了。

"没事。"若槻强颜欢笑。

若槻猛地被惊醒。

公寓的天花板映入眼帘，唯有时钟秒针的嘀嗒声回荡在房中，格外响亮。

若槻保持仰卧的姿势，摸来枕边的闹钟，看了一眼刷有夜光涂料的刻度，刚过凌晨三点。

醉意似乎仍盘踞在身体的核心。这也难怪，从睡着到现在，还不到两个小时。扭头望去，琴酒的空瓶与酒杯还摆在厨房的桌子上。面向公寓走廊的窗口透着光亮，玻璃器皿背靠窗口，化作剪影。

琴酒的苦味和松香的气味仍缠绕在舌尖。忽然，他感到口渴难耐，想必这就是醒来的原因。

若槻一骨碌转了半圈，爬了起来，却险些被撂在地上的塑料哑铃绊倒。到处都散落着报纸、杂志和换下的脏衣服什么的，每走一步都得小心翼翼。他已有近一个月没打扫过卫生了。

房间深处仍堆着没拆开的纸箱。

打开冰箱一看，里面只有一盒一升装的低脂牛奶。他都不记得那是什么时候买的，但还是拆开喝了起来，直接上嘴，几乎尝不出味道。他一口气喝了半升左右，才有种胃里不再滚烫的感觉。

若槻坐在厨房的椅子上，没有开灯。

无绳电话的子机还摆在桌上。他记得自己给阿惠打过电话，但忘了聊了什么。他似乎喝醉了，一直在自说自话。

不知不觉中，他发现自己正借着从小窗照进房间的朦胧光亮，打量厨房的白墙。

随着意识逐渐接近空白，白墙的表面膨胀起来，仿佛在天际翻滚的积雨云。只见它缓缓打着旋儿，汇成某种形状……

耷拉的四肢、垂下的头颅、翻白的眼珠……

若槻从椅子上站了起来。醉意只能令恐惧模糊地扩散开来，而不能使其麻痹。得找个东西分散注意力，什么东西都行。

他走去里屋，打开了CD录放机。戴上耳机，胡乱按下选台键。

以电波的形式在空中游荡的男女对话立刻化作语音，被机器播放出来。传至耳膜的分明是日语，却没能形成连贯的语义，听着像蜜蜂的嗡嗡声。

"呃……你是""是哦""那种事""真讨厌""不就是这么回事吗？""我是说""什么的""你的""话说""我们这些小人物""瞧瞧""错啦！""哈哈哈……""咦""哦""嗒""还不是因为""伊斯？""这个嘛……""什么意思？""对了，还有""是吧？""奶"……

若槻忍无可忍，扯下耳机扔到一旁。落地的物体发出咔嚓咔嚓的声响，如巨大的节肢动物一般蜷起身子，继续以难以辨认的低音说着废话。

录放机一关，寂静再次降临。

若槻跟跟跄跄躺回床上，像死人一样交叠双臂，闭上眼睛。

就这么躺了一会儿，只觉得时钟秒针的嘀嗒声越发震耳欲聋。

雕像般纹丝不动的孩子……

他翻了个身，拼命想将这个画面赶出脑海。

渐渐地，他发现自己的胸口正在缓缓起伏，呼吸跟睡着了一样深长而均匀。

怎么搞的？若槻试图挪动四肢，但惊恐地发现身体不听使唤。这就是传说中的"鬼压床"？

他想起来了。"鬼压床"是一种身体睡着了，大脑却依然保持清醒的状态，据说出现这种状态的主要原因是精神压力大和劳累过度。

没什么好怕的……

唯有时间缓缓流逝。身体睡得正香，神经却紧绷着，这种状态持续了许久。他只想尽快遁入睡眠，而这个愿望一时半刻怕是无法实现了。

朦胧中，忽觉有什么东西自远处而来。

某种非人之物……这也太荒唐了！他如此否定这个念头，奈何那诡异的存在感越发强烈了。

它悄悄地拾级而上，五楼、六楼，穿过转角平台，到了七楼，而后徐徐来到他家门口。他的耳朵仿佛能捕捉到那轻微的脚步声。

"空谷足音"四字浮现在若槻的脑海。

那是在高中的汉文课上学的，老师吟诵诗文的独特腔调在耳边回响。独居偏远山谷，忽闻来访者的脚步声……这个词表达的就是在这种场合感受到的欣喜。

然而，对此刻的若槻而言，来访者的脚步声无异于恐惧本身。

谁？

来干什么？

是那个上吊的孩子吗？他有话要跟我说？

……哥。

脚步声停在门口。

别过来！走开！

他在心中嘶吼，却连嘴唇都动弹不得。

过了好久好久。

保持清醒是何等难熬，他迫切地渴望逃离，哪怕换来的是一场噩梦。

最终，若槻在慢慢转暗的意识中感觉到，房间里好像有人正俯视着自己。

5月15日（星期三）

事发一周后，若槻收到了菰田和也的身故理赔申请材料。那日恰逢京都三大祭之一的葵祭，用紫藤花装点的牛车走街串巷，热闹非凡。

申请材料被草草塞在坂上弘美初审过的文件中，想必是跟着站点今早发来的同城快件来的。

一看到那沓材料，若槻顿时火冒三丈。樱井站长那装傻充愣的面孔跃然眼前，分部明明再三强调过此事牵扯重大，他为什么没在站点收到申请的时候立刻上报？

站长往往比较重视与自身业绩直接挂钩的新单，对保全方面的事务却是疏忽大意，回头得严肃批评一下。

若槻翻开申请材料，先看验尸报告。

"⑪ 死亡分类"这一项不出所料，勾选的是"其他及不详"，而非"自杀"。

然而，"⑫ 死因"的"a：直接死因"是"颈动脉及脊柱动脉闭塞导致的急性脑贫血"，"b：a的原因"则是"缢颈"。

"⑬ 手段及详情"一栏则写着"将尼龙包装绳系于门楣，结成直径三十厘米的绳圈后上吊"。

若槻陷入沉思。因为他认定是菰田重德勒死了和也，再用绳子把尸体吊在了门楣上，而验尸报告中的描述大大出乎了他的意料。单看这部分，便会得出"死者只可能是上吊自杀"这一结论。

路过的葛西探头瞄了一眼，顿时瞠目道："哟，是那起案子的？"

"嗯，该来的还是来了。"

"怎么搞的，我都没听到风声。"

坂上弘美刚在墙边的一排电脑前录入完信息，捧着一沓与住院津贴有关的材料正要起身。

"坂上，过来一下。"葛西眼尖地发现了她，招手让她过来。

"这份身故理赔申请是跟着今天早上的快递来的？"

坂上弘美盯着那沓材料，一脸莫名。分部没有将菰田和也的死涉嫌道德风险一事告知窗口的女职员，以免她们先入为主。

"哦，这份不是的，是今早邮寄过来的。"

邮寄，若槻确实没考虑到这种可能性。因为通常情况下，身故理赔的申请材料都是站点职员直接上门去取的。万一有漏填或材料不齐全的情况，便能当场发现，及时提醒。

菰田重德却特意选择了自己邮寄。莫非他有十足的把握，确信材料不会有任何疏漏？说不定，这并不是他第一次申请理赔。

葛西翻开材料，苦着脸盯着那份验尸报告。

"这写法……有点儿模棱两可啊。"

"是啊，毕竟是'其他及不详'。这种情况应该会做司法解剖，可提交上来的材料里并没有解剖报告。"

"要不我下午去一趟府警，找上次那个刑警问问？"

"有劳了。"

外线电话响起。葛西麻利地回到自己的工位，拿起听筒："早上好！昭和人寿保险公司京都分部为您服务！"

若槻对照保单，仔细核查申请单。先比对笔迹是否一致，印迹则用两脚规比对直径和文字各个部分的长度。

笔迹如小学生一般幼稚，但完全查不出问题，日期之类的细节也没有遗漏。

再看一并提交上来的户籍誊本，原籍为W县的K町，户主是……

许是若槻脸上露出果不其然的表情，葛西刚打完电话便说着"怎么了？"凑了过来。

"死者菰田和也是菰田幸子带去的拖油瓶，生父不详。菰田重德是两年前跟幸子结的婚，原来姓小坂。"

葛西点了点头，面色凝重。在受害者为儿童的谋杀骗保案中，再婚夫妇中的一方杀害另一方带来的孩子，即"继子女"的情况最为常见。

"上次我在系统里查过菰田重德、幸子、和也这三个名字，但什么都没查到。保险起见，我再用小坂重德查查看。"

葛西记下菰田重德的出生日期，迈着与体形极不相符的轻盈脚步来到电脑前坐下来，开始敲击键盘。

此时此刻，若槻的办公桌上只有和身故理赔有关的文件。趁着这会儿还不忙……若槻心念一动，翻开一本厚重的法医专著，那是问昭和人寿的专属社医铃木大夫借来的。

他向来是看到这种书就头疼，可今天不得不看。

翻开书页，叫人毛骨悚然的照片跃入眼帘，那是一具看着像溺死的尸体。拿着过户申请单走来的川端智子一看到那照片便往后一缩。若槻连忙翻过那页光滑的铜版纸，谁知翻来翻去，尽是些触目惊心的照片，他只得用眼角余光逐一扫视条目。

有了。"缢死"，归在"窒息死亡"里。这部分也有各种吊死者的照片。继续往后翻，还找到了"绞颈"这一条目。

若槻越看越忧心。他逐渐意识到，要证明这是一起谋杀案可能很难，出具验尸报告的医生恐怕也遇到了同样的难题。

据说伪装成自杀的谋杀往往是先把人勒死，再将尸体吊起来。可若事实真是如此，又有很多地方解释不通。

首先，如果一个人是被勒死的，那么他的面部会在静脉淤血的作用下鼓胀起来，呈红紫色。但若槻看得清清楚楚，菰田和也面色惨白，这正是上吊致死的特征。

其次，如果尸体正下方有尿失禁的痕迹，那十有八九是自杀。如果痕迹出现在远离尸体的地方，则谋杀的嫌疑更大。菰田和也正下方的榻榻米确实是湿的，那一场景还历历在目。

再者，是绳索压迫脖颈形成的"索沟"有所不同。上吊的尸体往往只会在颈部的前半部分形成较深的索沟，而且印痕到正后方就断了。被勒死的人则不然，索沟绕脖一周以上，深度也均匀。

然而，验尸报告并未提及这些明显的特征。这是不是说明，菰田和也身上的索沟也符合上吊的特征？

说不定……那家伙的精明狡猾远超我们的想象。

回过神来才发现，刚才还坐在电脑前的葛西已经回到了工位，还打起了电话。电话那头貌似是其他分部的人，他的表情比之前严峻了几分。"这样啊……"若槻甚至从他附和的声音里读出了某种无形的怒意。

"若槻主任，那家伙有前科啊！"葛西啪嚓一声撂下听筒，声如虎啸，"我查小坂重德这个名字，果然查到了一份已经退保的单子。他居然是断指族的余孽！"

"断指族？"

"你没听过？那是一群为了骗取伤残津贴，不惜砍断自己手指的狠人，当年可是闹得沸沸扬扬的。"

若槻想起来了。孤田重德回家后也没有摘下左手的劳保手套，原来那是为了遮住缺损的手指。

伤残附加险是人寿保险附带的一种特殊条款。若因意外造成了特定的伤残，就能按一定比例领取主险约定的保险赔款，作为伤残津贴。

葛西告诉若槻，十多年前，某地的工地接连出现工人申领伤残津贴的情况，而且是清一色的"作业期间意外断指"。

当时，大多数人寿保险公司的规定是断指只赔保额的百分之十。但拇指例外，赔百分之二十。这便导致了一种极其诡异的现象，当时"事故"造成的断指基本都是左手的拇指。

"可……就为了那么一点儿伤残津贴，多划不来啊？"若槻听得半信半疑。

"这当然不是全部。首先，他们会假装工人是上班期间受的伤，于是就能按工伤申领误工津贴了，这可不是小数目。要是还投了简易保险的伤病津贴、农业合作社的残障互助基金什么的，也能一并诈领。这都不是一石二鸟了，而是一石三鸟、四鸟，全部加起来，搞不好能有个四五百万日元。"

"话是这么说，可……不会很疼吗？"

"当然疼了，可人被逼急了，就是无所不用其极的，"葛西讲解起了具体的断指方法，"有几种方法可以缓解下手那一刻的疼痛。最好的法子当然是正规的麻醉，但没有医生或护士从旁协助是搞不定的。艺妓自古以来就有为心上人断指明志的传统，这你知道的吧？"

若槻闻所未闻，只得摇头。

"你不知道啊？听说她们都是先用风筝线紧紧勒住手指的根部，让血液不再流动，等手指麻木了再一鼓作气切下来，据说黑帮现在还在用这个法子呢。用冰或干冰比这稍微靠谱一点儿，不过断指族那群人多用的是喷雾。"

"喷雾？"

"见过运动过后用来冷却肌肉的那种喷雾没有？他们会对着手指喷，而且是对着一根手指喷完一整罐。一下喷这么多，手指就全麻了。到时候再把尖头菜刀、柴刀什么的按上去，压上全身的体重，就跟切鱼头差不多了。"

"……"

"当然，神经的麻木只是暂时的。要不了多久，就是排山倒海的疼痛。听说当天晚上会疼得满地打滚儿，那感觉就像是断面的神经炸开了一样。得养上好一阵子，还得夜夜忍受所谓的幻肢痛……"

"呃，快别说了。"光听都觉得恶心，若槻连忙让葛西打住。

这又是若槻无法理解的一种人。为了钱切断自己身体的一部分，这和饿了就吃自己触手的章鱼有什么区别？

若槻心想，干得出这种事情的人，绝不会把别人的性命当回事。

在审核身故理赔申请时，如遇投保不满一年的"早亡"或高额理赔，则需提交总部处理，其他申请可由分部判断是否批准。

然而，在与总部的理赔课协商后，菰田和也的相关材料被破例送往总部审核，由昭和保险服务公司介入调查。这是昭和人寿的全资子公司，与三善所属的那家公司性质迥异，只开展纯粹的调查。当然，这也意味着要等上一段时间才能有最终结果。

若槻和樱井站长跑了好几趟京都府警，却没能见到松井警官。

替松井警官接待他们的刑警个个态度冷淡，表示无法将调查进展透露给私企。关于菰田和也之死有没有可能发展成刑事案件，他们也是全程打官腔，似是怕被抓到把柄。警方与检方不明确表态，保险公司便不能擅自做决定。若槻自是心急如焚。

更愁人的是，在京都分部收到理赔申请材料大约一周后，菰田重德开始频频来电催问"什么时候才能给答复"。

他仍是瓮声瓮气，吐字不清，不像其他来投诉的客户那样扯着嗓子大吼大叫。然而，菰田的来电还是给若槻等人造成了相当大的压力。虽然领导们没跟女职员透露过什么，但她们大概是从若槻与葛西接完电话之后跟内务次长沟通的神情中瞧出了异样，也对菰田重德的来电表现得分外紧张。

5月29日（星期三）

离入梅还有一阵子，这天却是一早就下起了淅淅沥沥的雨。

办公楼的空调明明调到了除湿模式，可空气还是带着几分黏腻，脂粉味似的气味也比平时更浓了。

进藤美幸从窗口柜台走向若槻。若槻在抬头看到她神情的刹那，不祥的预感汹涌而来。他的目光迅速扫过柜台，只见四位客人坐在那里。最先映入眼帘的是位身着和服便装、剃着光头的中年男子，接待他的坂上弘美正对照着宣传册为他讲解着什么。

边上是位身材娇小的老妇人，隔着柜台，只能看到她肩膀以上的部分。穿着米色罩衣的青年，看着像小建筑公司的工人。还有一位中年妇女，看着像四十多岁的主妇。

这三位都静静坐着，周身并无杀气。

"若槻主任，那位客人想咨询一下菰田和也的理赔申请进度。"进藤美幸的神色很是诡异。她平时负责管理从银行账户自动扣收的保费，有空时也经常在窗口接待来客。明明没客人吼她，她怎会如此紧张？

"哪位？"

"四号窗口的那位。"进藤美幸把手伸到客人看不见的位置，指了指坐在柜台尽头的客人。

若槻拿起一张名片，站了起来。远远望去，那就是个随处可见的中年妇女，但他很快反应过来，她肯定是菰田幸子。他换上职业性的微笑，一步步迈向柜台。

强烈的臭味扑向若槻的鼻腔，他能感觉到自己的笑容僵硬了不少。那是香水味，而且还带着动物性的膻臭，疑似麝香。他心想，在屋里弥漫许久的诡异脂粉味，原来是从她身上来的？

若槻切身体会到，香水味淡了才好闻，太浓便是纯粹的恶臭。柜台前的中年妇女便是满身恶臭，让人怀疑她是不是往身上浇了一整瓶香水。若槻觉得，自己终于窥探到了黑屋异味之谜的部分谜底。

"让您久等了。敝姓若槻，主管保全业务。"他一边递名片，一边迅速观察对方的脸。

若槻虽然没当过站长，但毕竟在寿险公司供职多年，见过不少做销售的中年妇女，因此他能够一眼判断出对方有没有拉单子的本事。

不知不觉中，他便养成了习惯，在街头巷尾看到了中年妇女，也会在心里品评一番，一如评定高中生球员的职棒星探。每个分部都至少有一位因业绩卓越而声名远播的销售代表，收入远超分部总经理。而她们都会给人留下开朗与坚韧的印象，无一例外。

从这个角度看，眼前的这位就差远了。她给人的整体印象显得格外笨重而阴沉，顶着一张肥胖的羊腮脸，而且前额发际线形似富士山，将下半张脸衬托得更加肥大。眼睛细得好似刻刀划出的口子，而且全无神采，直叫人联想到古墓中的土俑。

且不论那身熏人的香水味，她的仪容也让人难以恭维。头发像是出门前随便梳了两下，蓬乱不堪。天气如此闷热，她却穿着浅红色的针织连衣裙，袖子遮到手腕，密不透风。

"和也的寿险赔款……怎么还没下来啊？"

咦？一听到那叽叽咕咕的说话声，若槻顿觉耳熟。

"恕我冒昧，请问您可是菰田幸子女士？"

"是啊。"

"您有没有携带可以证明身份的证件？"

对方默默打开手提包，取出国民健康保险证，好一个有备而来。确认名字是菰田幸子后，若槻交还了证件。

"事出突然，望您节哀顺变。理赔的相关材料已经送去公司总部审核了，还请您再耐心等待一段时间。"

"怎么要审这么久啊？"

"因为有些问题还有待确认……"

"还要确认什么啊？"

"是这样的，因为提交上来的死亡证明上写的死因不是自杀，而是不详，所以我们需要找警方核实情况。"

"那就赶紧去啊。"

"我们找警方询问过不止一次了，可就是问不出一个定论……"若槻早已打定主意，将责任推卸给警方。

"你这是什么话，明明都亲眼看见了！"

若槻心头一凛。因为幸子的声音骤然尖厉起来，与方才判若两人。

"和也的尸体不就是你发现的吗？"菰田幸子越发咄咄逼人，若槻不禁心生畏缩，难道她刚才看到名片的时候就已经发现了？

"呃……那天去府上的确实是我，可光凭我的一面之词……"

"钱要再下不来，我们就走投无路了啊，"菰田幸子语气一转，苦苦哀求起来，"得给孩子办葬礼，还有很多地方等着钱用呢！"

若槻清了清嗓子，捂住鼻孔。菰田幸子的香水味已经熏得他一刻都待不下去了，回过神来才发现，坐在柜台前的客人只剩下了她一个。若槻甚至觉得，其他客人搞不好也是受不了这股气味，这才匆匆离去。

"非常抱歉，我会敦促总部，尽快给您一个答复。"

菰田幸子又嘟嘟囔囔了好一会儿，总结成一句话就是：保险公司再不给钱，她这日子就过不下去了。

遇到这种情况，最忌讳中途打断，必须先让人家说个痛快，若槻只得耐着性子听菰田幸子诉苦。

菰田幸子从手提包里掏出手帕，翻来覆去擦眼睛。也许她是真的很伤心，但若槻似乎没看到眼泪流出来。

她一边说话，一边用右手拿着手帕擦拭眼角。后来，她大概是想换一只手拿手帕，抬起左手时却扯到了衣袖，露出了一直被遮住的手腕内侧。

若槻倒吸一口气。菰田幸子急忙整理衣袖，仿佛注意到了自己的疏忽，奈何为时已晚。

她的手腕上分明有几道平行的疤痕，像是用刀割出来的。每道伤口都很大，形成了隆起的白色筋线，足见当时伤得相当之深。

就在这时，若槻想起来了。想起了自己为何会觉得菰田幸子的声音听着耳熟。因为他确实在电话里听到过她的声音。声音的主人，正是4月初打电话来分部，询问"自杀赔不赔"的那个女人。

5

6月12日（星期三）

老式电梯的梯门嘎吱开启，约两米开外，就是印有"昭和人寿"四个字与标志的自动门。透过玻璃，可以隐约看到坐在柜台前或沙发上等待叫号的客人。

若槻凝神望去。看到沙发最远端坐着一个身穿土黄色工作服的男人，他顿觉胃袋一沉，仿佛中午吃的天妇罗荞麦面骤然变成了铅。

他从左边深处的员工专用门悄悄走进总务室。刚回到自己的工位，坂上弘美便带着一沓需要审核的文件走了过来。

"今天也来了。"她背对柜台，一边放下文件，一边用只有若槻能听到的音量说道。

从菰田幸子现身分部的第二天起，菰田重德每天都来"报到"，至今已有整整两周。不知为何，他专挑午休时间来。

"什么时候来的？"

"大概十二点零五分。"

这意味着菰田重德今天已等了近一个小时。中午当班的女职员称，他总是往柜台跟前一坐，然后一动不动地等待若槻。

"葛西副长倒是想出面接待，可他偏说'我平时都是跟若槻主任沟通的'……副长去会客室忙别的事情了，他吩咐我们有需要就去叫他。"

葛西曾多次试图替若槻接待菰田，奈何菰田每次都心平气和地婉拒称："反正我闲得很，等几个小时都行。"客户都说到这个份儿上了，葛西只得作罢。

菰田许是认定若槻比葛西更好对付。可惜若槻也不得不承认，他的判断没错。

若槻下定决心，走向柜台。

菰田正盯着这边看，视线相交时，他的表情并无任何变化。

"抱歉让您久等了。"在他对面落座时，若槻能感觉到自己的笑容很是僵硬。

菰田搁在柜台上的左手映入眼帘，手上戴着脏兮兮的劳保手套，里头貌似塞了东西，大拇指处异常鼓胀，很不自然。

菰田向柜台前探身子，用叽里咕噜的独特发音说道："我是为和也那笔钱来的，应该已经批了吧？"

"这……总部还在核实，可否请您再稍等一下？"

沉默片刻后，菰田沉声道："哦，还没批啊……"

在过去的两个星期里，同样的问答每天都要重复一遍，仿佛是某种仪式。

"实在抱歉，让您等了这么久。"

"哦，还没好啊……"

"我再联系总部催一下。有消息了会立即联系您的。"

"哦⋯⋯这样啊⋯⋯还要等啊⋯⋯"

若槻暗中观察菰田的表情,只见那双乌黑的眼睛如玻璃珠般空洞,读不出任何情绪,唯有小得出奇的嘴边挂着难以捉摸的微笑。

菰田缓缓起身,背对若槻。

"不好意思啊,麻烦您特意跑一趟。"若槻如此说道,菰田却一言不发,拖着脚步走了出去。

眼看着自动门渐渐合上,若槻感到了前所未有的疲惫。

迄今为止,菰田从未动过粗,甚至没摆出过带有威胁色彩的态度。换句话说,他没有做任何违法乱纪的事情。从表面上看,他就是个因理赔迟迟不批频频前来询问的受益人而已。

然而,这显然是一场精神之战。

菰田每天都来分部"打卡",然后又跟跑腿的孩子似的乖乖离开。那是因为他深知,让客户白跑一趟能让保险公司的人背上心理包袱。

要是菰田中途大动肝火,拍案怒吼,若槻心里定会轻松许多。因为他早已习惯与这类客人打交道。菰田的老实,反而叫人毛骨悚然。

最初的一两天还算好,奈何一连两周下来,若槻的恐惧不断膨胀,生怕菰田哪天突然爆发。毕竟对方干出过为钱断指的事情,而且还极有可能犯下了谋杀罪。他明知道这么想也许正中对方下怀,却无从纾解心中的恐惧。

葛西回来了。他碰巧在电梯口遇到了菰田,交谈了几句。只见他毕恭毕敬地鞠了一躬,等菰田所在的电梯关门之后才进了总务室。

"那大叔还挺有毅力的,天天来都不嫌烦,"他用坐在柜台前的客人听不到的声音对若槻说道，"他要是把这份气力用在本职工作上，怕是早就腰缠万贯了吧？"

若槻知道，葛西开这样的玩笑是为了让自己好受些。

"不管怎样，我都盼着这事赶紧了结。"

若槻故作平静，却终究没能骗过葛西的眼睛。

"我见过的人也不算少了，那么执着的还是头一回碰到，"葛西的语气中竟有几分佩服，"想当年，每个分部都有那么几个难缠的客户。在会客室砸烟灰缸是家常便饭，怀里藏着匕首的危险分子比比皆是。听到那种人在电话里说'你们给我等着，老子这就过去'，那心情别提有多郁闷了。不过人这个东西吧，还真是挺不可思议的。哪怕是这样的家伙，见过几次之后也能发展出些人际关系来。"

"人际关系？"若槻自然而然听出了兴致。

"嗯，据说人有种奇怪的习性，会对自己见多了的人产生亲切感，不管对方是敌是友。你听过没？被劫持的人质跟绑匪待久了，就会对绑匪生出感情。"

若槻在记忆中翻箱倒柜。近年来，日本频频发生劫持人质的案件，因此那种现象也通过媒体逐渐为公众所知。

"斯德哥尔摩综合征是吧？"

"对，你知道的还挺多。我说的习性就类似于这种现象。哪怕对方是混黑道的，打交道的次数多了，就会相互熟络起来。混熟以后，我们就会在力所能及的范围内帮着对方通融通融，而对方也不会动不动就大吼大叫，给我们出难题。哪怕要来，都会主动避开分部比较忙的时间段呢。"

"那算是体谅吗？"

"当然，那也是笼络我们以达成目的的手段之一啦，但这也算是人际关系的一种吧，"葛西换上严峻的神情，"和那些人相比，菰田重德不是一般的反常。我根本猜不透他在想什么。再说了，你不是都告诉他了，批不批是总部说了算，可他还是天天对着分部的一个小主管施压，你说这有什么意义啊？"

木谷内务次长外出归来。葛西与若槻走到他的办公桌前，告诉他今天菰田又来了。

"哦，今天也来了啊……"木谷看着若槻，面露忧色。

"我出面都没用，他死活不肯跟我谈。眼下压力都在若槻主任一个人身上。"

"总部还没消息吗？"

"没有，因为警方还没表态。"

见木谷陷入沉思，若槻鼓起勇气说道："内务次长，如果可以的话……我想私下里调查一下这件事。"

"调查？昭和保险服务公司不是已经介入调查了吗？"

"是这样没错，但他们肯定不会抱着菰田重德是真凶的观点去查，天知道能挖到多深。我觉得与其继续等待观望，倒不如换个角度调查一下，说不定效果更好。"

"可你具体打算怎么查呢？"木谷看起来兴致缺缺。

"我想先找拉来这笔单子的人当面聊聊。她跟菰田幸子不是老同学吗？也许除了签约的经过，还能打探出别的东西。"

"内务次长，就眼下这种情况，若槻主任不在分部不是更好吗？"一旁的葛西也帮腔道，"这几天的文书工作也不是很忙，我一个人也搞得定。"

毕竟没有先例，木谷面露难色，但最后还是同意了。

若槻松了一口气。他想亲自调查，并不仅仅因为菰田重德施加的压力。

发现菰田和也的尸体后，他每晚都会做一模一样的噩梦。他梦见自己站在某个类似山洞的地方，不知为何，他感觉那是"死亡的国度"。面前挂着他从未见过的巨型蜘蛛网，周围是伸手不见五指的黑暗，唯有纤细的蛛丝能被双眼捕捉到，仿佛一根根会发光的线。

过了一会儿，挂在蜘蛛网上的白色物体隐约浮现在视野中。起初，那东西看起来像一枚正在孕育生命的茧。但他很快便意识到，那是专为死者缝制的白色寿衣。那是一具被层层蛛丝缠成了蚕茧状的尸骸，已然沦为蜘蛛的吃食。

细细望去，尸骸长着人的面孔。

从某些角度看过去，像是菰田和也；换成别的角度，又像他的哥哥。

尸骸突然颤动起来，因为整张蛛网都在剧烈摇晃，蜘蛛回来了……

梦总是终结于此，无从得见蜘蛛的真容。然后，若槻便会醒来，浑身挂满黏糊的汗水。他觉得，除非菰田和也的事情尘埃落定，否则他下半辈子都无法摆脱这个噩梦了。

"哎呀，你就当是出去散散心呗。"葛西用力拍了拍若槻的肩膀。

6月13日（星期四）

明明都八点四十分了，若槻把头伸出公寓的窗口一看，外面仍昏暗得可怕。抬头望去，整片天空都被散发着朦胧幽光的云层覆盖。日本海一侧更是乌云压阵，福井那边兴许已经下起了雨。

不知是不是心理作用，自琵琶湖吹来的东风让若槻略感湿润，他往包里塞了把VIVA折伞。一辆佳能戴尔山地自行车斜靠在他家门口，他平时都骑这辆车上下班，但今天公司准许他直接去目的地，无须先去分部报到。

从公寓出发，往南走一段，便是足有五十米宽的御池大街。在横贯京都的街道中，它与五条大街的宽度是首屈一指的。这是因为在战争期间，政府强制疏散了街道两旁的居民，通过拆迁强行拓宽了路面。不过这条路全长只有两千米左右，好不容易得来的宽度似乎并没有什么用。一年最多只能用上两次，供祇园祭和时代祭的游行队伍通过。

即便如此，走在宽阔的街上终究是一桩快事。透过行道树，还能看见不少上班途中的工薪族，他们个个西装革履。

从地铁乌丸线的御池站上车，坐一站到四条，然后换乘阪急京都线，坐上开往大阪梅田的红褐色特快列车。从京都到大阪需要四十二三分钟。若槻一路忧心天气，果不其然，列车穿过淀川的铁桥时，窗玻璃上出现了星星点点的水珠。他本以为是福井那边飘来的雨，但转念一想，那边的乌云哪里追得上快车，这肯定是别处飘来的。

在终点站阪急梅田站下车，穿过梅田的地下街，坐地铁御堂筋线前往难波。过了难波CITY，再从南海难波站换乘南海电铁高野线。

快车驶离难波站时，雨已经下得相当大了。

右手边是南海老鹰队转让后被原封不动改造成住宅展示基地的大阪球场，它在雨中冒着烟。

若槻回忆起昨天与葛西的闲聊。葛西说，大阪的私营铁路一直比国营铁路发展得好，因为当地素有不靠官府的风气。好比南海电铁，虽然名气不大，却是日本最古老的私营铁路公司。近铁的路线总长也超过了六百千米，据说是日本私营铁路之最。

葛西得意扬扬道，所以关西的私营铁路比关东的发达多了。见若槻面露疑色，葛西顿时急了，说关西比东京更早普及了自动检票机，说明关西更为先进。他唾沫横飞，极力强调若槻此刻搭乘的南海高野线早在二十多年前就已经全线普及了自动检票机。

高野线驶出大阪市，途经堺市、狭山市、富田林市等大阪府南边的卫星城市。若槻在北野田站下了快车，换乘每站都停的慢车。

下一站便是狭山。这一带还保留着不少田园风光，雨点落入水田的美景尽收眼底。透过车窗，也能看到雨滴在水面上激起细腻的涟漪，鲜绿的稻叶随风摇曳。许是这一幕十分契合自古种稻的日本人的心象风景，看着看着，若槻心中竟莫名平静了几分。

他的思绪飘回了童年。星期六下午，他常常会等哥哥放学回家，结伴去附近的稻田。有时钓钓小龙虾，但大多数时候是为了捕捉水生昆虫。说来也怪，每逢下雨天，虫子就特别好抓。所以遇上飘小雨的日子，他们也撑着伞照去不误，专心致志地用竹竿顶端的网兜扒拉泥泞的农田。水黾和龙虱司空见惯，他们一旦抓到呈动人流线型的龙虱，便是激动万分。大多数水生昆虫都是吸食其他生物体液的吸血鬼，却有种莫名的可爱，让人恨不起来。若槻最喜欢的莫过于前肢神似螳螂的水斧虫和红娘华这类。

有一次，兄弟俩撞了大运，抓到了一只货真价实的田鳖。哥哥用麻利的动作挥动网兜，成功捕获，可年幼的若槻被它巨大的体形吓得够呛，都不敢碰一下。当天夜里，他一想到自己正和田鳖共处一室，就兴奋得睡不着觉。哥哥在水箱里拉了网，想在家里养养看，可惜那只田鳖很快就死了。那段时间，若槻经常梦见田鳖。

列车抵达了若槻的目的地——金刚站。一路坐到终点，便是和歌山县的圣地高野山，高野线的名字就来源于此。

若槻下车看了看表，早已是十点多了。雨仍下个不停。

站前设有环岛，正前方是平缓的上坡，两侧则是新村小区与独栋的商品房。

若槻打开折伞。分部没有大阪的住宅地图，只能照着通电话时记下的大致路线走。所幸雨势渐渐转小，很快便找到了要去的那栋新村居民楼。

确定铭牌上写着"大西"二字之后，若槻按下门铃。片刻后，铁门轻轻开启，一个戴眼镜的高个中年妇女盯着若槻，一脸困惑。她身边还有个五岁模样的小女孩，紧紧地抱着大人的腿，瞪着一双圆溜溜的眼睛看着若槻。女孩瞳仁乌黑，眼白却带着几分青色，活像个法国娃娃。

"您好，我是昭和人寿京都分部的若槻，之前打电话联系过您。您就是大西光代女士吧？"

"对，请进。"大西光代请若槻进屋，却没有要和他进行眼神交流的意思。也许她本就不是那种性格外向的人。若槻心想，若真是这样，那她确实不适合当保险公司的销售代表。

进门一看，屋里还有个四岁左右的男孩，正坐在椅子上乖乖看绘本。

"家里有点儿乱……"大西光代这话倒未必是客套。空间本就狭小，却堆放了过多的家具，再加上两个孩子的玩具散落一地，"乱七八糟"在这个家里似乎已成常态。

若槻刚在客厅的廉价人造革沙发落座，便摸到了黏黏糊糊的东西。原来，扶手处粘着一颗吃到一半的糖。若槻用手帕擦了擦手，却没有多不愉快。毕竟家里有小朋友，这点儿小状况在所难免，而且对比拜访菰田家时所感受到的诡异战栗，这户人家的普通甚至令他颇感安心。

　　"难为您特地从京都过来，可我实在是没什么好说的了……"大西光代端来红茶，如此说道。红茶配了柠檬片和糖条。若槻一面道谢，一面偷偷把手伸进包里，启动微型录音机。

　　"签单的经过，我也都跟大阪南分部的安田先生说过了……"光代似乎是在暗示，拉单的是销售代表没错，但审核难道不是分部的职责吗？

　　"对，但我今天登门拜访，是想再了解一下其他方面的事情。听说您和菰田幸子女士是老同学？"

　　"是的，但从小学毕业以后，我就没再见过她了。"

　　"二位是在哪里上的小学？"

　　"K小学……在和歌山的K町。"

　　若槻想起来了，菰田幸子的原籍正是K町。

　　"六年都同班吗？"

　　"是的，不过说实话，当年我跟她其实没什么交流。因为她有点儿自闭症的倾向，在班里几乎不说话。小坂是男生，又有点儿吓人……"

　　"小坂？菰田幸子女士的丈夫也跟您同班吗？"若槻惊讶地问道。光代点了点头。

　　没想到菰田夫妇早在童年时期就有了交集，菰田重德婚前的户籍明明在福冈。

"她前夫应该也是K町的，只不过跟我们不同级。"

"前夫？也就是说，她不是头婚？"

"嗯，至于是第三次还是第四次，我有点儿记不清了。她前夫好像姓白川。"

若槻在笔记本上记下"白川"这个姓氏。

"您刚才说菰田重德先生'有点儿吓人'，可以说得再具体一些吗？"

光代略显迟疑。

"我保证，您今天说的每一句话都不会外泄，可否请您坦诚相告？"

"哦……呃，我也不是很确定……"

光代沉默片刻，若槻耐心等待。她显然是想说的，只是对透露不可靠的传闻略感犹疑罢了。他只需要多给她一点儿时间，让她消除顾虑就好。

"小舞，你出去一下，"光代支开客厅角落里的女儿，主动开口道，"我上五年级的时候，养在学校里的兔子、鸡、鸭什么的接连死了好几只。"

"是菰田……小坂重德先生干的？"

"嗯……虽然没证据，但大家都这么说。"

"大家为什么怀疑他啊？"

"因为……小坂经常逃学，上课的时候还会突然大喊大叫。"

"但这说明不了什么吧？"

"不止这些……有同学看见他在养小动物的铁笼周围转悠，而且那些动物的死法……"光代突然收声，仿佛是差点儿说出了什么不该说的话。

"动物的死法有什么问题吗？"若槻柔声细气道。

"那些鸡、鸭和兔子，都被人用铁丝勒住脖子，吊了起来。"

若槻喝了一口已经半温的红茶，设法掩饰内心的慌张。

"为什么小动物是被吊起来的，就一定是他干的？"

"因为小坂的爸爸就是上吊自杀的，应该是在他上一年级的时候。"

若槻顿时语塞。他当然不能据此认定小坂重德就是杀害动物的凶手，父亲的自杀和动物的惨死并没有任何的直接联系。不过若槻有着与之非常相似的经历，不难想象父亲的死对小坂重德的人格发育产生了多大的负面影响。

早有统计结果明确显示，家人或血亲中一旦有人自杀，孩子日后自杀的可能性就会大大增加，自杀现象显然呈现传染性。若槻不知道重德的父亲是在什么样的情况下走上了绝路，可年幼的重德若是亲眼看到了尸体，受到的影响便是无法磨灭的。

而且从心理学的角度看，自杀和杀人无异于硬币的正反面。杀人的冲动在心中郁结导致自杀的案例比比皆是，想要自杀的念头以杀人的形式投射出来也很常见。

就菰田重德而言，也许父亲的死就是一切的出发点。

诚然，在K小学流传开的流言建立在过于跳跃的联想上，不过是不负责任的八卦。但"不负责任"并不一定意味着"谬误"。

"可您打听这些干什么啊？他们家的孩子不是自杀的吗？"光代满腹狐疑道。

"这还不好说，得等警方给出的最终结论……话说小坂重德先生的父亲去世后，是谁在照顾他呢？"

"我记得他妈妈刚生下他不久就病死了，他好像是跟奶奶一起住的。"

"老人家还健在吗？"

光代摇了摇头。

"好像是不在了，应该是得了癌症之类的重病。那时我正在上高中，所以小坂应该也十六七岁。听说他原来一直闲在家里，奶奶走后没多久就不见了。"

"上哪儿去了？"

"不知道，后来才听说他好像去了关东。"

奶奶去世之后，小坂重德定是在全国各地颠沛流离。他在九州参与了"断指族"一案后回到关西，机缘巧合下与菰田幸子重逢，结为夫妇……大致的经过总算是打听出来了。问题是，幸子怎么偏偏找了这么一个人再婚？

"您刚才说，菰田幸子有自闭症？"

"看着像，总是独来独往的。"

"一个朋友都没有吗？"

"同学们都不太跟她说话，倒也不是刻意欺负她……因为她没有妈妈，总是穿得破破烂烂的。小孩子看到与众不同的人，不是都会下意识去排挤的吗？"

光代这话说得，就好像当年的她并不是个孩子似的。

"菰田女士的母亲怎么就不在了呢？"

刚离开客厅的女儿小舞又回来了。她大概是想得到母亲的关注，闹了一通。光代一边哄着，一边将她带出客厅。

"这也是我听说的……"回来后，光代压低嗓门儿说道，"她妈妈好像跟人跑了。她爸爸受了刺激，成了酒鬼，对孩子漠不关心。幸子的胳膊和背上常有伤痕，像是挨了体罚……"

体罚的痕迹。她当年是不是受了虐待？

若槻忽然想起了菰田幸子手腕上的伤疤。虽然是匆匆一瞥，但他分明看到她的手腕处有几道深而平行的伤疤。若只是所谓的"犹豫伤"，断然不会留下那样深刻的痕迹。

这意味着菰田幸子曾多次试图自杀，而且是动真格的。

"听说菰田幸子女士曾自杀未遂？"

若槻的随口一问似乎正中靶心。光代一脸诧异，那神情仿佛在说"你怎么知道"。

"确实有过这样的传闻，不过是我们上初中以后，听说她用美工刀割破了自己的手腕。"

"她为什么要寻死呢？"

"不知道啊，我也只是听人提起过，不清楚具体的情况……搞不好是一时冲动？"

说来说去，都是传闻。然而，传闻一旦脱离控制，就会在不知不觉中被众人当成事实，记忆下来。光代仍牢牢记着当年那些全无依据的传闻，甚至比事实记得还清楚，这便是最好的佐证。天知道小坂重德和菰田幸子三十多年前生活过的那座乡下小镇究竟有着怎样的氛围。

"呃……您打听这么多，不会是因为和也的死跟小坂……跟幸子的老公有什么关系吧？"光代的声音因焦虑瑟瑟发抖。

此时此刻，她巴不得把自己当过保险销售代表的事情忘得一干二净。在昭和人寿工作的那一年里，她大概只卖出了十来份保险，而且客户全是亲朋好友。要是这些保单中的一份成了谋杀案的导火索，那滋味可太不好受了。

"没有没有，我们没往这个方向怀疑，只是程序上有规定，需要做一下背景调查。"若槻如此宽慰光代，光代却像是想起了什么，反而露出心里发毛的表情。

"搞不好……小坂不止杀过动物。"

若槻大感震惊："此话怎讲？"

"也不知道该不该跟您说这些……"

光代又犹豫了一会儿，但一吐为快的冲动早已压倒一切。

"六年级的时候学校组织郊游，结果有个其他班级的女生失踪了。事情闹得很大，发动了全镇的人去找，最后在一片池塘里找到了她的尸体。"

尽管客厅里相当闷热，若槻还是感到脊背阵阵发凉。

"不是意外？"

"池塘离我们游玩的地方有五百多米远。听说那个女生挺乖的，怎么会一个人跑那么远呢……"

"可……是不是有什么线索能将小坂重德先生和那起案件具体联系起来？"

"出事前不久，小坂一直在纠缠那个女生，所以老师也找他问过几次话。后来有人做证说，女生出事的时候，小坂一直都在她附近，小坂才洗清了嫌疑。"

若槻松了一口气："那他不是有不在场证明吗？"

"可我刚想起来……"光代瞪眼盯着若槻，"当时给小坂做证的，就是菰田幸子。"

雨势虽已明显减弱，但仍下个不停。若槻用金刚站前的公用电话联系了京都分部，然后登上了一趟下行列车。

和歌山县是近畿地区交通最为不便的地方，所幸南海高野线途经K町。

若槻心想，他应该不会有机会再跑这么远了，而且光代告诉他，当年带他们的班主任桥本老师恰好被调回了她的母校，这让他有了再走远些的动力。

他在目的地高野山附近的站点下了车。不愧是北靠葛城山脉、南临高野山的好地方，无论望向哪一侧，都是绿意盎然。

若槻花了二十多分钟，走到K小学。

穿过校门时，雨完全停了。孩子们正在泥泞不堪、遍地水洼的操场踢足球，稍微溅到几滴泥水也全然不放在心上。只见一个光头男孩接到传球，来了一记凌空抽射，激起一阵欢呼。

孩子们身上洋溢着生命力与活力。若槻忽而想起了在那栋阴森昏暗、充满恶臭的房子里上吊的菰田和也。那些在操场上跑来跑去的孩子，都与他年龄相仿。

若槻来到教职员办公室求见桥本老师，立刻就被带去了会客室。让光代帮忙打电话打招呼果然是明智的。片刻后，他见到了一位五十五六岁、头发花白、鼻子上架着老花镜的女士。照理说，这个年纪的人早该当领导了，但根据她给出的名片，她只是一位普通的教师。

"保险公司连这么久远的事都要查啊？"桥本老师打量着若槻的名片，十分讶异地说道。

"是的，只是事关隐私，恕我无法告知公司具体在调查什么。"

"关系到遗产什么的？"

"差不多吧，也会涉及一点儿。我们不会给您添麻烦的，只需要您分享一下小坂重德和菰田幸子的情况，说您知道的就行，这样我们就很感激了。"

若槻不比警察和律师，没有任何调查的权限。对方如果不配合，这事就没法谈了，所以他必须巧妙引导。

"毕竟都过去三十多年了……我对小坂重德这孩子还有那么一点儿印象，因为他是个问题很多的学生。叫菰田幸子的女生我是真想不起来了，不好意思啊。"

桥本老师倒是尽力回想了一番，但说来说去都是些刚入行时的艰辛往事，充其量不过是部分证实了光代的叙述。

就在若槻开始后悔大老远跑来这里的时候，桥本老师让他稍等片刻，然后离开了会客室。等了十来分钟后，她带着一本小册子模样的东西回来了。

"这是他们班上五年级时的作文集。我比较重视孩子们的语文水平，只要是我带的班，都会每年编一本作文集出来。这本能留到现在也是不容易啊……"

作文集以草纸油印成册。三十多年过去了，纸张已经氧化，边缘破破烂烂，仿佛烧焦了一般。油墨也褪色了，读起来很是费劲。订书针也生锈了，感觉一碰就断。

作文以"梦"为题。原以为是畅想未来，翻了几页才发现，原来是让学生们写一写自己做过的梦。对抵触写作文的孩子来说，这倒是个合适的主题。

有些梦天真朴实，带着孩子气；有些则过于精巧，怎么看都是刻意编出来的。吃大餐的梦格外多，而且吃的都是牛排，颇具时代特色。

作文按姓名五十音排序，所以小坂重德的作文排在六七位，比较靠前。

梦

小坂重德

奶奶告诉过我，死了的人会来梦里看我，爸爸妈妈真的来了，所以我很开心。

爸爸妈妈对我说，要听奶奶的话，别天天调皮捣蛋。我说我没调皮捣蛋，他们就不见了。从那以后，我就再也没梦见过他们。要是他们再来看看我就好了，可我再也没梦见过他们。完。

作为一篇五年级学生写的作文，这段文字幼稚得出奇，充其量也就一二年级的水平。而且通篇几乎没有汉字，大都是用平假名书写的，内容也支离破碎。

尽管表达方式幼稚而拙劣，但若槻受到了些许触动却是不争的事实。作文从头到尾都没提悲伤，却能从中读出失去双亲的男孩的深切悲哀。

若槻总觉得，一个为了骗保肆无忌惮残害幼童的心狠手辣之徒无法写出这样的文字，即使这篇作文写于多年之前。他忽然想起，这不是他第一次产生这样的感受。菰田重德的诡异两面性，"对不上"的感觉，但他一时间想不起来这种感觉是怎么来的了。

下一篇就是菰田幸子的作文。如果两人的学号是挨着的，搞不好经常坐前后桌。

秋千的梦

菰田幸子

我要写昨晚做的梦。其实我不是第一次做这个梦，很久以前也梦到过，梦到过五六次。

我在梦里去了中央公园，那里一个人也没有。

我站上秋千，荡来荡去。

荡着荡着，秋千越来越快，能荡到很高的地方了。可我还是用力荡，越荡越高。

我觉得好玩，就继续用力荡，荡得很高很高。

眼看着秋千荡得越来越高，几乎能绕一整圈了。

荡到最高点的时候，我脚下一滑，从秋千上掉了下来。一路跌落到黑洞洞的、什么都没有的地方。

与小坂重德相比，这一篇好歹是有点儿作文的样子了，但和寻常的五年级小学生相比，菰田幸子的词汇量还是相当贫瘠的。

若槻只见过菰田幸子一次，就是她来分部那回。不过这篇文章倒是和她本人留给若槻的印象形成了诡异的重合。感觉她就是那种不懂得变通的人，认死理还固执。

这一点在作文的开头体现得淋漓尽致。她特意强调"我要写昨晚做的梦"，可想起自己不是第一次做这个梦后，她又添了一笔，还把做过多少次也写上了，显得很是偏执。

最要紧的梦境本身反而相当平淡。"荡""高"这样的表述被翻来覆去用了好多次，但看完之后不会留下任何感触，不过是在如实陈述发生过的事情。

秋千，若槻突然想起了学生时代看过的一本关于解梦的书。书里表示，秋千应该是有某种含义的，好像是事物变化的前兆，也可能是对某件事迟疑不决的体现。但他记不太清了，得找阿惠核实一下。

这时，他注意到桥本老师正一脸莫名地打量着自己，也许因为他眉头紧锁地盯着作文集的样子在老师眼里显得分外诡异。事到如今再分析三十多年前的学生作文又有什么用呢？

若槻难为情地笑了笑，正想把作文集还给桥本老师，却又犹豫了。

没有任何合理的理由，不过是直觉作祟。直觉告诉他，他应该深入研究一下这本作文集。

"呃……您介不介意我复印一份留作参考？"

听到自己如此询问桥本老师，若槻也吃了一惊。

"没事，您干脆带回去好了。字迹都褪色了，怕是复印不清楚的，等您用完了再寄回来就成。"

若槻郑重道谢，然后离开了。

来都来了，若槻便又去小坂重德和菰田幸子的老家周边打听了一番，但全无收获。辗转返回京都时，已经是晚上七点半了。

虽说公司批准他直接回家，但出于上班族的习性，他还是决定去分部一趟。平时总有人自愿加班到九点左右，但今天的总务室空空如也。会议室那边有笑声传来，过去一看，不知为何，只见外务次长大迫跟老站长们围坐成一圈，喝得正欢。下班的时间点早就过了，内务次长和葛西今天一反常态，都准点下了班，只能明天再找他们汇报了。

若槻的办公桌上摆着一个用结实的牛皮纸做的大号信封，是总部和分部的往来函件专用的信封。信封顶部印有一长排填写收件部门的空栏，如此一来，信封便能在公司内部重复使用，以达到节约资源和成本的目的。

最先使用这个信封的是丸之内分部，寄给总部的理赔课。然后依次是山形分部、团体收纳课、松江分部、广岛分部、医务课、钏路分部、销售管理课、湘南分部……几乎走遍了全国各地。

最后从福冈分部的远藤副长寄到京都分部，信封上写着"京都分部若槻主任亲启"，难怪葛西唯独没拆这个信封。

若槻将信封塞进包里，打算回去再看。离开分部时，雨已经完全停了。于是他决定步行回家，半路上找了家中餐馆，吃了拉面和煎饺，又去酒铺买了一瓶芝华士，这才回到公寓。

他将西装挂上衣架，裤子上喷些水，用烫裤机烫了一下。然后他穿着内衣坐在厨房的餐桌前，重读借来的那本作文集。

他把全班四十五名学生的作文通读了一遍。到底是五年级的大孩子，很多学生用相当生动的笔触描述了自己做过的梦。看来，菰田夫妇的写作能力属于比较差的那一档。

除此以外，并无其他值得留意之处。当时他在直觉的指引下开口借来这本作文集，此刻冷静下来回忆一番，也许自己只是一时糊涂。

看来有必要征求一下阿惠的意见，毕竟他的专业是昆虫学，而不是心理学。

不同于可以定量分析的心理测试，解梦需要独特的灵感。特别是荣格派解梦，神话与民间传说方面的知识储备必不可少，还得有一定的文学天赋。

他在这两方面都有明显的欠缺，但阿惠说不定能有办法。

他往坦布勒杯里加了冰块，倒入芝华士与水，用手指拨动冰块，随意搅拌。喝下一口，便能明显感觉到神经放松了不少。这一个多星期，他已经不喝酒就无法入睡了。

酒精会不会刺激到大脑的某个部分，让灵感从天而降？世上哪有这么好的事情。酒只会让他昏昏欲睡，影响他的判断力。

突然，电话铃声打破了夜晚的寂静。若槻几乎是跳了起来，拿起床头柜上的无绳电话子机。

"喂，我是若槻。"

无人应答。若槻竖起耳朵。电话貌似是接通了，却听不到任何声音，他等了一会儿便挂了。

倒好第二杯芝华士，他想起了包里的快件信封，便拿了出来。

打开一看，原来是小坂重德退保的那笔单子，即断指族保单的复印件，是他之前打电话托人去找的。想必负责人把仓库翻了个底朝天，在成堆的纸箱里发现了它。

保单内容与若槻预想的几乎完全一样。小坂重德的疾病住院附加险和灾害住院附加险都赔满了七百天，后来又因其左手拇指被意外切断赔付了一百万日元的残疾津贴，最终解除合同。

信封中还附了住院证明的复印件。证明总共八张，从最经典的"颈椎挫伤"开始，然后是一连串的伤病名称。可惜他不清楚开具证明的医院里有没有道德风险医院。

总而言之，昭和人寿直到最后都没能找到小坂重德以不正当手段骗取住院津贴的确凿证据。

越发醉眼蒙眬时，其中一张住院证明引起了若槻的注意。

开具日期是十三年前，大概是计算机断层扫描（CT）等成像检查技术在日本日渐普及的时候。小坂重德从工地的脚手架上摔了下来，因头部摔伤住院治疗。为确定有无脑出血，医院给他做了当时最先进的头部核磁共振断层扫描（MRI）。结果显示，他并没有脑出血或脑梗死的迹象，但证明上提到了另一个耐人寻味的事实。

医生竟在小坂重德的大脑中发现了一处微小的畸形。先天性囊肿导致脊髓液通过障碍，造成了轻度脑积水，不过测试显示脊髓液压力并未增高，而且病人情况稳定，所以就没有动手术。奈何若槻的医学知识过于贫乏，不足以判断出这意味着什么。

他把文件塞回信封，又调了一杯掺水的芝华士，喝完后躺到床上。

一闭上眼睛，被吊死的兔子、命丧池塘的孩子、菰田夫妇的作文和断指族事件便在他脑海中来回打转。

不知不觉中，屋外又下起了雨。

若槻听着雨滴拍打窗玻璃发出的不规则响声，坠入混沌而沉闷的梦境。

6

6月14日（星期五）

　　昭和保险服务公司的中村调查员说话时一直在抖腿，他用两三分钟匆匆抽完一支烟，用力将烟头掐灭在烟灰缸里。若槻看在眼里，很是无语。这是积了多少怨气啊？就好像他对调查员这份工作反感至极，只想尽快辞职。

　　然而，中村走访菰田家周边的结果倒是值得一听。

　　"菰田幸子是1979年5月，也就是十七年前搬进那栋房子的。那里原来住着一对姓桂的夫妇。据说桂先生原来在岚山的一家高级餐厅当厨师，妻子因子宫癌去世后，他开始酗酒，后来死于肝硬化导致的食管静脉瘤破裂，走的时候好像才五十出头。夫妻俩没有孩子，也没有近亲，房子和其他财产就都归了菰田幸子这个远房亲戚。"

　　原来那栋房子不是租来的，而是菰田家的所有物，若槻很是意外。看结构，不难想象那原本是一座气派的豪宅。谁知因为疏于打理，好好的豪宅在短短十七年里变成了臭气熏天的破屋。

"桂夫妇的死因有什么可疑之处吗？"

"这方面没什么问题。夫妻俩显然都是病死的，律师也是费了一番功夫才找到了菰田幸子。"中村咧嘴笑道，表情中透着自信，仿佛在说"我的调查滴水不漏"。

"但菰田幸子一搬进来，好像就闹出了一连串的纠纷。你想啊，那一带是很清静的住宅区，很多人家是祖祖辈辈生活在那里的。与前任房主桂夫妇相比，菰田幸子显然是个异类。"

"都闹出过什么纠纷啊？"

"首先是倒垃圾的问题。听说菰田幸子总是随便乱扔垃圾，从来不管那天是不是收垃圾的日子。她扔出来的垃圾被野狗、乌鸦一翻，便弄得满地都是，搞得街坊们怨声载道。还有恶臭，也不知道那是什么怪味，风向一个不凑巧，隔着五户人家都能闻到。有人抗议，她也不当回事。街坊们也找区公所投诉过，但上头对这种事情难免敷衍了事，最后也没做任何处理。"

中村翻开笔记本。

"还有呢！1994年，菰田幸子与小坂重德结婚，结果又闹出了狗叫扰民的问题。听说菰田动不动就捡流浪狗回来，数量不是一般的多，足有二三十只。临近饭点的时候，它们就会扯着嗓子齐齐叫唤起来。邻家的主妇说，她都快被逼疯了。"

"街坊四邻还挺能忍的……"

"问题就在这儿，"中村把烟直直插在烟灰缸里掐灭，身体前倾道，"据说有人终于忍不下去了，找菰田当面抗议，而且态度相当强硬。见菰田家全无反应，他就半夜里摸了过去，用油漆在菰田家院门上涂鸦……嘻，那人也有点儿古怪就是了。"

中村又点了一支烟，像是在吊若槻的胃口。

"谁知过了一段时间，那人突然搬走了。他没告诉任何人自己经历了什么，但听说他被吓破了胆，抖得跟筛糠似的。有街坊看见菰田重德去了他家好几次。话说那人也养了狗，但他们搬走的时候，没有街坊看到它。大家都说那人肯定是碰上了什么特别可怕的事情，但真相至今扑朔迷离，没人说得清楚。"

中村的话匣子一开便滔滔不绝起来，在接下来的二十多分钟里，若槻了解到了街坊四邻对菰田家的评价，总之就是没一句好话。

若槻向中村表示感谢，将他送入电梯。

昭和保险服务公司原本只需要向总部提交报告即可，虽说是分部的委托，但派人特意前来分部详细告知调查结果算得上特例中的特例。所以，这也令若槻更加确信，他需要就菰田夫妇的问题咨询一下专家的意见。

若槻正要起身去吃午饭的时候，电梯停在八楼的声响传来。只见自动门开启，菰田重德走了进来。

他来得比平时更早。听说他昨天得知若槻不在便提前撤了。莫非因为上次扑了个空，所以今天调整了"来袭"的时间？正要走员工专用门离开的葛西若无其事地回到自己的工位，整理起了文件。若槻用眼角余光瞥了他一眼，然后走向柜台。

"欢迎光临。"

若槻在柜台前落座后，菰田仍不开口。他的双眼盯着半空中的某个点，全身纹丝不动，茫然若失。若槻决定先发制人。

"非常抱歉，总部还没有确定是否赔付令郎的保险赔款，只能请您再等两天了。"若槻暗中瞥了对方一眼，发现菰田竟全无反应。

"劳您天天过来问进度，我们也深感愧疚。回头有消息了，我们会立刻联系您的。"

也不知菰田有没有听出"以后别来了"的弦外之音，他的目光似乎终于对焦在了若槻的脸上。嘴唇开合两三次后，他用嗓子里卡着痰似的声音说道："还没……好吗？"

"是啊，确实是让您久等了。"

菰田套着劳保手套的左手放在柜台上，微微发颤。若槻不禁缄口不言，难道这也是他演出来的？

"我们……急等着钱用啊。"

"呃……"

"好多地方要花钱，所以连葬礼都还没办，请和尚念经也得花钱啊。好歹得办场体面的葬礼吧……毕竟是我对不起和也啊……"

最后一句话说得很轻，几乎听不分明，若槻却感到一股寒意席卷脊背。

"家里是一分钱都没有了啊，一点儿办法都没有了。所以我今天才会过来，心想钱总该下来了吧……"菰田将右手抬到嘴边，咬住食指根部。

若槻不知该说些什么，只好默默看着菰田。站在常识的角度看，昭和人寿的做法也并非无懈可击，照理说，决定是否赔付确实不需要这么长时间。

沉默足足持续了两三分钟。菰田连眼睛都没眨一下，柜台周围生出了一种诡异的紧迫感。在菰田进来之后，又来了两三个客人，但他们似乎都对菰田避之不及，空出了他旁边的位置。若槻甚至能感觉到，值午班的女职员和葛西都是大气不敢出一下。

"你……儿？"菰田低声说了些什么。

"您说什么？"见菰田打破了沉默，若槻松了口气。

"你住哪儿？"

一时间，若槻不知该如何回答。公司的客户投诉应对指南明确规定，员工不得回答任何关于私生活的问题，可他又不能生硬地回一句"无可奉告"。

"呃……我住市内。"

"市内哪里？"

若槻咽了口唾沫："呃……公司有规定，我们不能回答这类问题的。"

"为什么？"

"公司就是这么规定的。"

菰田长叹一声，那声音仿佛来自深渊的底部。只见他下巴的肌肉骤然绷紧，仿佛在啃咬苹果。

一道殷红的血丝，淌下菰田的嘴角。

坐在柜台远处的一位中年女客人看见这一幕，顿时尖叫起来。

"菰田先生……！"

菰田对若槻的喊声毫无反应，眼看着鲜血从他的下巴尖滴落到工作服的胸前，形成一摊血污。

"您快别咬了！"若槻几乎站了起来，僵在原地。菰田终于与若槻眼神相交，却仍不松口。

片刻后，菰田仿佛是被突如其来的疼痛吓了一跳，连忙将右手从嘴边移开。食指根部留下一圈深深的齿痕，因湿润的唾液闪着光，冒着血的黑洞好像是被犬齿咬出来的。

葛西沉重的脚步声从身后传来。他来到若槻身侧，递给菰田一盒纸巾。

"没事吧？又怎么了？"

菰田用戴着劳保手套的左手抽了几张纸巾，压住伤口。纸巾迅速被染成深红色，手套也沾到了些许血迹。

"多谢。抱歉，我想起了和也……一想到那可怜的孩子，我就心疼得要命，不自觉咬了下去。"

"您出了好多血啊，最好找个医生看看。"

"没关系，不碍事。"

"别客气，我们医务室是有医生值班的，让医生处理一下吧。"

葛西迅速走出柜台，用身体挡住其他目瞪口呆的顾客，推着菰田的后背走开了。

走出自动门前，菰田扭头看了若槻一眼，沾血的嘴唇拉扯成微笑的形状，玻璃珠似的眼睛反射着日光灯的光亮，收缩成一小点的瞳孔清晰可见。

下午五点半的校园沐浴着夕阳，冷冷清清，这是若槻毕业后首次踏足母校。校园几乎原样未变，只是多了一两栋新楼，看着像理科院系的实验设施。

走进石砌校舍，里面阴森昏暗。重视气派的外观，忽视内部的实用性，明治时代的设计理念在这里体现得淋漓尽致。若槻不禁联想到了丸之内的M人寿大楼，还有著名的D人寿总部大楼，后者在战后成了GHQ总部的所在地。

登上古旧的楼梯，穿过地板嘎吱作响、光线昏暗的三楼走廊。若槻敲了敲挂着"醍醐则子教授"铭牌的房门，推门进屋。

房间被钢制书架和电脑占了大半，好似一条狭长的走廊，现磨咖啡的诱人香味弥漫其中。

只见破旧的布艺沙发上坐着三个人。见若槻来了，黑泽惠挥了挥手。另一位女士便是专攻心理学的醍醐教授。她是阿惠的恩师，若槻也是认识的，但不太熟。最后一位男士是生面孔，三十出头，戴着金属框眼镜，脸色欠佳。

"醍醐教授，非常感谢您拨冗接待……"

"是若槻先生吧？欢迎欢迎，请坐。"

醍醐教授特意起身相迎。她身材瘦小，肤色白皙，尖下巴，鹅蛋脸。但不可思议的是，她并不会给人留下柔弱的印象，也许关键就在于那双仿佛能看透一切的大眼睛。她应该已经五十多岁了，衣着打扮却很随意，T恤衫加西裤，外面披一件白大褂，花白的头发剪成童花头。

"小惠正跟我说起你呢。这位是我的助教金石，专门研究犯罪心理学的。听说你在和相当危险的人打交道，我就把他也喊来了。"

若槻在沙发上落座，将名片递给金石，寒暄一番。阿惠趁机起身为他冲了一杯咖啡。若槻注意到，醍醐教授看着阿惠的背影，面带微笑。他们的情侣关系肯定瞒不过她。

若槻讲述了事情的来龙去脉，但隐去了相关人物的真实姓名。片刻的沉默笼罩了在场的众人，尤其是阿惠，明显露出大为震惊的表情。

"我们先假设这个K[1]是凶手，梳理看看，"醍醐教授语气谨

1　K为"菰田"日语发音的首字母。

慎，"他不想当第一个发现尸体的人，于是特意叫来若槻先生，设计让他发现尸体……说倒是说得通，但犯案手段实在不算高明。金石，你对K怎么看？"

"嗯……单靠刚才的描述，我无法做出精确的诊断，但K如果真是凶手，那他必然是情感缺失者，从根本上缺乏同情心、良知、悔恨等心理功能，而且可能伴有脱抑制和爆发型人格。"

"悖德型人格障碍啊……"醍醐教授喃喃自语。若槻对这个词颇感陌生，便问那是什么意思。

"人格障碍有许多种类型，情感缺失伴有脱抑制与情感爆发的情况被称为悖德型人格障碍。这是最糟糕的一种组合，这种类型的人容易反复犯下重罪。"

一个冷酷无情的人无法抑制自身的欲望，而且暴躁易怒……确实没有比这更危险的了。

"可这种人是真实存在的吗？"单手拿着咖啡杯陷入沉思的阿惠抛出心中的疑问，"情感丰富的人和情感相对匮乏的人之间确实有一定的区别。可世上真有完全没有情感的人吗？虽然我的专业不是犯罪心理学，但我认为用这种术语概括各不相同的人是很危险的倾向。"

"你的意思是，贴这样的标签会影响判断的准确性？"

"是的。而且我对情感缺失这个词本身也持怀疑态度，甚至不确定它是否纯粹出自心理学。"

"此话怎讲？"金石的表情似乎严峻了几分。

"警方和检方总想对罪犯简单粗暴地分门别类，不是吗？从这个角度看，这个词未免也太好用了。只要说被告情感缺失，就不用深究动机了，无论他犯下了多么残虐的罪行都一样……当然，我并不是说这个词是犯罪心理学家应警方的要求编出来的。"

这和明明白白说出来也没什么区别了。若槻听得提心吊胆，阿惠却泰然自若。

"我很理解你的疑问。这确实像你会提出来的观点，"眼看着屋里的气氛紧张起来，醍醐教授插嘴打起了圆场，"我也觉得情感缺失、悖德型人格障碍这样的叫法并不完美。"

金石张口欲言，醍醐教授却用手势制止了他。

"不过……嗯，还是跟你们分享一下我的亲身经历好了。我只遇到过一次，那个人也许就是一个活生生的例子。"醍醐教授面带微笑，但蹙起的眉头表明，她正在回忆一段不愉快的往事。

"而且他还是我们学校的学生，比若槻先生大两三届，说不定你们曾在校园的某处擦肩而过呢。我第一次注意到他，是因为看到了他在树木人格测试（Baum Test）中画的画。"

树木人格测试倒是个耳熟的术语，若槻却没能立即想起这是一种什么样的测试。醍醐教授似乎读懂了若槻的表情。

"你刚入学的时候不是也画过吗？那是一种心理测试，要求被测试者在一张A4纸上画树，用以分析他们的内心世界。之所以让所有新生做这项测试，是因为我们学校有一项不光彩的纪录——在日本的国立、公立大学里，我们学校的自杀率稳居第一。"

若槻也有所耳闻。还记得他入学那会儿，母校的留级率也是"一骑绝尘"。

"于是我就看了新生画的树，发现异常的画作非常多，着实吃了一惊。有的只画了个光秃秃的树桩；有的把树干画成了四分五裂的模样；有的笔触幼稚，跟三岁的孩子差不多。还有更稀奇的，画中的树钻出了地表，却又把树梢扎进了地下。至于这些画能得出怎样的分析结果，我就略过不提了……总之这个例子能充分体现出，只看成绩选人会变成什么样子。在种种异常的画作中，那个学生的画尤其突出……就叫他F吧。他的画绝对属于你看一眼就毕生难忘的那种。"

醍醐教授的身子微微一颤。

"哪怕一点儿心理学知识都不懂，任谁见了那幅画都会觉得异常。在树木人格测试中，地下部分体现的是潜意识，而在F的画里，地下的东西占了大半。但问题不在这里，在于他画的内容。他笔下的树根竟缠着人的尸体，而且还是无数具明显已经腐烂的尸体。细如毛细血管的根系深深扎进尸体之中，吸收养分。树干上还莫名浮现出好几个形似痛苦人面的图案……轮廓和透视感都很古怪，画技整体上是比较幼稚、拙劣的，却反而让我感觉到了某种诡异的气氛。"

"您给他做了心理辅导？"若槻问道。

醍醐教授点头回答："嗯，但他本人并没有让我产生特别异常的感觉，看来我看人也不准啊。他的家庭背景很普通，是直接考上来的应届生。我对他的印象就是一个非常普通、智商很高但性格内向的年轻人。硬说有什么不寻常的地方，那就是我当时给他冲了一杯现磨咖啡，他却一口都没碰。他说自己天生嗅觉异常，闻不出任何香味……"

醍醐教授抿了一口咖啡，仿佛是在核实它确有香气。

"他告诉我，那幅画的灵感来自梶井基次郎作品中'樱花树下埋着尸体'这句话。现在回想起来，确实像编出来的借口。后来我又见了他几次，可到头来什么都没问出来。我还以为他只是对心理测试有抵触情绪，所以故意画出那样的画来吓唬考官。"

醍醐教授叹了口气，眯起眼睛，似乎是说到了不愿提起的部分。

"十个月后，F被警方逮捕了。听说他一直在纠缠一个联谊时认识的女大学生，每天不分昼夜给人家打几十通电话，还在大学门口蹲守跟踪。我大吃一惊，这不就是我们现在常说的跟踪狂吗？最后，他甚至找去了那个女生家里。听说他当时的眼神和态度都已经完全失常了，和跟我面谈的时候判若两人。女生受了惊吓，她哥哥出面跟F争论了几句，结果F用随身携带的刀将那对兄妹捅成了重伤……两人都是身中十多刀。我找警方打听过，警方说F的捅法带有明显的杀意，那对兄妹能活下来简直是奇迹。"

醍醐教授眸光暗淡，无人开口提问。

"警方得知F在学校做过心理辅导，便去请教了犯罪心理学专家山崎老师。我也跟F面谈过，所以当时也在场。说来惭愧，直到那时，我才逐渐认清F隐藏在温顺青年面具后的真面目。他是一个冷酷无情的危险分子，只想满足一己私欲，全然不顾他人的性命。山崎老师认为，他有包括情感缺失在内的多重人格障碍，也就是有悖德型人格障碍，具备刑事责任能力。谁知临起诉的时候，有关部门在律师的要求下对他做了精神评估，而精神科医生给出的诊断是F患有妄想型精神分裂症。最终，F没有被起诉，而是被送进了精神病院。毕竟没闹出人命，罪犯又是未成年人，还牵涉到了精神病，所以媒体也没有大肆报道。"

"老师，您是觉得F不是精神分裂症？"

面对若槻的提问，醍醐教授无力地笑了笑。

"我认为他不是，但谁也没法下定论。毕竟普通人和性格异常的精神病人之间的界限是非常暧昧模糊的，而且辩护双方都有自己的小算盘，医生评估的时候难免会戴上有色眼镜。说得极端一些，找一百个人来评估，就可能得出一百个不同的鉴定结果。"

"那人现在怎么样了？"阿惠低声问道。

"听说他在封闭病区待了一年多，后来回了父母家，定期去医院治疗。但我刚才也说了，我并不认为他有精神分裂症，所以治疗可能是完全没用的。再后来就没什么关于他的消息了……不过从那时起，我养成了关注报纸社会版的习惯。因为我感觉，说不定哪天会在报上看到F的名字。"

醍醐教授脸色阴沉，一副很不是滋味的样子。

"对了，F还有一个不寻常的特点，就是他的头盖骨有先天性的缺损。还记得缺口是在左后脑，平时被头发遮着，看不出来，但用手戳就会凹下去。所以他一直都戴着特制的帽子，帽子内侧是硬的，跟头盔一样，以免发生意外。当时我并不觉得这有多要紧，"醍醐教授望向金石，"但若槻先生刚才不是说，K的脑部也有畸形吗？你说这种异常有没有可能在某种程度上直接影响他们的性情？"

"嗯……确实有研究结果显示，脑炎后遗症、头部外伤、先天性畸形等微小的脑部障碍都有可能引发人格障碍，人称MiBOCCS，即脑器质性人格改变综合征……据说这种人更容易出现情感缺失、爆发型人格和偏执型人格，符合悖德型人格障碍这一诊断，"金石搓着双手，声音竟很尖细，好似小男孩，"但有同类障碍，性格却没有表现出任何异常的人才是压倒性的大多数。目前的医学研究还无法阐明哪种脑部障碍与性情的变化会直接挂钩。"

每次伸手去抓，菰田重德的真面目都会从指缝中溜走。一切仍笼罩在重重迷雾中。

　　"老师，我还有一点没想通，"若槻探出身子，"K捡了很多流浪狗回家养着，而且非常疼爱它们，我实在不觉得他是在演戏。我很难把一个疼爱小狗的人和为钱杀人不眨眼的凶手联系起来……"

　　"哦？他是怎么疼那些狗的？"

　　若槻回忆起菰田喊狗时的甜腻嗓音。健太呀，寂不寂寞呀？顺子，你也过来呀……

　　"呃……他给每一条狗都起了人的名字。喊狗来的时候，连声音都是嗲里嗲气的，就好像他把狗当成了自己的孩子，而不是单纯的宠物。"

　　"哦……有点儿意思。这种过度的感伤往往与冷酷无情是表里一体的。"

　　阿惠扭扭捏捏起来，显得很不自在。

　　"可这种人不是还挺多的吗？我对家里的毛孩子也是……我在公寓养了两只猫，天天跟它们说话，就和跟人聊天一样……"

　　醍醐教授对爱徒微微一笑："想必你也知道，感伤是情感的替代品。因此多愁善感的人可以分为两种截然相反的类型。一种是情感能量过剩，好比正值青春期的女生；另一种则是正常的情感流动由于某种原因被阻断了，只能以感伤的形式排解。你显然属于前者，K则属于后者。"

　　阿惠仍显得不太服气。

　　若槻回忆起古今中外表现出这种残暴的掌权者。罗马暴君尼禄放火烧城，却留下了充满感伤的诗作，还有秦始皇、慈禧太后。据说戈林[1]在宠物鸟死去时号啕大哭……

还有一个疑问有待解开。若槻拿出包里的透明文件夹，取出其中的公文纸。他用文字处理机将从桥本老师那里借来的两篇作文重新打印了一遍，略去了专有名词等隐私信息。

"这是K夫妇上小学五年级时写的作文，想征求一下您的意见。"

醍醐教授先看，然后传给了金石和阿惠。醍醐教授一看便露出饶有兴致的表情。金石似乎不为所动，阿惠倒是若有所感，看得格外认真。

"嗯……有点儿意思，"醍醐教授再次打量传回到自己手中的纸，"这篇比较短的《梦》是K写的吧？看完以后，我倒是对他有所改观了。"

"我也有同感，"阿惠仿佛从醍醐教授的话中汲取了动力，"作为一个五年级的学生，他的智力发展可能是有点儿落后，但我完全没感觉到他有情感缺失之类的倾向。"

话说回来，阿惠现在就是专攻儿童心理学的，她看过的儿童作文应该比在座其他人要多。

"就凭这么几行字下判断，未免也太牵强了吧？"金石苦笑道。

"话是这么说，可我认为一个真正冷酷无情的人是写不出这种感情的。"阿惠似乎在为无法充分表达自己的感受而焦躁。

"和《梦》相比，这篇《秋千的梦》反而给人以淡而无味的

1　赫尔曼·戈林是纳粹德国党政军领袖，与希特勒关系极为亲密，曾被希特勒指定为接班人。

印象……不过我越看越觉得，好像在哪儿听说过类似的梦。"醍醐教授两眼放光，显得兴趣浓厚。

"若槻先生，我可以留下这两篇作文吗？我想再读一读，好好琢磨琢磨。"

"没问题，有什么发现请随时联系我。"

话虽如此，若槻还是深感失望。因为他很清楚，就算真发现了什么在心理学层面耐人寻味的事实，恐怕也无益于他此刻在现实中直面的问题。咨询师能提建议，但他们终究只是旁观者。到头来，还是得靠自己。

离开醍醐研究室时，四周已被浅蓝色的夕暮笼罩。若槻约阿惠共进晚餐，两人沿今出川大街漫步而行。

"怎么都不告诉我啊？"阿惠幽幽道。

"告诉你什么？"

"你在跟危险分子打交道。"

"哎呀，我又没挨揍。"若槻用特别无所谓的语气说道。

"只是还没挨揍吧？"

若槻望向阿惠。由于周围很是昏暗，她的脸又恰好在路灯照不到的位置，若槻看不清她的神情。

"这都是家常便饭。来京都之前，我找总部的一位资深课长打听过。他姓设乐，当年就是专门对付这种人的，现在是理赔课的一把手。他说他当年挨过不止一次揍，不过也没受太重的伤。"设乐课长那张温厚老实却也饱经风霜的脸浮现在若槻的脑海中。

"他一开始也很蒙。毕竟上班族的世界跟暴力没什么交集，长大以后挨过打的人又有几个啊。但设乐课长告诉我，他到最后反而是巴不得对方动手。因为先动手的必然理亏，挨过打以后再谈就有优势了，实在不行还能报警。能想得这么开，确实也没什么好怕的了。"

阿惠默默听着。

两人爬到坡顶，在银阁寺路左转。一直往前走，便是一片平缓的山坡。再往前走几千米，就是滋贺县的大津市。

"我觉得你在对付的那个人，跟打那位课长的家伙有很大的差别。"阿惠冷不丁来了这么一句，听得若槻一怔。

"还是刚才那个话题？差别在哪儿？"

"你不是说那个K把自己的手咬得鲜血直流吗？普通人可干不出这种事。"

"他确实不太正常。"

"我……我的意思是……那可能是某种信号。"

若槻放慢脚步，望向阿惠的脸："怎么说？"

"自残示威是早在史前时代就已经存在的肢体语言，而且几乎是全人类通用的，不是吗？这就跟咬嘴唇、用拳头猛砸坚硬的墙壁一样……"

若槻回忆起菰田重德咬手时的模样，眼神写满疯狂，好似走投无路的困兽，瞳孔收缩，细如针尖，这表明他本人也感到这一行为带来了巨大的痛苦。他做到这个地步，究竟要向若槻传达怎样的信号？

不必阿惠点破，若槻也能大致猜出那种自残行为意味着什么，激愤、威胁，抑或复仇的宣告？

两人默默走在白川大街上。片刻后，他们来到某栋大楼的地下一层，推开一扇门，门上挂着"纸莎草餐厅"字样的招牌。

明明没有订座，老板笹沼却带他们去了靠墙的位置，因为笹沼是比若槻他们高几届的学长。他曾骑自行车环游世界，遍尝各国美食，回国后便开了这家餐厅，以重现那些美味。若槻上学时曾在这里打过短工，因为这层缘分，他经常和阿惠一起来捧场。

若槻痛感环境确实能影响人的心情。两人用红酒干杯，菜肴陆续上桌，不知不觉中，阿惠拾回了往日的开朗。

餐厅的壁龛中摆着新晋艺术家打造的各色创意陶器。阿惠正后方的作品形状独特，周围长了一圈尖角，让人联想到古代的祭祀器皿，葱黄油绿的釉彩在灯光的映衬下分外动人。

"每次看到这样的作品，我都不由得感慨人心是那样多姿多彩，"阿惠回头欣赏那些陶器，如此赞叹，"你知不知道，我学了这么多年的心理学，总结出的头号真理是什么？"

"不知道。"若槻只能想出会惹阿惠发火的答案。

"每一个人，都是完全不同、复杂至极的宇宙。"阿惠举杯饮酒。若槻帮她添了一杯，感觉她今天的节奏比平时更快一些，不知是不是心理作用。他们已经联手干掉了三瓶三百七十五毫升的半瓶装。

"尤其是专攻儿童心理学，开始跟孩子打交道以后，我切身体会到了这一点。你是不是觉得全天下的孩子都是一样的？"

"怎么会呢。"若槻如此抗议，阿惠却假装没听见。

"大家都这么想，认定孩子是只靠脊髓反射活着的动物，不像成年人那样有复杂的烦恼。可实际跟孩子们聊一聊，你就会发现他们并没有那么单纯，各有各的小心思。没有一个孩子跟心理学教科书上说的完全一样。"

"我明白你想说什么。"

"所以我坚决反对随随便便给人贴标签，把人分门别类。"

若槻点了点头。

"更何况，说一个人情感缺失，跟骂他是怪物没什么区别。悖德型人格障碍就更莫名其妙了。又老土，又没轻重，更像是警察厅、法务省的官僚搞出来的说法，而不是心理学家归纳的专业术语。那个怪里怪气的金石也就罢了，没想到醒醐老师都用了那种说法。"

"嗯，这些词听着是怪别扭的，"若槻试图转移话题，"好比我最近在报上看到，学界有意修改精神分裂症这个病名。那本就是从德语直译过来的，译得还不好，跟病情完全对不上，还容易跟多重人格混淆。而且这个词的语感特别负面，听着就像是不治之症。听到医生报出这个病名，家属都会陷入绝望的深渊……所以情感缺失这个说法也可以改一改。"

"慢着！连你也觉得只是名字没起对吗？"

若槻不知该如何回答，只得默默抽烟。

"哎，你觉得世上真有完全没有人心的人吗？"

若槻叹了口气，掐灭烟头。就算用谎言糊弄，也会当场被阿惠识破。

"嗯，我觉得有。"

"为什么？你是指那个K？"

"嗯。"

"可你凭什么这么肯定呢？你不也没透视过他的心思吗？"

"没人会读心术，所以只能根据表现出来的行为来判断，不是吗？"

"就算是这样，你也没有明确的证据啊？怎么能光凭怀疑和模糊的间接证据断定一个人是怪物呢……"

"那可能是因为，你没实际跟这种人打过交道。"

脱口而出后，若槻才意识到自己说错了话，奈何为时已晚。阿惠用严峻的眼神看着若槻。

"这么说也太无耻了！因为我没见过，所以我肯定不懂……这让我怎么反驳啊！"

"可事实就是这样啊，有什么办法呢？醍醐老师不也是这么说的吗？只有实际见过情感缺失者，并且有机会窥探到他们真面目的人，才能意识到这一点。"

"岂有此理！"阿惠一口饮尽杯中剩下的酒，眼圈通红，仿佛在哭。

"你、金石和醍醐老师肯定都错了！我觉得那个K有人该有的情感！"

"为什么？"

"因为他的作文，"阿惠摇了摇头，许是为了甩开贴在脸上的头发，"能写出那种文字的孩子，绝不会是怪物。"

"你这才叫没凭没据吧……"若槻略感恼火，"而且这个观点不是跟你半路上说的那番话自相矛盾吗？你不是说我正在对付的人是很危险的，不是那种冲动之下动手打人的单细胞生物吗？"

"不矛盾。"

"怎么不矛盾了？"

阿惠就此沉默。若槻本想继续追问，可一看到她的脸色便作罢了。

今晚就到此为止吧。他悄悄起身结账，让一脸担忧的笹沼帮忙叫了出租车。

后劲突然上来了，若槻打开家门的时候，已经连步子都迈不稳了。

他直接对着厨房的水龙头喝水。大家都说"天知道城里楼房的水箱里有什么乱七八糟的东西"，但他都无所谓了。他脱下西装随手一扔，松开领带，便一头栽倒在床上。

从走出纸莎草餐厅，到上车关门，阿惠全程一言不发。若槻今天原本打算和她一起住家上档次的酒店，看来菰田重德一事已经开始影响若槻生活的方方面面了。

与阿惠分开后，他独自去居酒屋喝了几杯。就是这多余的几杯，让他醉得难受。

若槻叹了口气，脱下袜子，扯下脖子上的领带。这时，他注意到了桌上的无绳电话母机，答录机的按钮在闪。他躺在床上，拿起床头的子机，按下播放键，举到耳边。

"您有三十条留言。"子机报出这么一句话来。若槻大吃一惊，瞬间清醒，这个数字也太反常了。话说，这答录机好像最多也只能录三十条留言啊。

接着，答录机开始逐一播放三十条留言。

全部是死寂。

机器录下了提示音响起后的沉默"留言"，长度为五到十秒不等。从十点多开始，每隔五分钟左右就有一通电话打进来。

若槻无法排除中间混有其他留言的可能性，于是姑且从头听到底。然后，他便删除了所有留言。

随便拨的恶作剧电话绝不会到这个地步，电话显然来自认识若槻的人。思来想去，也只有一个人会如此执着地骚扰他了。

问题是，那人怎么会知道这个电话号码？若槻没把这个号码放在黄页上，分部编制的通讯录也只发给了一小群人，不太可能被外人看到。

若槻从床上坐起来。就在这时，桌上的母机迫不及待地打破沉默，响了起来。子机的铃声慢了一拍，两股声音汇成刺耳的轮唱。

若槻下意识拿起子机。电话接通后，他将注意力集中在耳畔。也许自己下一秒就会发现电话来自阿惠，从而松一口气……

喂？刚才对不起啊，是我喝多了……他在心底的某处暗暗期许。

然而，电话线另一头的人仍然沉默不语，焦虑和紧张涌上心头。

若槻也刻意一言不发。没必要主动暴露，等对方耐不住性子开口就是了。他能感觉到，电话另一头确实有人，而且正屏息窥探着他的动静。

大约一分钟后，电话突然断了。若槻觉得这一分钟无比漫长，确定电话那头传来嘟的响声之后，若槻将子机放回原处。他的手心里都是汗。

起身脱下衬衫和长裤时，电话又响了。不会吧……

他拿起子机。心中有一抹淡淡的期待，这回会不会是阿惠？

然而，对方仍是沉默不语。

他狠狠撂下子机。谁知这一回，电话不到三十秒便再次响起。

若槻拿起电话，产生了吼人的冲动。但一想到这么做正中对方下怀，他便忍住了。确定对方无意开口，他便挂断电话。电话随即再次响起。

这回他拿起子机，立即挂断。即便如此，电话还是不依不饶地响了。

短暂的拉锯战后，若槻拔了电话线。

家中重归寂静。

心脏狂跳。他能感觉到自己的神经异常烦躁。

若槻从冰箱里拿出一罐啤酒，靠着厨房的椅子直接喝下。酒水刺痛了舌头，仿佛刚喝下的是药用酒精，除了铝罐的金属味，几乎尝不出别的味道。他已经不想喝酒了，却找不到其他方法来缓解这种令人不适的紧张。

所幸喝光一罐五百毫升的啤酒后，醉意再次涌来，他很快就进入了酩酊状态。若槻倒在床上，睡成一摊烂泥。

那天晚上，若槻做了一个怪梦。

他独自站在一个漆黑的房间里，也许是在自家公寓，也像是在发现菰田和也上吊尸体的日式房间。

怪声自屋外传来。听着像脚步声，但夹杂着拖拽东西的怪异沙沙声。

是蜘蛛。

是蜘蛛用八条腿行走的声音，外加异常鼓胀的腹部摩擦地面的声响，蜘蛛回来了。

若槻环顾四周，目光所及之处尽是黏黏糊糊的丝线，有些地方还挂着人体的残肢。

他心想，哦，原来这里是蜘蛛的老巢。

快逃！心中响起疯狂的呼号，留在这儿会被吃掉的！

正要逃跑，却发现地板上不知何时多了个巨大的窟窿，害得他无法迈出一步。

来自墙后的诡异脚步声越来越近了。

若槻开始后退。

脚步声恰好停在他的正前方。

　　他倒吸一口冷气，盯着门口。

　　门却迟迟不开。若槻差点儿以为，蜘蛛已经去了别处。

　　就在这时，一束光从后方照进漆黑的房间，身后的推拉门竟悄无声息地开了。

　　若槻回头望去。

　　难以名状的邪物背靠耀眼的光亮，正在喘气。

　　许多类似肢体的东西正在蠢动，但他无法辨别出清晰的轮廓。唯有形似长长獠牙的物体闪闪发光，宛若镜面。

　　它在笑，笑得龇牙咧嘴。

　　细长的黑影从门口伸了过来。

　　若槻还以为自己要被吃掉了，身体不听使唤。

　　巨大的黑影缓缓覆上他的头顶。

7

6月20日（星期四）

那天一早，若槻致电京都府警，成功逮住了松井警官。对方似乎想以忙为借口避而不见，却经不住若槻的软磨硬泡，终于在上午十点时答应与他见一面。

若槻虽然过意不去，但还是照例请葛西代为处理成堆的文件，打着大号黑洋伞出去了。

日本列岛已被梅雨覆盖，一早就下起了雨。虽然享受不到清新宜人的空气，但出门走走好歹有助于调节心情。

若槻在四条站搭乘地铁往北走，在第二站丸田町下车。出车站后再往北走一段，右手边便是京都御所的成荫绿树。雨水的滋润恰到好处，将视野中的一切衬托得宁静而安详。

不远处便是京都府警察本部。从十字路口走去御所的另一侧，就能看到与京都府厅、府议会并排的那栋楼。然而，松井警官似乎不希望若槻来府警本部，于是把会面地点定在了附近的一家咖啡馆。

推门进屋，叮叮当当的铃声响起。在这座城市，这种在东京已难得一见的咖啡馆仍有一席之地。

环顾店内，只看到三个年轻的上班族坐在一起，看打扮像中场休息的销售，松井警官仍未现身。抬手看表，离约定的十一点半还有五分钟左右。若槻将湿伞插入伞架，找了张窗边的桌子坐下，要了大吉岭。

若槻啜着热茶，看着雨中的京都街景。

一切都是灰蒙蒙的，若槻的心情如梅雨季的天空一般阴沉。

见警方出面调查，他本以为菰田重德两三天内便会落入法网。谁知都过去一个月零两个星期了，事态却没有任何进展。松井警官给他留下了精明能干的第一印象，然而他的高大形象早已迅速褪色，威信扫地。近年来，人们对公务员群体是越发不信任了。若槻也不由得想，警察不会是一群不务正业、只在浪费纳税人血汗钱的饭桶吧？

他看见松井警官撑着一把塑料伞从雨中走来。

他隔着窗户，对松井点头示意。松井含糊地点了点头，走进店里。烫卷的头发和柔和的脸庞都与上次见面时一模一样，却带着几分疲惫。

"百忙之中打扰了。"

"没事，听说你白跑了好几趟，不好意思啊。"松井点了热咖啡，用湿巾擦起了染上斑驳水渍的西装上衣和长裤。

"今天找我打听什么呀？"

若槻真想大吼"少给我装傻充愣！"，但他还是努力挤出了在窗口接待客人时专用的笑容。

"还是菰田和也的案子，之前也跟您解释过，那五百万保险赔款能否赔付还悬而未决呢。"

"哦？为什么？"松井喝着店员端来的咖啡，继续装傻。若槻顿感窝火。

"万一是谋杀，我们总不能在查明凶手之前随随便便赔付吧？"

"我们可没说过那是谋杀案啊。"

若槻哑口无言。

"您的意思是，那不是谋杀案？"

"这个嘛，还不好说……"松井将句尾说得含糊不清。

若槻很是莫名。发现尸体那天，松井应该也认定那是一起谋杀案。警方只要相信他的证词，就十有八九会锁定菰田重德，事态怎会倒退至此？

他从包里取出打印出来的合同，正是断指族事件的相关保单。

"我们前些天就把这份保单的复印件提交给警方了，您看过没有？菰田重德曾经诈领过我们公司的伤残津贴……"

"哦，你说那个啊……"松井摸向鼓成方形的开领衬衫口袋，拿出一支烟，用咖啡馆的火柴点着，"他原来叫小坂重德是吧？我记得他被福冈县警逮捕过，涉嫌断指骗保。"他向空中喷出一口烟，仿佛在思索什么。

"可他最后并没有被起诉，因为主犯是小坂和其他工人待的那个车间的老板，那个人应该已经因为诈骗罪和故意伤害罪进了大牢。"

"为什么小坂没有被起诉？"

"断指骗保的是包括小坂在内的三个车间工人，他们都在黑帮开的赌场欠了一屁股债，正走投无路呢。车间老板碰巧听说了这件事，想借机捞一把，于是便制订了骗保的计划。警方深入调查之后，才发现这家伙跟经营非法赌场的黑帮好像也有牵扯，但没能完全查清，搞不好整件事从一开始就是设计好的圈套。"

"那……"

"小坂……不对，现在该叫他菰田重德了。福冈检察院认为，他在这起案子里更像是个受害者。"

若槻觉得自己先前的判断已是摇摇欲坠。问题是，这就是全部的事实吗？会不会有什么连警方都没查到的隐情？然而，他手头并没有更多关于此案的资料，无法进一步追查。

"哦，原来是这样。可菰田和也呢？菰田重德的可疑举止是我亲眼看到的，我仍然坚信孩子的死跟他有千丝万缕的联系。我还以为您相信我的证词呢……"

"嗯……"松井掐灭烟头，喝了些水，似乎是在犹豫要不要告诉若槻。

"我跟法医打了招呼，让他在给菰田和也做司法解剖的时候查得仔细点儿，可愣是没找到任何指向谋杀的线索。脖子上没有绕脖一周的索沟，面部没有淤血，也没找到明显的溢血点，而且尸体正下方有失禁的痕迹，每一项都跟上吊自杀吻合。"

难道这意味着行凶手法异常精妙？

"警方已经完全排除他的嫌疑了？"

"还没有，毕竟有你的证词。在菰田重德的不在场证明成立之前，我们会继续开展调查。"

"不在场证明？"

"法医推测的死亡时间是上午十点到正午。菰田重德说，他那时跟一个在酒馆萍水相逢的人在一块儿。我们还没核实那人的身份。"

菰田是不是觉得，随口瞎编的不在场证明也能争取一些时间？若槻难以揣摩他的真正意图。

松井看了看手表，站起身来。

"我得走了。总之我们确实是在全力调查，等有了定论，我就立刻打电话联系你。"

不知不觉中，雨已经停了，但松井并没有忘记带走塑料伞。

若槻拿起账单，意识到松井压根儿没想起来他还得付那杯咖啡的钱。

走出咖啡馆时已临近正午。若槻决定赶在高峰期前把午饭吃了，便在半路上吃了一份鲱鱼荞麦面。午休时间还剩三十多分钟，一想到菰田重德正在分部候着，他便心情沉重。但葛西已经代他忙了一个上午了，总不能在外面磨蹭到最后一刻。

走出地铁四条乌丸站时，他看到一个熟悉的身影走出深棕色的昭和人寿京都第一大楼，竟是醍醐教授的助教金石。他穿着长袖白衬衫，搭配黑色牛仔裤。两人相距五六十米，所以他好像还没注意到若槻。

不等若槻打招呼，金石便走进了隔壁的大楼。

正纳闷儿的时候，只见金石出现在了一楼咖啡馆的玻璃墙后。他找了窗边的位置坐下，打量外面的街景。若槻若无其事地走过那家咖啡馆。进楼前，他又不动声色地瞥了一眼，但金石貌似挪到了他看不到的盲区，不见了踪影。

到八楼出电梯一看，菰田重德果然蹲守在柜台前，看来他没有因为手上的区区小伤就放若槻一天假。

从员工专用门走进总务室，只见葛西正苦着脸等他回来。他穿着宽大的定制西装，拿着常用的小皮包，像是正要出去。

"抱歉回来晚了。他又来了啊……"若槻小声说道。

葛西挑了挑眉："我都见怪不怪了。对了，刚才还有个人来找过你。"

若槻心想肯定是金石。

"长什么样的？"

"是个男的，瘦瘦的，脸色不太好，戴着银边眼镜，说自己姓金石。你认识吗？"

金石似乎没给葛西留下太好的印象。

"哦，他是我母校的……心理学老师。"

若槻险些说出"犯罪心理学"这几个字，赶忙糊弄过去。可不能让公司知道自己对外人透露了相关信息，即便他在这个过程中隐去了当事人的姓名。

"他没有告诉我找你什么事，看样子应该不是投保客户吧？"

"嗯，应该是为了私事来的。"

"哦，我说你就快回来了，可他说没时间等了，就匆匆忙忙回去了，"葛西看着若槻，目光中尽是怀疑，"呃，我先前看到他很热情地跟菰田攀谈，菰田倒是没什么反应。可我一走过去，他立刻就不吭声了。"

若槻感到自己的脸都快烧起来了，金石到底想干什么？

"想必你也知道，公司是不希望客人在这儿交谈的，哪怕只是拉家常。万一闹出点儿什么事来，哪怕责任不在我们也很难搞啊。更何况对方还是那个菰田……如果金石是你的熟人，麻烦你好好跟他说说吧。"

"好的。"

"我得赶紧跑一趟紫野，出了一件职员挪用保费的事情，听说客户都闹到站点了。你一个人行不行？"

葛西的眉宇间透着忧虑，可若槻总不能说自己心里没底。他目送葛西的背影逐渐远去，再次痛感自己是多么依赖这个人。

若槻鼓起勇气，走向柜台。菰田的左手戴着劳保手套，右手缠着绷带。简直是满目疮痍啊……若槻不由得想。

"还没批吗？"

"非常抱歉，总部说还在调查，麻烦您再给我们一点儿时间。"

菰田重德用黑玻璃珠般空洞的眼睛盯着若槻的脸。

"我们也催了好多次了……因为警方总也不给个明确的结论……"

菰田默默凝视若槻的眼睛。突然，他俯身越过柜台，将左手伸向若槻。若槻还以为自己要挨打了，谁知菰田只是抓住了他的肩膀。他的手指无力地发颤，拇指处不自然地蜷曲，碰到了若槻的脖子，手套里有什么东西沙沙作响，大概是塞了纸。若槻只觉得后颈汗毛倒竖。

"小哥，也该批了吧？饶了我吧……"菰田嗓音沙哑，仿佛在呻吟一般，"求求你了，家里是真缺钱啊……"

他终于要越过雷池了？若槻咽下一口唾沫。

"非常抱歉，批不批是总部说了算，我们会再催一催，让他们尽快给个答复……"

"保费都按时交了啊？那么贵的保费，都是从牙缝里挤出来的啊。现在和也死了，你们却不肯赔钱了？"

菰田面色惨白。若槻意识到，在颤抖的并不仅仅是对方的手指。天气明明很闷热，他却像个高烧发冷的病人，周身抖个不停。那模样，直让人联想到走投无路的老鼠。

"不，我们不是这个意思……只是还需要一点儿时间。"

菰田一副魂不守舍的样子，用极快的语速嘟囔起来。白色的泡沫聚集在他嘴边，若槻感到毛骨悚然。他只能勉强听出"和也""瞑目"之类的字眼，除此之外，一概不知所云。

菰田突然起身，快步走向自动门，身后的若槻说"劳您费心了"，他也全无反应。

若槻忙到八点多才收工。他坐上阪急电车，来到区间终点站河原町，赶到位于木屋町大街的小酒馆时已经八点半了。

傍晚时分，金石来电约他见面，说有关于菰田重德的要紧事想和他谈。他本无意与金石喝酒，无奈有几个问题需要当面问个清楚，这个时间段也没有咖啡馆可去。

那家小酒馆的消费不高，所以服务相对不算太热情，倒是正适合密谈。若槻推门一看，金石正在柜台前，喝着加冰的野火鸡威士忌。

国立大学的助教工资普遍不高，金石却换下了来分部时的休闲装束，穿了一身浅蓝色的双排扣西装。他的左手腕处闪耀着一块风格粗犷的劳力士金表，是体格偏瘦小的日本人戴着绝不会好看的款式，手腕内侧有一块黑色胎记，跟五百日元硬币一般大，被金表带遮住了大半。

金石一见若槻便喜笑颜开。若槻问酒保要了杯子，和金石一起挪到比寻常卡座寒碜不少的位置。

"今天您不在的时候，我贸然去了贵公司一趟。"金石开口说道，脸上仍带着若有所思的神情。明明是跟年纪比自己小的若槻单独见面，他的措辞却依然礼貌。

"我听说了。您这趟应该不是冲着我来的，是为了观察他吧？"

"没错。"金石满不在乎。若槻略感恼火。

"醍醐老师不介意我匿名叙述事情的来龙去脉，我才好征求她的意见。您不请自来，还找当事人搭话，这就让我很难办了。"

"抱歉，我本打算观察一下就走，却没能抵挡住学术层面的好奇。那位菰田先生……就是您那天提到的K吧？"

见若槻不知所措地沉默不语，金石为他调了一杯加冰的酒水。若槻虽然饥肠辘辘，却没有心情跟金石共进晚餐。他只打算应付两三杯，谈完赶紧走人。

"啊，不好意思。按您的立场，是不能回答这个问题的吧？"金石咧嘴一笑。红唇的边角如橡胶般拉长，右上边前臼齿的金冠闪闪发光。

"您跟他聊什么了？"

"没什么大不了的。我试着跟他聊天气有多闷热什么的，但他几乎没理我。"

若槻点头致意，接过金石递来的杯子，喝了一口酒。

"虽然他面无表情，瞧不出什么，但我能感觉到，他已经被逼得走投无路了。"

"您的意思是，他很缺钱？"

"嗯，也有这方面的因素吧。每天花出去的电车票钱也不是小数目啊。"

若槻感觉金石的这句话好像有哪里不对，却不明白问题出在哪里。

"除了缺钱呢？"

"具体的不好说，但唯一可以确定的是，他处于重压之下。而且，他应该已经快撑不住了。"

若槻回想起菰田今天的态度，觉得金石所言在理。

"您是说，他也许会突然爆发？"

"也有可能。像您这样天天与威胁近距离接触的人，难免会对此习以为常，误判事态的严重性。"

谁会对那种人习以为常？若槻顿感不爽。金石终究只是个局外人，菰田每天中午都会坐岚电来分部，他哪里知道我是怀着怎样的心情等菰田现身的……

"恕我直言，任谁都不会对他习以为常、疏忽大意的。"

"那就好。"

"更何况，我去过他住的那栋黑屋，亲眼看到了上吊的尸体。"

"黑屋？倒也没错。"金石面露暧昧的微笑。

若槻又捕捉到了一丝丝的不对劲。因为金石的表情与态度，就好像他亲眼见过那栋房子似的，可……那怎么可能……

就在那一刻，若槻意识到自己刚才为什么会觉得金石的话"哪里不对"了，问题就出在"电车票钱"这四个字上，金石清楚地说过"每天花出去的电车票钱也不是小数目"。有时候，人们确实会用电车票钱指代交通费，但京都市内的首选交通工具明明是公交车，金石却偏要说电车票钱，这只可能是因为他知道菰田每天都坐岚电来分部。如果真是这样，唯一说得通的解释就是金石今天跟踪了菰田。这也是他进隔壁大楼咖啡馆的动机。他定是在咖啡馆里等菰田出来，然后跟着他，看到菰田上了岚电，十有八九还一路跟去了那栋黑屋。

若槻险些要发火，但还是忍住了，没有立刻责问。毕竟他没有确凿的证据，听金石说完再议也不迟。

"但问题并不在于他可能会爆发这一点。事后我细细琢磨了一下您在学校跟我们分享的那些信息，感觉当时的探讨还不够充分。毕竟我的身份类似于旁听的观察员，而且除了醍醐教授，还有一位女研究生在场，不是吗？"

"她叫黑泽惠。"

"对，黑泽同学。她似乎是位人道主义者，心思细腻，心地善良，很有女人味，非常有女人味……但这份善良，有时也会妨碍我们看清现实。"

若槻猜不透金石想说什么。

"她那么想无可厚非，继续生活在她所相信的世界里也就是了。可您是直接当事人，您清楚您面对的是一个什么样的人吗？"

"您那天说，K是情感缺失者，可能患有悖德型人格障碍。"

金石点了点头。

"今天我有幸对他做了一番观察。尽管时间很短，还无法百分之百确定，但我认为自己有义务警告您。我就不绕弯子了，他很有可能对您抱有杀意。"

若槻早已对此抱有隐隐的忧虑，但从专家口中听到这一推测，他还是不免大受震撼。刹那间，他便将金石擅自跟踪菰田一事抛之脑后。

"可我不觉得他有杀我的动机，又不是说只要我一死，保险公司就会赔钱给他。"

"我就知道您会这样想，所以今天才特意约您出来。"单眼皮的金石吊起眼角，镜片后的双眸射出犀利的光，与恭敬礼貌的措辞形成鲜明的对比。

"那是我们普通人的思维方式，他们可不这样想。因为对他们而言，满足眼前的私欲比什么都重要。您有没有试过喂一只饥肠辘辘的猫，然后中途收回吃食？"

若槻被这个莫名其妙的问题搞蒙了。

"没有，因为我都没养过猫……"

"正要满足私欲，却被突然打断，猫会在这种情况下勃然大怒。哪怕是主人的手，都会被它们挠出血来。那种人的心态和猫并无不同。他们一旦认定'眼看着钱就要到手了，却被你坏了好事'，就会不顾一切地对您实施报复。"

"您说的他们，就是指情感缺失者？"

"从严格意义上讲，两者不能完全画等号。"

金石打开放在脚下的黑色公文包，拿出一本B5大小的厚重书籍。

"我原本是专攻社会生物学的。照理说，我们的思维方式应该有许多共通之处。在美国留学的时候，我对心理学，特别是犯罪心理学产生了兴趣。这本是美国精神医学学会编撰的最新版《精神疾病诊断与统计手册》，简称DSM-Ⅳ。美国对人格异常的分类与日本有很大的不同，DSM-Ⅳ中甚至没有对应情感缺失的条目。"金石小心翼翼地翻动书页。

"但在'人格异常类别B'中有一个条目叫'反社会人格障碍'。书中列举的诊断标准可以简要概括为，有反复犯罪的倾向、为自己的利益或娱乐而欺骗他人、冲动易怒、好攻击、不顾安危、缺乏责任感、缺乏内疚感。"

在若槻听来，每一条似乎都能和菰田重德对上。

"我认为反社会人格障碍总体上与悖德型人格障碍有很多重叠之处。最近这个概念也在日本逐渐普及开来，人们将其称为心理变态（psychopath）。您应该也听说过吧？"

"嗯，确实听过。"

若槻想起了前不久看过的一本书。那应该是H书房引进的外版书，可能就是它将"心理变态"一词带入了日本公众的视野。一如当年"精神病患者"（psycho）这个词因希区柯克的电影《惊魂记》一举闻名。

心理变态起初应该是指代病态人格的统称，却在不知不觉中演变成了情感缺失者、悖德型人格障碍的代名词。

"但我对这个词抱有些许疑问。说某人心理变态，好像会给人一种他是因为血统不好什么的，生来就注定会成为罪犯的印象。"

"没错。美国学界早有论断，说心理变态的性状会以遗传信息的形式代代相传。"金石泰然断言。

若槻听得目瞪口呆，暗暗庆幸"还好阿惠不在"，她要是听见了金石刚才说的话，定会暴跳如雷。

"那岂不是跟龙勃罗梭的天生犯罪人理论一样了？"若槻记得这个名字，因为他看过阿惠在本科阶段写的一篇痛批龙勃罗梭的小论文。

金石咧嘴一笑，露出口中的金牙："您很熟悉龙勃罗梭？"

"呃……也没那么熟悉。"

金石举起酒杯对着灯光，用讲课的口吻滔滔不绝起来。

"切萨雷·龙勃罗梭是十九世纪的意大利杰出医学家，在精神病学、法医学等领域的成就有目共睹。话说1870年，他在监狱解剖了一个强盗的颅骨，发现了多处变异，其中就包括了中央枕骨窝。这是一种能在猴子身上找到，但在人类身上极其罕见的特征。后来，他解剖了近四百名罪犯的颅骨，研究调查了约六千人的体征，总结出了'返祖现象造就天生犯罪人'的理论。他认为大约三分之一的罪犯是这种天生犯罪人，并将他们与其他冲动犯罪的人区别开来。"

"我记得他把天生犯罪人定位成了劣等人种？"

"对。他认为天生犯罪人是倒退回类人猿阶段的人，命中注定会成为罪犯。他们都有与类人猿相近的外貌特征，比如有很长的手臂、能用脚拇指抓取物体的脚、低而窄的额头、大耳朵、畸形厚重的颅骨、大而突出的下巴、偏大的犬牙、浓密的体毛……而且往往伴有脑部畸形。"

"可……"

金石抬手打断若槻。

"不，我知道您想说什么。龙勃罗梭创立的犯罪人类学是毫无根据的，并不比颅相学能科学多少，所以它早已被彻底推翻。但心理变态者和龙勃罗梭所谓的天生犯罪人是完全不同的，说这两个概念截然相反都不为过。"金石仿佛是在教导差生一般，每句话都是掰开揉碎了讲。

"龙勃罗梭高举乌托邦思想，认为人类将不断进化，最终建立起没有犯罪的社会。因此，他所谓的天生犯罪人是与人类进化背道而驰的返祖者，是退化了的人。但心理变态者反而是一种进化了的人，对新环境更为适应。"

"罪犯怎么会是进化了的人呢？"不知不觉中，若槻杯中的冰已化得一块不剩。

"听说您是生物系毕业的，应该很熟悉r/K选择理论[1]里的r选择与K选择吧？"

问题来得突然，但若槻好歹是学这个的，不至于被问倒。

"r选择就是像昆虫一样大量繁育后代，然后几乎放任不管的策略。K选择则是像人一样少生优育吧。"

"对。人类是哺乳动物中最典型的K选择者，非常重视孩子的养育。从前，婴幼儿的死亡率非常高，稍不留神，孩子就会出事夭折，所以父母的细心呵护必不可少。但随着时代的进步，社会保障系统日渐完善，以至于孩子离了父母也能平安长大，这便扩大了r选择的相对优势。说白了就是，哪怕你四处留种，只生不管，社会也会在很大程度上帮忙照顾，这样便能留下比正常生育孩子的人更多的后代。换句话说，比起勤勤恳恳生养孩子，这年头反而是生了就跑更占便宜。"金石喝了一口被稀释的波旁酒，润了润嗓子。

"通往地狱的道路，是善意铺就的……"他好像想起了什么似的冷笑道。

"这是在美国留学时，曾非常亲密的……一位朋友教我的谚语。多么讽刺啊，本应对弱势群体友好的福利社会，反而导致了无情的r选择基因的迅速增加。这就是心理变态的真面目。"

若槻陷入沉思，无法完全接受金石的结论。他懂金石的逻辑，可这个问题真能用三言两语解释清楚吗？

---

1 r/K选择理论是二十世纪生态学上一个有关生物体如何权衡后代的数量与品质的理论。r选择强调高增长率的重要性，即以后代的低存活率为代价，扩大生态位并生育更多后代。相反，K选择则强调少生育，从而增加父母投资，以提高后代的存活率。

"可是……请等一下。照您的说法，有很多孩子的人岂不都是心理变态者了？"

"不，有很多孩子的大家庭家长反而是传统的K选择者，因为他们为养育子女付出了大量的精力，"金石用的仍是讲课的语气，"不过r选择这个说法确实容易引起误会，毕竟心理变态者不会像蚜虫那样留下大量的后代。他们的特征不在于后代的数量，而在于随随便便遗弃自己的后代，可以说他们选择了'遗弃战略'。"

"可遗弃子女并不能跟其他犯罪行为直接挂钩吧？"

"学过心理学的人都知道，亲子之爱是所有人际关系的基础。您想啊，他们连自己的孩子都不爱，又怎么会对他人产生温情？遗弃战略家必然会成为以自我为中心的情感缺失者，他们会为了一己私欲毫不犹豫地实施犯罪。"

遗弃战略家……金石似乎完全没考虑到，有些人其实深爱着自己的孩子，却不得不强忍心痛选择遗弃。若槻给自己倒了一杯波旁酒。

"他们连自己的孩子都不爱。"金石只在说这句话的时候用了咬牙切齿的语气。若槻心想，也许金石自己就遭遇过某种亲子关系方面的重大问题。若槻回想起了金石对阿惠的态度，感觉他心中暗藏着对整个女性群体的敌意。

不过话说回来……"连自己的孩子都不爱"这句话一直萦绕在若槻耳边，总感觉有什么线索就要在脑海中串联起来了，而且直觉告诉他，事关重大。然而片刻之后，好不容易快要搭上的思绪土崩瓦解，灵光一去不复返。

"但您说的都只是假设吧？有明确的依据吗？"若槻试图反驳，"我是无论如何都无法接受犯不犯罪取决于基因这样的观点。

管它是犯罪基因，还是r选择基因，只要还没锁定基因位点……"

"对这种议题的探讨，最终都会发展成先天与后天之争，不是吗？人类的行为与遗传和环境这两大因素有着密不可分的联系。恕我孤陋寡闻，我是没见过其中一个因素的影响度高达百分之百，另一个因素却全然不起作用的例子。犯不犯罪是百分之百由后天环境决定这样的观点是和性本善论半斤八两的童话，放在日本以外的任何一个国家都不会有人买账。"金石面不改色。

"那照您的说法，遗传的影响度也不可能是百分之百吧？"

"那是当然，无论后天环境如何都注定会犯罪的人也不可能存在。可没有百分之百，百分之九十还是有可能的吧？在我们所处的社会中，确实有些人天生就比普通人更容易走上犯罪的道路。"

"我明白您的意思，但这种想法本身难道不是非常危险的吗？"不知不觉中，若槻开始抱着为阿惠代言的心态反驳金石了，"一旦接受某些特定的人天生容易成为罪犯这一观点，那不就会衍生出'将他们隔离起来''杀掉他们以绝后患'之类的主张吗？"

若槻回想起龙勃罗梭曾主张隔离或驱逐天生犯罪人，甚至更进一步除掉他们，而自己对这一观点一度持理解态度。

"我也承认，确实存在这样的危险。但直面事实比什么都重要，不是吗？"金石露出哄孩子似的笑容，"对策可以回头再慢慢考虑嘛，以充分尊重人权为前提。"金石故作姿态。

"但我忍不住联想到，希特勒当年就是高举类似的优生学思想，企图'淘汰'非雅利安人和有残障的人……"

"希特勒滥用的科学岂止社会生物学这一种。他本人就是典型的心理变态者，也没什么好大惊小怪的，"金石似乎很习惯这样的讨论，立刻予以反驳，"但有一点是非常明确的，那就是心理变态者的数量正在迅速增加，如果不采取任何措施，我们的社会迟早会被他们吃干抹净。"

若槻陷入沉默，这一回轮到金石给自己倒酒了。

"可是……有证据表明那种人的数量正在迅猛增长吗？"

"可能算不上很明确的证据，我自己手上有一份根据各国的犯罪统计数据推算出来的资料。资料显示，长久以来保持平稳的上升曲线在近十年里急转直上，增长速度在短短十年里上升了几乎四五倍。您要是有机会来我的研究室，我可以展示给您看。"

"就算情况确实如您所说，可如此急剧的变化真的就只是社会保障制度造成的吗？考虑到人类世代更替所需要的时间，照理说罪犯是不可能在短短十年里多出好几倍的……"

"确实，这也是我一直在琢磨的问题，"金石第一次露出沉思的神情，"我们可以从两个角度来解释这种现象。角度之一，是在过去十年里，长久以来缓慢积累的变化终于在统计数据中变得清晰可见了。这种观点又能细分成两个维度，即原本潜伏在暗处的心理变态者变得更加活跃了，以及统计数据越发完善了。角度之二，则是心理变态者不仅通过遗传实现了增殖，环境因素也助力了这一群体的发展壮大。"

"可环境变化造成的罪犯还能算是心理变态者吗？"

"我所说的并不是家庭氛围不好、社区犯罪猖獗这样的社会文化环境，而是会对基因产生直接影响的物理环境和化学环境。"

"化学环境……您是说环境污染？"

"对。我们正置身于一个遗传毒性物质泛滥的时代，而这样的环境是前所未有的，就从农业说起吧。1961年，蕾切尔·卡森写了《寂静的春天》，促使有关部门禁用了有机氯等高毒农药。然而，渗入土壤深处的农药要过许多年才会真正影响人体。人类要是懂得吃一堑长一智，就会意识到，要想保护环境，就得尽量少用化学药剂，哪怕是现在公认的低毒农药。可日本仍在空中喷洒杀螟松[1]，美其名曰防治松材线虫，人口稠密的住宅区都照喷不误，毫不在意。要知道松材线虫并不是松枯萎病的主要原因，这早已是路人皆知的事了。”

若槻也听说过，有研究表明松枯萎病是由汽车尾气等大气污染引起的。如果真是这样，那就意味着日本政府正为了应对一种环境污染一个劲儿地制造另一种环境污染，这是何等讽刺。

“还有工业产品、工厂废水中的化学物质。好比因米糠油中毒事件[2]闻名的多氯联苯，直到1972年才被禁产、禁用。多氯联苯不仅会导致肝功能障碍，还会溶入基因，造成遗传信息的转录错误。更可怕的是素有毒王之称的二噁英。垃圾焚烧炉排放的废气中的二噁英会通过食物被人体吸收，在人体内浓缩数倍，再通过母乳高效传递给新生儿。二噁英具有极强的遗传毒性，多氯联苯都难望其项背。越南战争期间，美军在臭名昭著的除草剂作战方案[3]中使用

1　杀螟松是有机磷杀虫剂，能防治粮、棉等农作物的多种害虫，对水稻螟虫效果尤为显著。

2　米糠油中毒事件指1968年发生在日本的中毒事件，起因是人们食用了被多氯联苯污染的米糠油。

3　除草剂作战方案指越南战争期间，美国为破坏丛林对越南士兵的掩护，采取的用除草剂清除密林的作战方案。该方案通过大规模喷洒橙剂等化学物质，令当地植被遭受毁灭性破坏，战后越南出生的许多畸形婴儿以及种种怪病都与美军喷洒的药剂有关。

的化学物质2,4,5-T造成了连体婴儿[1]等种种悲剧，而两个2,4,5-T结合起来便成了二噁英，毒性之强可想而知。缺乏监管的食品添加剂也不容忽视，防腐剂本就是能杀死微生物的强力毒药，人工色素容易产生亚硝胺等致癌物质，人工甜味剂的致癌性也是众所周知。考虑到每天的摄入量，添加剂带来的危害也许更为可怕。毕竟在日本，这些东西可都是归厚生省管的……"

金石笑得很是快活。

"在六十年代后期到七十年代，这些遗传毒性物质造成的环境污染越发严重，而那段时间出生的孩子恰好在这十年里相继成年，与心理变态者的暴增完全同步。这仅仅是巧合吗？再补充一点，有人说最近引发舆论热议的电磁波也是罪魁祸首之一，这恐怕也并非胡说八道。也许是我刚才提到的各种因素对人类基因造成了复合性的损伤，进而导致了心理变态者的激增。"金石淡然断言。

"总而言之，对原因的研究仍处于起步阶段。从某种意义上讲，心理变态者的存在本身就是一种禁忌，但是在我看来，世上存在这样一类人这一点已经毋庸置疑了。"

"可……"

金石又滔滔不绝起来，仿佛是为了打断若槻的反驳："问题在于他们对社会的影响。由于经济学领域常说的乘数效应，一个心理变态者的存在会影响到他周围成千上万的人，这种影响当然是负面的。瞧瞧日本的现状，您就会明白我的意思。连孩子都早已被拜金主义渗透了。将正义和道德挂在嘴边是很土的，会遭人嘲笑，满

1　这里的连体婴儿指的是连体双胞胎阮越和阮德兄弟，受美军在越南战争期间喷洒的化学物质的影响，兄弟俩出生时下半身相连。

不在乎地伤害他人的变态价值观反而是酷的，而且备受吹捧。例如……嗯，要我说啊，现在的动漫主角至少有一半能归入心理变态者的范畴。以前的主角明显要更有人情味一点儿，现在倒好，只要对方是坏人，本该善良的主角都会毫不犹豫地痛下杀手，不是吗？游戏领域的情况就更糟糕了。哪怕对面是人，也从一开始就没有人格，不过是会动的靶子而已。"

金石歪着头，抿嘴一笑。

"在这种环境下长大的年轻一代会变成什么样子？他们中的大多数是不会深入思考的，只会受情绪的驱使。心里稍微有点儿不爽就轻易杀人，尽管这只是一种单纯的愤怒冲动，而且还是极其浅薄的冲动，说他们是心理变态者的翻版也不为过。行为模式像心理变态者的人越多，真正的心理变态者就越是不显眼。换句话说，他们吐出的毒液将周边环境染成了和它们一样的颜色，形成了一种类似于保护色的效应。"

"您这话说得，就好像他们是与我们不同的生物似的。"若槻已是竭力讥讽，奈何金石不吃这套。

"我确实是这么想的。要我说啊，他们就是变种人，因为他们缺失了人之所以为人的关键元素。他们不像科幻小说中的变种人那样拥有超自然的力量，但搞不好会更危险。一旦认定自己不会被惩罚，他们就会肆无忌惮地杀人。我反倒觉得，将他们看作碰巧与我们共享同一个基因库的另一种生物还更恰当些。"

若槻已然跟不上金石的思路了。金石的发言显得十分荒诞无稽，不过听着听着，蚁蛛的形象浮现在了若槻的脑海中。

蚁蛛属于跳蛛科，体长大约六七毫米。这种蜘蛛广泛分布于日本各地，但很少有人对它有印象，因为它的大小、外形和颜色都像极了蚂蚁。虽说蜘蛛有八条腿，但蚁蛛会将第一对足抬起来假装成触角，所以它们一旦混入蚁群，若无其事地在树叶和树枝上来回走动，就几乎看不出它们与蚂蚁有任何区别。只有从高处垂丝下降时，才能明显看出它们并非蚂蚁。

蚁蛛煞费苦心拟态成蚂蚁的动机尚无定论。有人说是因为蚂蚁难吃，所以蚁蛛想通过拟态保护自己不受天敌所害。也有人说，拟态是为了混入蚁群，伺机攻击并捕食蚂蚁。

若槻不禁想起了菰田重德那双几乎读不出任何情绪的漆黑眼眸，将蚁蛛与他联系在一起绝非难事。若槻心想，这倒是个很好的例子，足以体现出单凭印象而不讲逻辑的思维是多么危险。

"……我们应该考虑的是，要不要坐视他们肆意增殖。多讽刺啊，本该为救人服务的福利制度，却在拯救理应被淘汰的心理变态基因。"金石似乎对福利制度意见不小。

"所以有必要进行人为淘汰？"

"即使是在没有环境污染的情况下，心理变态在具有一定社会性的哺乳动物中也是一种比较常见的突变。我在美国研究过一段时间的狼群，您要是知道狼为了维持群体秩序发展出了多么高水平的纪律性和友爱精神，肯定会大吃一惊。在我看来，狼身上有很多值得我们人类学习的东西。"

金石将张开的手指举到眼前，细细打量，似乎是在检查指甲的状态。他的指甲闪闪发光，也许是涂了透明甲油。

"狼群中偶尔也会出现可以被称为心理变态者的个体。这些个体不履行其作为群体成员的职责，一心只想满足私欲。于是以头狼为首的雄性个体就会去制裁它们，将其赶出狼群。我也曾目睹过这种现象，学界认为，这么做是为了保持种群基因库的健全。"

金石将目光从手指上抬起，盯着若槻的脸，又装作不经意的样子，将手放在若槻的手上。

"您觉得……是狼聪明，还是人聪明呢？"

若槻与金石分开时，已过午夜零点，他到头来还是没吃上一顿像样的晚餐。

他当然没有接受金石的极端言论，但也确实觉得其中有些内容不能一笑置之。不过，意识到金石是同性恋并不是什么可喜的发现。

刚才好像又下过雨了。走到外面一看，路面湿得发黑，空气也很潮。公寓离这里有近两千米，但若槻决定步行回家，就当是醒酒。

若槻沿着高濑川漫步在木屋町大街，虽不情愿，却还是不由自主地反刍起了金石的话。

金石说，与其他犯罪相比，骗保，尤其是谋杀骗保与心理变态者有关的概率更高。

这个说法听起来确实合乎情理。毕竟与冲动造成的激情犯罪相比，谋杀骗保需要精心策划，小心谨慎，以免被旁人怀疑，还需要有冷酷无情的意志，长期积累对他人的杀意。而且受害者通常是家人或亲属，这一点也令此类案件更具心理变态色彩。

若槻想起了日本最著名的几起骗保谋杀案的主犯，说他们都是心理变态者，倒还挺像那么回事。

然而，他无法就此全盘接受金石的观点。

金石还举了好几个例子，比如德国的连环杀妻骗保案和姐弟毒杀魔案、日本的毒菌杀妻案等。这些若槻都没听过，他不禁对自己的无知深感羞愧。

总部的书库里应该有骗保案例集，改天借来研究一下好了。

若槻从木屋町大街转入御池大街，视野突然开阔，清风拂面。毕竟时间不早了，街上的行人寥寥无几。过马路，穿过京都市政厅门口。5月放长假时，他与阿惠去神户走了走，看到了极具现代风格的神户市政厅，而眼前这座庄严肃穆、古色古香的老建筑与之对比鲜明。京都和神户的人口规模大致相同，城市发展思路却几乎截然相反。

调来京都之前，若槻觉得关西的每座城市都大同小异，但如今的他深知，这几座城市在气质层面有着微妙的差异。在这些日子里，他已经渐渐喜欢上了京都，所以他不愿意听从金石的建议，远远躲开。

金石强烈建议若槻申请调离京都，因为只要他还留在京都分部，菰田重德就不会放过他。金石似乎是真的在为他的人身安全担心，这让若槻很是动摇。

真想调动，也不是一点儿办法都没有。可以去求位高权重的学长，最不济也能请内务次长帮忙跟人事部打份申请，调回总部的某个清闲部门总归不成问题。

重归总部还是很有吸引力的，即使这意味着离开京都，无法经常见到阿惠。

然而，一回忆起那些在莫名其妙的时期突然调回总部的人，他便打消了这个念头。他们总是低着头弓着背，在午休时间独自外出用餐。若槻也很清楚，其他同事会看着他们的背影议论些什么。

再说了，如果夹着尾巴逃回来的原因是被黑帮关了起来或者被客户打伤，那好歹算是"英雄事迹"，大家也会比较同情。可他眼下面临的情况呢？从表面上看，不过就是客户每天来分部问钱怎么还不到账而已。人事课定会嘲笑若槻的软弱，并将"此人不堪重任"的评价记录在案。

浑蛋，若槻一脚踹飞路边的空罐。空罐乘着风滚得老远，带出一串噪声。

走到公寓后，他从楼门口的信箱抽出晚报，感觉里头还有别的邮件。打开密码锁一看，果然还有三个信封。两封是进口车经销商和婚介所的广告，第三个信封上却有他熟悉的笔迹，是阿惠寄来的。

这封信的效果立竿见影，脚步好像都轻快了几分。进屋锁门后，他便迫不及待地站在厨房里打开了信封，信封顶部的手感硬邦邦的，有点儿奇怪。

信的内容没什么大不了的。阿惠大概是想通过这封信跟若槻和好，毕竟上次在纸莎草餐厅分开时，气氛着实有点儿尴尬。她没有直接说出来，而是用一丝不苟的笔迹密密麻麻写了两张信纸，说她家的两只猫薛定谔和佩托西奥生了一窝小猫。

然而，若槻忽然留意到了信上写的日期"6月15日星期六"。如果阿惠写完之后没有耽搁，立刻邮寄，那他周一就该收到了，这封信却晚到了三天左右。

若槻想起了信封的怪异触感，从桌上捡起刚撕下的上半截信封。

纸张略显僵硬，有种湿水后晾干的感觉。不过眼下正值梅雨季节，也可能是信封在收派过程中沾了水。若槻小心撕开封口，仔细检查。这一查，便发现原本没有胶水的部分也被粘住了[1]。

---

1 阿惠使用的是封口带胶的自粘信封，用水化开即可粘贴。

阿惠习惯用手指蘸自来水化开胶水，黏合信封，照理说，她不会在封口处另刷胶水。当然，若槻无法断言她绝对不会另刷胶水封口。然而，考虑到信来晚了，而且信封又有碰过水的痕迹，被人用蒸汽打开信封，再刷胶水重新封上的可能性就变得非常高。

若槻拿着两封广告冲出房门，跑下楼去。将广告扔进信箱后，他把手指伸进投信口一探。

指尖碰到了信封的边缘。信箱很窄，所以信件大小的东西到了里头就会不可避免地竖起来。用食指和中指捏住，便能夹起信封，从投信口拽出来。只需十秒不到，便能完成这一系列的动作。

若槻顿感热血上涌。一想到菰田偷看了阿惠的信，他就怒火中烧。慢着，他转念一想，这真是头一回吗？

他回忆了一番，发现亲友最近都没给他来过信，包括阿惠，但……

若槻想到了NTT的电话费扣款通知单。这么说起来……他确实还没见到这个月的单子。

原来是这样……谜底呼之欲出。菰田肯定是通过NTT的通知单得知了他家的电话号码。他大概是认定扣下阿惠的信容易暴露，但换成是NTT的通知单，若槻应该不会有所察觉。

若槻虽已悟出真相，却拿不出任何具体的对策。总之得先给阿惠打个电话，让她暂时把信寄去分部。

8

6月24日（星期一）

连日阴沉，不见明媚的阳光。

若槻机械地咀嚼着涂有橘子酱的吐司，借着冲泡的寡淡袋装蓝山咖啡将其灌进胃里。摆在桌上的松下CD录放机播放着七十年代的前卫摇滚乐。

彼得·哈米尔那神经质的沙哑嗓音并不适合在早上听，可要是不放点儿音乐，他甚至提不起劲来动一动。话虽如此，听节奏欢快的曲子反而更觉郁闷。

桌上摊着《日本经济新闻》的早报，他却只扫了一下大标题，无心细看。好像有精神科医生说过，上班族不再看早报是走向抑郁症的第一步。

若槻看了看手表，叼着剩下的吐司穿起外套，把盘子拿去水槽。又是让人郁闷的一天，他不愿多想，却还是忍不住去想象今天中午会发生什么。

菰田重德仍是每天来分部报到。他本就少言寡语，若槻却觉得他这几天变得更加沉默了，坐在椅子上的时候也几乎一言不发，只是盯着若槻。

表面上风平浪静，自残骚动也没有再次上演，但若槻能感觉到，表面下的气氛是越发紧张了。金石的警告始终萦绕在耳边。

"他很有可能对您抱有杀意。"

据说很久以前，曾有人拿着匕首杀来分部的窗口。葛西副长说，当时闹出了不小的动静。

菰田是不是也想找个机会捅死自己？他的左手几乎没法用，右手也裹着绷带，即使在身上藏了利器，也得费一番功夫才能掏出来。而且翻过柜台也需要一点儿时间，若槻应该能趁机逃走。

可负责柜台业务的女职员呢？要是菰田见人就砍……

傻不傻啊，胡思乱想什么呢！

若槻关了CD录放机，仿佛是给无休止的空想画上句号，周围瞬间安静下来，生出全无防备的错觉。

他反复检查厨房的小窗户和阳台门有没有锁好，简直与强迫症无异。通过猫眼确认门外没人之后，他终于迈出家门，前往分部上班。

若槻提前二十分钟到达办公室，比他先到的只有葛西。讲电话的声音回荡在空荡荡的总务室中，听口气，对面应该也是昭和人寿的。

"这个我懂，不过之后要是闹出什么问题来，我们可不负责啊。呃，那是，要是人家问起来，就说是总部拍的板……"

葛西桌边有几个随意丢下的棉布袋，看着脏兮兮的，每个都能装下一个孩子。来自总公司和站点的邮件会用这种袋子装好，每日配送两次。

原本装在袋子里的大量信封与文件在办公桌上堆成小山，看来葛西刚才正忙着拆开信封，给里面的文件盖日期章。这本该是女职员的工作，但葛西来得早时经常会代劳。

葛西保持将听筒举在耳边的姿势，向若槻招了招手，又指了指自己手边，那里有一份用草纸印刷的文件。

若槻拿起来一看，发现那是来自总部的赔付批准通知，他的视线扫过用圆珠笔填写的姓名。

菰田和也，生于1985年5月28日。茁壮成长儿童保险，保单编号……

怎么可能！若槻呆若木鸡。让菰田重德拿到赔付？总部到底在想什么？

过了一会儿，葛西放下电话，一脸的灰心丧气。

"怎么回事？"若槻脸色一变，逼问葛西。他也知道葛西是无辜的，可就是忍不住。

"如你所见，总部批准了。我已经核实过了。"

"可……为什么？"

"听说警方正式答复了总部的问询，说菰田和也是自杀的。既然警方明确了这一点，我们分部再嚷嚷事有蹊跷都没用。真闹上法庭，我们也没有一点儿胜算。"

怎么会这样……若槻瘫坐在椅子上。他咬牙坚持到现在究竟是为了什么？难道是为了眼睁睁看着公司赔钱给一个杀人犯吗？

讽刺的是，总部的决定意味着长久以来困扰着若槻的所有问题都得到了解决。他再也不用在每天的午休时间为菰田的来访担惊受怕了，寄到他家的信件也不会被偷走了。最重要的是，他不用再因为害怕菰田会打击报复而烦恼要不要调去别处了。

然而，这并不是若槻由衷期盼的结局。几乎将他逼出十二指肠溃疡的紧张，换来的不是解脱，而是虚脱。

"我理解你的心情，可上头都拍板了……过会儿就打电话通知菰田大叔吧。就说'抱歉让您久等了，总部批准赔付了，您不用再大老远来一趟了'。"葛西语气充满调侃，表情却分外苦涩。

成为无法申辩的遗体的少年浮现在若槻的脑海中。

对不起，没想到结局会是这样……若槻闭上双眼，在心中双手合十。

给菰田打电话，通知总部的赔付决定时，菰田重德的声音和蔼可亲，与之前判若两人。他翻来覆去地说，麻烦你们了，帮大忙了，简直是千恩万谢，仿佛若槻是他的救命恩人。

若槻则咬紧牙关，忍受着被杀人犯感谢的屈辱。菰田迟迟没有要挂电话的意思，没完没了地致谢，天晓得他知不知道若槻此刻是什么心情。

当天上午，五百万日元汇入菰田幸子名下的信用合作社账户。

"不过嘛，这样也好啊，这下总算是尘埃落定了。"

大迫在四人小会上如此说道，仿佛是想驱散凝重的空气。在场的都是全程参与了菰田事件的人，包括木谷和大迫这两位次长，以及葛西和若槻。

"眼睁睁看着那浑蛋拿到五百万，心里确实不太痛快。可这样总比让他继续天天往分部跑要好吧？"

"嗯，这个嘛……话是这么说……"

见若槻吞吞吐吐，木谷也不禁苦笑。

"哎呀，我也知道你认定孩子是菰田害死的，那天我要是在场，大概也会这么想。可警方都明确说了他不是凶手，那就说明确实不是他干的啊。"

"不，警方只是无法证明菰田是凶手而已，这和他本身清白是两回事。"若槻冷声道。这是他被调来京都分部后第一次顶撞木谷，反倒让木谷一怵。

"总之！这事算是尘埃落定了，到此为止！这下总算能彻底摆脱这个菰田了。"大迫扯着嗓子打圆场，没想到一个意料之外的人发表了反对意见。

"真能尘埃落定吗？"

"啊？"

只见葛西捧着胳膊，一动不动。壮实的前臂肌肉紧绷，已然发白。

"这事啊，搞不好还有后续……"

"怎么说？"

葛西指着会客室桌上的文件，那是打印出来的保单明细。

"菰田重德和菰田幸子还有两笔单子在我们这儿，而且保额都是三千万。他们之前确实有点儿付不出保费的感觉，但有了这次赔付的五百万，这方面的问题应该已经不存在了。"

"慢着，你的意思是……他们会故技重施？"大迫满脸的难以置信，"刚闹出这么大的动静，不至于吧？他们应该也知道自己在警察那儿是'挂了号'的吧？"

"那种人的神经和思维方式都跟正常人不一样，搞不好这一次赔付会让他们更有信心，认定只要不留下证据就能得逞，这是完全有可能的。"

若槻顿时毛骨悚然，他怎么就没早点儿意识到这种可能性呢？

"我也有同感……我甚至觉得，这只是时间问题。"

"哎哟，怎么连若槻都这么说啊？"

"你有什么依据吗？"木谷神情严肃。

"他们本没有买保险的需求，却主动投保。家里缺钱缺成那样，却还是硬着头皮付保费。这只可能是因为他们从一开始就想通过犯罪骗保，否则他们早就让保单失效或者退保了。"

与寿险有关的犯罪有一个显著的特征，那就是反复性。事实上，有很多罪犯本可以选择干一票就收手，这样还不至于被发现，但他们一次次故技重施，最终被警方逮捕。这样的例子不胜枚举。

鉴于菰田家的经济状况，这次的五百万一旦用尽，他们恐怕就无力支付保费了。换言之，下一次动手必须赶在那之前，一年之内出事的可能性很高。

"别吓我啊！不过……确实有可能，那下一个遭殃的就是他老婆了啊……"

"大迫次长，话可不能乱说啊，"木谷苦着脸责备道，"我刚才也说了，警方认定菰田是清白的。单凭主观臆测就断定人家是杀人犯，当心被人告诽谤啊。"

"可事实摆在眼前，既然这种可能性很大……"

木谷打断了若槻："你可别昏了头，我们不是警察。预防犯罪也许是警察的职责之一，保险公司并没有这样的义务。"

这一回，木谷用了不容分说的语气，一锤定音，就此散会。

若槻不禁对那个看起来不太聪明的中年妇女菰田幸子生出了同情。都怪她嫁给了小坂重德这样的危险分子，害得她唯一的孩子丢了性命，这下连她自己都危在旦夕了。

这种事，真的可以袖手旁观吗？

正如木谷内务次长所说，这也许超出了保险公司的职责范围，可保险公司真的不用负一点儿责任吗？

归根结底，是保险公司没有认真筛查就跟菰田重德这样的人签订了合同，这难道不是保险公司的过失吗？如果这就是诱发菰田行凶的导火索，那保险公司与间接的帮凶又有什么差别？

那一整天，若槻都在扪心自问。

6月28日（星期五）

若槻终于拾回了阔别近一个半月的平静生活。钱到账后，菰田重德便没有再来过分部，每晚的无声电话也戛然而止。

若槻终于从紧张中解放出来，也停止了神经质的行为，在家不用不间断地放音乐了，每天也不会检查门窗几十次了。

"这两天你的脸色好多了，"葛西看着若槻，感慨万千道，"前一阵子啊，你说话的时候，脸老是一抽一抽的，你自己可能没发现……那好像是叫面部痉挛吧？我还担心你再这么下去，会不会发展成神经衰弱呢。"

直面的威胁是消失了，可若槻的内心却越发纠结了。

在菰田和也遇害一案（他坚信孩子是被谋杀的）中，若槻被凶手利用，成了第一个发现尸体的人。而且凶手成功打造了一起完美犯罪，全身而退，这一事实令若槻耿耿于怀。

而且事情明明已经画上了句号，若槻却还是每晚都会梦到蜘蛛。两具孩子的尸骸挂在蛛网上，已然干瘪。

没能查清菰田和也死亡真相的事，勾起了若槻心底的负罪感——都怪我当年对哥哥见死不救。而负罪感对他的折磨，就体现在了尸骸的数量上。

梦中的蛛网已经开始了颤动，想必是下一个猎物落网了。他看不清猎物在哪儿，但它似乎正在疯狂挣扎，试图逃跑。就在这时，另一种振动叠加于蛛网之上。眼看着振幅越来越大，带动整面蛛网上下起伏，肯定是巨蛛捕捉到了猎物的振动，从远处赶了回来。

不知为何，蛛网在明亮的地面投下浅影。片刻后，身形怪异的八脚蜘蛛摇晃着身躯，朝他逼来……

被梦中的景象吓得一跃而起时，若槻总是大汗淋漓，心脏狂跳。

梦的含义似乎显而易见，它是在催促若槻，在下一个受害者出现之前行动起来。那一定是他的潜意识为自保发出的信号，如果若槻坐视不管，任下一个受害者遭殃，他的心理创伤会越发严重。

问题是，他具体该怎么做呢？

深思熟虑后，他得出了一个结论。

从分部下班回家后，他坐在了文字处理机前。

这台文字处理机是六七年前的热门款式，至少卖出了几万台，对方应该无法通过字形查明他的身份。真被人问起，就用"市面上有的是同款"糊弄过去，再说了，对方报警的可能性本就微乎其微。

若槻慎之又慎地打好腹稿，细节处的措辞也是一改再改，最终打出一封短信。

菰田幸子女士：

　　您好。冒昧来信，敬请海涵。

　　得知令郎和也在5月不幸离世，您此刻定是悲痛万分，谨致深切哀悼。然而，和也并非自杀身亡。

我是一名警察，出于某种原因，我认定和也是被菰田重德所害。

您是否知道，菰田重德在九州时，曾故意砍下自己的拇指骗取保险赔款？他对自己毫不留情，残害他人时更是毫无顾忌。

菰田和也和菰田重德并无血缘关系，菰田重德极有可能是为了骗取保险赔款杀害了他。您也投保了，这一点令我忧心不已。据我猜测，菰田重德很有可能也想置您于死地。

警方对他进行了一番调查，可惜没有发现证据。我担心再这么下去，您说不定也会遇害，所以斗胆写了这封信。

我知道您一时间怕是很难接受，但请务必仔细斟酌一下。如您实在无法与他分开，最好将保险的受益人改成别人，或者直接退保。

请多加小心。

此致

敬礼！

谎报身份，外加无凭无据的诽谤中伤，这就是一封彻头彻尾的黑信，若槻不由得苦笑。考虑到幸子的阅读理解能力，他特意把一些汉字词语写成了平假名，反而将这封信衬托得分外诡异。他是做梦也没有想到，自己会寄出这样一封信。

保险起见，若槻戴上塑料手套，将打印出来的信纸折好，塞进最常见的廉价棕色信封，贴上八十日元的邮票和用文字处理机打印的地址条。

去哪儿寄呢？三天后，他正好要去东京进修。就在登上新干线之前，将信扔进京都站的邮筒好了，总不会这两天就出人命吧。

作为保险公司的雇员，这显然属于越界行为，搞不好还会害他丢掉饭碗。

他在心中反复默念，这只是为了减轻自身心理负担的权宜之计。

如果菰田幸子不相信这封信的内容，或者她信了，但没能采取有效措施，那她十有八九会成为下一个被害者。不过到时候就怪不到他头上了，毕竟他早已尽了义务，发出了警告。

至于事情真发展到那个地步时，自己还能不能有这个心态，就得打个问号了。

7月1日（星期一）

下新干线换乘JR时，若槻觉得晕头转向。离开没多久，东京仿佛变成了一个全然陌生的城市。

但即便是在瞬息万变的现代，城市本身也不可能在短短一年半的时间里发生天翻地覆的变化，剧变的大概是他的感知。

京都也是大城市，但有一条大河流经市内，保留了不少自然风光。要想维持一个人能活出人样的环境，发展到京都那样的规模也许就差不多了。而东京在各方面都突破了极限，放眼望去，只觉得眼前是一座巨大而复杂的迷宫。

若槻先去了趟位于新宿的总部，然后乘坐京王线，前往位于调布的培训中心，见到了一群久别的老面孔。大家都是同一年入职的，工作地点却分散在日本各地，北至稚内，南至冲绳，在哪儿的都有。

平时离东京越远的就越兴奋，就在总部上班的职员脸上却全无波澜。若槻心想，一年半前的自己是不是也挂着那样的表情呢？

进修的内容很是老套。大家被分成几个小组，围绕"在寿险与财险放开混业经营之际应采取什么策略"这一主题讨论到深夜，将结论逐条写在一张一米见方的牛皮纸上。第二天上午，小组代表在所有人面前发表讨论结果，随后是问答环节和各组之间的辩论。最后投票决出大奖、鼓励奖等奖项。

这似乎不值得公司特意出交通费和住宿费把全国各地的内勤职员召集到一处，不过这种进修的另一层意图，大概是犒劳一下平时在偏远地区艰苦奋斗的员工。有些员工辛辛苦苦大半辈子，却只能当小地方的站长，直到退休都没什么机会来东京走走看看。

手拿彩色马克笔，和知根知底的伙伴们热火朝天聊到深夜，让若槻感受到了阔别已久的、由衷的畅快。会场里的他们，好似一群埋头筹备文化节的高中生。

第二天下午解散后，大伙便三五成群游玩聚餐去了，只有若槻又去了总部一趟。该见的人，昨天都已经见过了，今天有别的事要办。

除了人事课、会计课等常见部门，寿险公司还设有财务课、有价证券课、不动产课、外国债券投资课等专注资产运作的部门，更有医务课、精算课等其他行业找不到的特殊部门。各部门的工作都离不开高水平的专业知识，因此位于地下一层的资料室存放了大量的书籍。

若槻在开放式书架间穿行了许久，终于找到了他想要的那本书。明明不是很老的书，黑色的封面却已是破旧不堪，有些书页甚至变成了褐色，许是保管不善。翻开一看，若槻才发现褐色的那几页是被咖啡之类的东西给弄脏了。

若槻自己填写了外借登记簿，带走了那本《人寿保险犯罪案例集》。其实公司有规定，只有在总部或周边分部工作的人才能外借图书。但实际管理没那么严格，公司不会跟员工计较这些，用完了再通过内部邮件渠道把书寄给在总部上班的熟人，让人家帮忙送回资料室就行了。

若槻也不明白，自己怎么就借了这么一本书。菰田事件也算是尘埃落定了，悬而未决的事情还有的是，事到如今再看这种书又有什么意义？

若槻没能想出一个答案，他把书装进旅行袋，上了总武线。所幸车上有空座位，但他没有立刻翻开案例集的心情，在东京的这段时间，他实在不想再因为那家人心烦意乱了。

在船桥站下车时，太阳仍高悬于天空，但时间已是傍晚。

他本想直接回老家，但这个时间段，母亲搞不好还在站点。这两个地方离车站都只有十分钟左右的路程，他决定溜达去站点瞧瞧。

昭和人寿的船桥站点位于离市中心稍有些距离的大楼底层。若槻一进去，便有个戴眼镜的女文员说"欢迎光临"，看着像新人。

"你好，我是京都分部的若槻，是若槻伸子的儿子。"听到这话，女文员慌慌张张站了起来，嘴里直嚷嚷"是吗""天哪"，都顾不上请若槻坐下，也不知道倒杯茶来，一副不知所措的样子。

若槻很是无语地在一旁瞧着。就在这时，母亲恰好回站点来了。

"咦，慎二？"

"我回来了。"

"你怎么跑这儿来了？"

若槻顿时一肚子气："不是都说了我要回来进修的吗？"

"是今天吗？"

"就是今天。"

母亲反复念叨"是吗"，又问那文员"站长呢"。对方回答"站长今天不会回来了"，她便草草填完了工作日报，转头对若槻说道："走吧。"

母亲这副样子，怎么看都不像是千叶分部数一数二的优秀员工。但站长跟他提过一嘴，只要是跟客户约好的事情，再鸡毛蒜皮的小事她都会牢记在心。

"我不知道你今天回来，都没提前准备。"

"不是不知道，而是忘了吧？"

母亲没有理会若槻的抗议，继续说道："要不去吃寿喜锅吧。"

不可思议的是，母亲走进店门报上名字之后，服务员立刻就领他们去了包房。若槻意识到，母亲是订了座的。

她肯定也盼着见到久别的儿子，只是不好意思承认，所以才谎称自己忘了这事。

用啤酒碰杯后，母亲连连劝若槻吃肉。

"别了吧，我也老大不小了。到了这个年纪，总得控制一下体重。"

"你现在多重啊？"

"七十四公斤。"

“哦……”母亲狐疑地打量着若槻，“但我感觉你好像瘦了？”

“有吗？”

“脸颊都凹下去了。”

“没事，反正肚子鼓出来了。”

即便如此，母亲还是往他碗里夹了好多肉和葱。

“干保全是不是很辛苦啊？”

“倒也没有。”

“可最近不是老出事吗？我们分部前两天也碰上了……就是那什么，谋杀骗保……”

“谋杀？”若槻惊得合不拢嘴。

“错了……就是诈骗啦。有对夫妻大吵一架，然后老公留下遗书人间蒸发了，老婆跑来要我们赔钱。其实这事从头到尾都是他们计划好的，老公隐姓埋名，跑去东北的一家小钢珠店打工了。”

“哦……常有的事。反正要等七年才能宣告失踪，在那之前是不会赔付的。”

“这居然算常有的事？”

“是啊！哦，我们分部是不太有的。京都可是千年古都，民风文雅，没什么人犯罪的。”

“哦，那你岂不是很闲？”

“是啊，闲得要死。”

“闲着没事干还能拿那么高的工资，真是好福气啊。”

“可不是嘛，我们公司可真阔气。”

母亲又岂会把若槻的话当真，但这样总比实话实说害她操心要好。

虽说她早已走出阴霾，但若槻说什么都不愿意再让她想起十九年前的悲痛了。

7月3日（星期三）

若槻提着旅行袋走上公寓的楼梯，却不禁停下脚步，只见自家房门口放着一个黑色的垃圾袋。看着像四十五升的，和油漆罐一般大，和若槻平时用的是同款。袋子的中段扎着白色尼龙包装绳，细看袋口，他发现垃圾袋似乎有两层。

若槻用鞋尖轻戳垃圾袋，里面好像没装什么东西，感觉很轻。

会是什么呢？难道是哪个邻居懒得下楼倒垃圾，于是就把垃圾袋撂在了他家门口？

若槻蹲下身，抬手去解袋口的结。打的是死结，无法轻易解开。

他正要撕开垃圾袋，却听见电话铃声从门后传来，于是起身掏出房门的钥匙。大概是去进修前忘了开答录机，从他开始数起，铃声足足响了十多声，却仍未停歇。

开锁的金属声回荡在深夜的空气中。若槻胡乱脱下鞋子，大跨步穿过厨房，拿起床头柜上的子机。

"喂？"

听筒那头分明有啜泣声传来，惊得他心头一凛。

"请讲？"

"若槻……"竟是阿惠的声音。

"喂？怎么了？"

阿惠说得很轻，再加上她不停地抽泣，若槻听不清她在说什么。

"我听不太清楚，你别急，慢慢说，出什么事了？"

"佩托……佩托……奥的孩子们！"

阿惠号啕大哭起来，若槻焦急地等她平静下来。佩托？若槻想起阿惠养了两只猫，一公一母，母的就叫佩托西奥。她前两天还在信里说，家里多了一窝刚出生的小猫。

"阿惠，你慢慢说，不然我听不明白啊。佩托西奥不是你养的猫吗？猫出什么事了？"

哭声又大了起来。

"为什么……为什么要做……那么可怕的事情？"

若槻的心脏开始怦怦直跳，仿佛是提前预见了惊愕，想象逐渐在脑海中成形。电话那头传来另一个人的声音："是若槻先生吧？我替你说……喂，若槻先生？我是石仓。"

开口的是阿惠的房东石仓治子，阿惠上本科时便租住在她名下的公寓，若槻都跟她混了个脸熟。年过五旬的她性情和善，比阿惠还喜欢猫。阿惠总也不愿换住所，也是因为那套房子可以养猫。

"哦，您好，好久不见。请问……究竟出了什么事？"

"这……我也不知道该怎么说，实在是太可怕了。小惠的猫……被人砍掉了脑袋……"

阿惠撕心裂肺的哭声隐隐传来，石仓也带了哭腔。

"猫妈妈和小猫都被……我刚打电话报警了，天知道谁会干出这种事情。可警察说这算损坏他人财产，就随随便便做了个记录……他们说猫算财产……可这跟杀人有什么区别啊？"石仓的声音瑟瑟发抖。若槻听得心不在焉，好不容易才挤出一句话来。

"呃……我这就过去。"

石仓似乎松了一口气："那就好啊，小惠哭个不停……"

若槻表示"二十分钟就到"，然后挂断了电话。

有一件事得在出发前搞清楚。若槻走向门口，只觉得两脚发软，迟迟迈不出第一步，但必须尽快赶到阿惠身边的念头让他下定了决心。

他慢慢走过去，打开房门，把垃圾袋拿了进来，深吸一口气，狠狠撕开打着死结的袋口。

令人作呕的臭味扑鼻而来，他随即意识到，那是血腥味。

若槻屏住呼吸，扯开袋子，才往里扫了一眼便迅速扭头。即便如此，袋中的景象仍像照片一样，烙印在他的眼皮上。

袋子里有几个白乎乎的球状物体，几个小球紧挨着一个大球，都是被齐根割下的猫头。小猫几乎都闭着眼睛，死的时候肯定都不知道自己遭遇了什么。

位于中央的大头应该是猫妈妈的，目眦欲裂，眼珠白浊，龇牙咧嘴，形容凄厉，仿佛正要拼命保护它的孩子。

7月4日（星期四）

松井警官面露难色，不停地抽烟，这已经是见到若槻后抽的第三根了。

"我都说了，事关隐私，这些细节是不能告诉你的。"他一边抖腿，一边将烟灰掸落在茶几上的铁烟灰缸里。

"猫的事嘛……反正黑泽小姐也报警了，我们会将其定性为情节恶劣的恶作剧，妥善开展调查。可你也没有证据把这两件事联系起来吧？"

松井警官用眼角余光瞥了一下放在胶合板桌上的照片。照片是用一次性相机拍摄的，由于闪光灯亮度不够，画面略显模糊，但七只猫头清晰可辨。

"恶作剧？警方只当这是个小小的恶作剧？"若槻抓住松井警官的破绽追问道。

"也不是小小的恶作剧啦。毫无疑问，情节是非常恶劣的……"松井警官似乎也很为难。

"你们就不管了？在闹出人命之前，警方是不打算采取任何行动了吗？"

"到底谁会死啊？"

"我不是都解释过了，下一个出事的一定是菰田幸子，她身上有一份保额三千万的保单啊！而且从猫的这件事就能看出，我和黑泽小姐也随时都有可能被他盯上。"

"慢着，"松井警官用左手揽着椅子的靠垫，举起握着烟的右手，"我怎么没听明白你的逻辑呢？如果，我只是在假设啊，如果菰田重德先生真的企图杀害妻子幸子，那他又何必这么骚扰你呢？"

"这……"若槻不禁语塞。被警官这么一问，他发现自己确实无法解释清楚凶犯的意图。

"是不是？孩子的赔款都到手了，事到如今，他又是何必呢？再说了，一个正准备行凶的人又怎么会故意做这种事惹人注意呢？"

……一定是因为那封信。若槻终于想到了这一层，肯定是他寄给菰田幸子的那封信被菰田重德看见了。他是一大早就把信扔进了京都站的邮筒，如果当天就寄到了，菰田重德在一天之后的今天采取行动便顺理成章。

他那么丧心病狂，当然有可能"审查"妻子收到的邮件。

若槻在信里谎称自己是警察，但这是一个很容易被识破的谎言。除了警察，还有谁知道内情？菰田重德一琢磨就会猜到寄信人是谁，于是反过来用这种形式发出警告，言外之意，要敢多管闲事，这就是下场。

这也意味着，菰田是真打算动手，不然又何必多此一举？若槻不禁感到毛骨悚然，菰田是真要铤而走险，杀妻骗保。

然而此时此刻，他还不能向警方透露这封信的存在，说了也无济于事。

"话是这么说，可他是个杀人不眨眼的疯子，恐怕不能用正常人的思维去揣摩。所以您能不能告诉我，警方凭什么认定菰田和也是自杀身亡的？不把这个问题搞清楚，我就没法安心，时时刻刻都怕自己被他盯上。猫出事以后，黑泽小姐也有些神经过敏了。我想告诉她，杀猫的人就是想找乐子，跟案子没关系，这样她才能安心啊。"若槻双手撑住矮桌，深鞠一躬。

"求您了！"

"哎呀，你求我也不行。"松井警官语气冷淡，若槻却愣是不起身。

也许因为他平时就是管窗口业务的，在立场对调时，他自然能想到怎么做最能让对方头疼。不知为何，松井警官非常不愿意若槻来府警本部找他。今天他也是全程轻声说话，生怕被人听见。

既然是这样，那他肯定更受不了这种会让自己沦为笑柄的画面。

"行了行了，别闹了。"

坐满刑警的大办公室响起隐隐约约的窃笑，似乎所有人都在注视着他们。若槻不用抬头，也能想象出松井警官的窘迫。

"求您了！"

若槻故意大声喊道。松井警官沉默不语。"求您了！"他又喊了一遍。笑声四起。很好，其他警官好像看得很起劲。堂堂警察，总不能用蛮力赶走一个低三下四求自己的人吧。每隔十秒钟就喊一嗓子好了，再不行就当场跪下。

"好吧好吧，快起来。"松井警官低声说道，语气恼怒。若槻终于抬起头来。

"因为他的不在场证明姑且算是成立了。"

"啊？"

"上次不是跟你说过吗？就是菰田重德的不在场证明啊。法医推测菰田和也死于上午十点到正午，而我们找到了那段时间跟菰田重德在一起的人。"

若槻愕然。

"可……可能是那人受菰田重德之托，帮忙做了伪证呢？"

"几乎不可能，"松井警官没好气地说道，"那人在酒馆跟菰田重德萍水相逢，除此之外没有任何交集。我们也是好不容易才找到了他。他连菰田叫什么都不知道，但一看到菰田的照片就说，那天他们确实在一起。"

"但……"

"哎呀，你先听我说。我们根据那人的证词，试着复原了菰田重德当天的行动轨迹。那人说，他俩一大早就跑去了河边，一直在玩骰子，当时还有几个闲人在一旁看热闹。我们就找到了那几个围观的人，证实了那人的说法。也就是说，5月7日上午十点到正午，菰田重德有牢不可摧的不在场证明。"

若槻顿感天旋地转，不知道这到底是怎么回事。设计伪造不在场证明？这在现实生活中几乎是不可能的，但……

"那……菰田和也当天做了些什么？"

松井警官叼着烟，点了点头。

"算了，顺便告诉你好了。那孩子当天早上确实去上学了，不过他有点儿那个什么……好像是叫学习障碍吧，都上五年级了，却连九九乘法表都背不利索。大概因为听不懂老师在教什么，他经常逃课，那天也是上午第二堂课就没了人影。这是常有的事，所以学校也没当回事，班主任按规矩给家里打过电话，但没人接。"

"他妈妈幸子上哪儿去了？"

"打小钢珠去了。她好像很迷这个，稍微有点儿闲钱，就会打着出门采购的旗号，去小钢珠店泡上一天，傍晚才回来。听说和也都吃不上一顿像样的午饭，动不动就吃泡面。"

死去的男孩是那样可怜，若槻心里堵得难受。无论是在学校还是在家里，他都受尽冷落，活着的时候怕是也没享受过一天快乐的日子。

松井警官仿佛读出了若槻的心思。

"那孩子命苦啊。听说他在自杀的前一天刚被他妈痛骂过一顿，因为考了零分。要我说啊，当妈的这么失职，哪有什么资格训孩子啊。

"出事那天，孩子在上第一堂课的时候举了手，好像是数学课，因为他妈妈命令他在课堂上举手发言。老师点他回答问题，可他答不出来啊。答不出来还拼命举手，烦得老师忍无可忍，就把他撵去走廊罚站了，还说'反正你待在教室里也只会捣乱'。"

若槻沉默不语，难道菰田和也真是自杀的？

"这下你总该服气了吧？"

若槻无力地道了谢，起身离开。种种迹象表明，菰田和也的死确实只可能是自杀。然而，垃圾袋里的猫头也证明威胁确实存在。

难道寄出那封信是一个天大的错误？菰田重德其实是无辜的，是那封信气得他杀猫泄愤？

不，不对，清白无辜的人干不出那种事情。冒险杀死七只猫，割下它们的头送到人家门口……单纯的骚扰做不到这个份儿上，这无疑是警告。

可是……为什么呢？

在从警察局回家的路上，若槻给金石的研究室打了一个电话，想征求一下犯罪心理学家的意见。接电话的女士却说，金石助教不在，据说他已经无故缺勤好几天了。

9

7月9日（星期二）

若槻放下听筒，愣了好一会儿。三个多月来接连降临在他头上的每一件事，都那么不真实。

环顾四周，只见一些女职员正对着电脑检查文件，另一些则在柜台窗口接待客户，一切如常。低头看表，才早上九点半。既非丑时三刻，亦非黄昏时分，主宰此刻的，本该是平凡且无聊至极的日常。

有完没完了……若槻在嘴里嘀咕道。短短一年半前，他还在东京当着普普通通的工薪族，过着按部就班的生活。那时，会临时找上他的工作也就奉命出席关于国家风险的讲座、撰写关于汇率动向的报告而已。至少，不会有认尸这般不祥的任务突然插入上午的工作安排中。

虽说他每天都在核查死亡证明，但证明和真正的尸体是两码事。自记事到今年，他从未见过真正的人类尸体。

万万没想到，他会在短短两个多月里看到第二具尸体。更何

184

况，这次的死者可能是他认识的人。

干脆把检查尸体排进分部的常规工作算了，把办公桌改成传送带，每天早上往办公椅上一坐，尸体便会挨个儿传送过来。先来个吊死的，脖子上还缠着半截绳子。再来个烧死的，全身焦黑，缩成硬块。还有溺死的，尸体因腐败膨胀到了原先的三倍。核对照片和尸体的脸，再看看死亡证明和实际死因是否相符，最后给拴在尸体脚趾上的货签状纸条盖章……

然而，若槻不能永远瘫坐在那里，沉浸在妄想之中。他不情愿地站起身来，向葛西与木谷内务次长汇报警方来电的内容。

"所以我得去认尸……"

"哦。呃，挺住啊……"木谷大概也没这方面的经验，不知该如何激励若槻才好。

"你能猜到大概是谁吗？"葛西压低声音问道。

"这……毕竟我这一年多发了不少名片，得看到了才知道。"若槻没说实话。

总觉得一旦说出口，猜测就会成真。他想尽可能多拖一会儿，直到不得不面对事实的那一刻。

"不好意思啊，劳烦你在上班时间抽空过来。"松井警官用扇子扇着脸说道，他的额头渗出了一层薄汗。

这天一早就下起了雨，所以空气很是潮湿，气温明明不高，却感觉很闷热。虽然能听见空调运转的声响，但太平间里还是有一股淡淡的酸臭味。

"目前还没有找到其他有助于确认身份的线索，衣服被扒光了，手表、眼镜之类的东西也没戴。在附近找了一圈，就只找到了你的名片。虽然不能确定它与尸体有什么关系，但我觉得死者可能是去过你们公司的客户，所以能麻烦你仔细辨认一下吗？"

松井揭开盖着尸体的布。

看到尸体，若槻顿时惊大了眼睛，随即扭过头，用右手捂住了嘴，左手在裤兜中匆忙摸索着手帕。

"啊哈……早知道就应该先给你打个预防针。"松井说得慢条斯理。他随即对一旁的年轻刑警吼道："喂，带他去厕所！"

若槻甩开刑警的手，冲向太平间角落里的洗手池呕吐起来。

胃液气味刺鼻，吐司和咖啡的残渣都吐光了，胃袋的痉挛却没有停止。

"真要命，吐那儿会堵住排水管呀！"松井的话让若槻意识到，他是在报复自己。因为上次见面时，自己让他出了丑。既然是这样，就更不能一逃了之了。

"抱歉……您在电话里说的是认尸，所以我还以为脸是完好无损的，"若槻用手帕擦了擦嘴，拼命假装平静，"能让我再看一下吗？"

"可以是可以，可你受得了吗？"

"受得了，反正早餐都吐干净了。"

松井看着若槻，摆出一副略有改观的神情，然后再次揭开布。

若槻用手捂住嘴，抬起下巴，眯起一只眼睛，俯视台上的物体。

刚才那一瞥，便让他有了八成把握，奈何死者的面部特征已被彻底破坏，令他无法确信。

"如果里面的牙还在，可以让我看看吗？"

这回轮到松井露出不情愿的表情了，但他还是默默戴上薄薄的橡胶手套，把手伸向遗体的下巴。

残存的下巴好似断裂的铰链，不费吹灰之力就打开了。看来距死亡时间已经过去了很久，长得足够解除尸僵。门牙和犬牙都已消失不见，但右上侧的前臼齿还在。若槻看得清清楚楚，那颗牙上套着金冠。

我就知道……

"不好意思，我还想再看看左手腕。"

"这是有眉目了？"

松井换上写着期待的表情，揭开尸体侧面的布。手臂被连根切断，以手掌向上的状态摆在躯干边上。

"四肢都被卸下了。你是要看左手的手腕？"

松井举起尸体苍白的左手给若槻看，手腕仿佛活物，软绵绵地弯折起来。若槻的眼睛在桡骨的顶端发现了一块五百日元硬币大小的胎记，位置、形状和大小都和记忆中的分毫不差。

"知道了……可以了。"若槻闭上了眼睛，明明刚吐过，反胃的感觉却又涌了上来。

"那……这人到底是谁啊？"松井忙问。

"金石克己……是我母校的心理学老师。"

"走，我们上楼细聊。"松井两眼放光，仿佛发现猎物的猫。

若槻一回家便立刻锁门，巨大的声响回荡在公寓的走廊中。

直到不久前，他还保留着学生时代的习惯，人在家的时候会开着门。但不知不觉中，他却养成了认真锁门的习惯。

他急忙打开冰箱，拿出一罐五百毫升的啤酒，直接上嘴喝，能感觉到冰凉的液体顺着食道流下，冷却了胃里的热量。若槻总算松了一口气。忽然，他又担心起来，连忙查看面向公寓走廊的厨房小窗有没有锁好。

除了原有的月牙锁，小窗上下还装了两把螺栓锁，它们全都好好锁着。某天夜里，他做了噩梦，梦见菰田重德用玻璃刀在窗上开了个洞，打开月牙锁溜进他家。第二天上班前，他便心急火燎地去附近的五金店买了锁。不过事后冷静下来一琢磨，他便意识到自家用的是夹铁丝的防盗玻璃，不用额外加锁，也无法轻易突破。

他越想越觉得，自己这种带有被害妄想色彩的行为既尴尬又可笑。他脱下西装扔在床上，只松开领带，便往桌前一坐。

金石惨不忍睹的尸体所带来的震撼，依然笼罩着他。

松井警官的话在脑海中回响。

"从营养状态和小伤口的愈合情况来看，死者很可能被关了一个星期到十天。其间只有水喝，而且还受了严刑拷打。"

若槻仰头灌酒。

"是活着的时候受的伤，还是死了以后才受的伤，看生活反应就知道了。他身上的大多数伤口都是还活着的时候造成的，卸下四肢的伤口也不例外。

"凶器是刃长四十五厘米以上的利刃，肯定是日本刀，凶手很可能跟黑帮有关。死者的背部、腹部以及四肢内侧的皮肤留有多道浅浅的刀伤，间隔数毫米。人的痛觉神经大多分布在皮肤表面，凶手很清楚这一点，是故意的，死者生前肯定受尽了地狱般的痛苦……"

金石死前的模样浮现在若槻眼前。金石对人类的看法过于冷漠和悲观，让他喜欢不起来，同性恋这一点也让他略感排斥，但他好歹关心过若槻的人身安全。

最近刚跟自己有过交集的人不幸惨死，而且凶手的手段残忍至极……无论从哪个角度看，都无疑是一场噩梦。

那么，谁会对金石下此狠手呢？他再不情愿，都无法回避这个问题。

肯定是他，脑海中的声音如此说道。金石对菰田很感兴趣，视其为研究对象。他贸然接近菰田，于是菰田绑架了他，用日本刀将他切得体无完肤。

问题是，菰田重德为什么要做到这个地步？就算他有病态的复仇欲，也该懂得权衡利弊吧？如果他没有杀死菰田和也，就没有必要把小猫的头摆在若槻家门口，此时杀人更是愚蠢至极。

尸体被发现时的情况也令若槻百思不得其解。据说尸体被随意扔在了桂川的河滩上，虽说那地方不如渡月桥周边热闹，但还是有种刻意让警方发现的感觉。

再加上，掉在附近的名片。

难道那也是对他的警告？可若真是警告，对方又是为了什么呢？

思绪又绕回了原点。

重新梳理一下，警方为什么认定菰田重德是清白的？因为他们确认了菰田的不在场证明。但他无论如何都无法抹去凶手是菰田的直觉印象，因为他在那个房间里亲眼看到，尸体跟前的菰田在观察他的反应，难道那只是他的错觉吗？

虽然已经过去了两个多月，但在这段时间里，若槻无数次回想起那一幕，甚至还梦到过。印象不仅没有褪色，反而越发鲜明了。

然而，那真是原原本本的第一印象吗？

小小的疑问在若槻心中萌芽。他很清楚人的记忆是多么靠不住，也许这一次的记忆也不能免俗。说不定他在事后的每次回忆中都加入了独断的创作元素，单方面地将记忆扭曲得越来越脱离原样。

搞不好他此刻对这起事件的印象，几乎都是他自己捏造出来的。

不，不是这样的，唯独在这一点上，他有十足的信心。他将目光从菰田和也的尸体移向菰田重德时所感受到的战栗，绝不会有假。

逻辑彻底碰壁。忽然，他想起了阿惠说过的一句话。

"逻辑和情感原地兜圈子的时候，你应该更相信自己的直觉和感觉。"

有道理，那就从直觉出发试试。遵从直觉的指引，便意味着凶手就是菰田重德。但松井警官说，菰田重德有牢不可破的不在场证明。在现实生活中，真能伪造出足以完全骗过警察的不在场证明吗？

若槻苦思冥想了许久，奈何思绪再次触礁，寸步难行。

他取出包里的《人寿保险犯罪案例集》，放在桌上，正是从总部资料室借来的那本。

他呆呆看着封面，事到如今，再看这种东西怕是也不会有什么新的收获，但他此刻实在想不出还能做什么。于是他喝着啤酒，看起了罪犯们煞费苦心骗保的故事。看着看着，他逐渐被内容吸引，从冰箱里拿出第二罐啤酒时，他已是全神贯注。他还点了平时很少抽的烟，把空罐当烟灰缸用，心无旁骛地扫视书上的文字。

骗保其实是一个很宽泛的概念，有谋杀骗保、自杀骗保、假死骗保（捏造死亡事故）等类型，有些案件则是签订保险合同这一行为本身带有诈骗元素。

书中引用的经典案例"粮商AM骗保案"最先引起了若槻的注意。

确切的案发时间与地点不详，据说事情发生在十九世纪八十年代的欧洲。某日清晨，人们发现粮商AM死在一座桥的中央，右耳后有贯穿性枪伤，不仅钱包不翼而飞，手表也被扯掉了，种种线索都表明这是抢劫杀人。警方逮捕了与AM住在同一家旅馆的一个男子，但此人拒不认罪。

警方认为此人有很大的作案嫌疑，但初审法官偶然注意到桥的护栏上有一道新鲜的小划痕。人们从河底打捞出一条结实的绳子，一头系着块大石头，另一头则绑着手枪。也就是说，粮商AM将拴着石头的枪垂在护栏边，开枪打穿了自己的头，然后手枪被石头的重量拽了下去，落入河里。

后续调查显示，濒临破产的AM为保障家人的生活购买了大额人寿保险，却得知自杀属于免责事由，于是便想出了这个假装他杀的诡计。

这简直是推理小说才会有的情节。更绝的是，后来柯南·道尔听说了这起案件，还真以它为原型创作了著名的短篇作品《松桥探案》，收录在《福尔摩斯探案集》中。

有时候现实比小说更荒诞——这句老话浮现在若槻的脑海中。在现实世界中，发生什么样的事件都不足为怪。

粮商AM骗保案是伪装成他杀的自杀骗保，但菰田和也若真是菰田重德所杀，那就是与之相反的伪装成自杀的谋杀骗保。在现实中，这样的例子又有多少呢？

若槻又翻了几页，发现后面有警察厅发布的统计表，按照伪装方法对1978年至1985年发生的谋杀骗保案件进行了分类，就是数据略有些旧。

表单包括了六十八起相关案件，其中占比最高的是伪装成第三者行凶的谋杀，足有二十五起。其次是伪装成交通事故，共二十三起。伪装成其他事故的有十八起，其中伪装成溺死的七起，伪装成煤气中毒和伪装成死于火灾的各四起，伪装成坠楼事故的则是三起。还有两起伪装成自然死亡，具体方法不明。

换句话说，竟没有一起是伪装成自杀的。自杀是很常见的死因，谋杀则极为罕见。然而在伪装方法这一领域，情况则恰恰相反，这究竟是怎么回事？

首先，可能是因为总共就只统计了六十八起案件，基数太小，所以碰巧不包含伪装成自杀的例子。其次，统计的对象仅限于败露的罪行，成功实施完美犯罪的案例中，说不定就有几起伪装成自杀的谋杀案。

不过若槻转念一想，伪装成自杀的谋杀骗保也许本就不多。虽说自杀免责条款是有期限的，但它仍是难以突破的瓶颈，而且将谋杀伪装成自杀的难度恐怕也超乎想象。

若槻翻看起了具体的案例，发现了一桩奇案。一位医生的妻子总会莫名其妙冒出自杀的念头，于是便去看心理医生，结果发现丈夫给妻子上了天价寿险，试图通过催眠诱导她自杀。

1980年，日本也发生了一起将谋杀伪装成自杀的骗保案。不知为何，上面提到的警察厅统计数据遗漏了此案。案例中某公司即将破产时，两名高管注意到，前社长买过一份保额两亿日元的保险，受益人设成了公司。于是两人将前社长灌醉，把他勒死，再吊上树枝，伪装成自杀。只不过本案的警方对死因产生了怀疑，经过调查，真相很快便大白于天下。

若槻心想，警方应该是通过面部淤血和索沟的异样识破了凶手的诡计，菰田重德又是如何攻克这一难题的呢？

若槻的思绪激烈动摇，搞不好菰田重德真是无辜的。

假设菰田是在下班回家后，碰巧发现了上吊自杀的和也。他参与过当年的断指族骗保案，被警方逮捕过，所以他也许是害怕警方怀疑到自己头上，所以才故意叫来若槻，让若槻成为第一个发现尸体的人？

菰田在下午一点半给分部办公室打了电话，而法医推测，菰田和也死于上午十点到正午之间，所以这是完全有可能的。

慢着，如果真是这样，那残杀小猫，还割下它们的头又是什么意思？如果菰田重德真是清白的，他又何必下这样的狠手？再者，菰田和也的保险赔款也已经到账了。现在唯一有可能成为导火索的，就是寄给菰田幸子的那封信。

那难道不是在警告他"别多管闲事"吗？那就意味着，菰田和也是被人害死的。

金石也是。

但凶手如果不是菰田重德的话……

翻着翻着，若槻的手指不自觉地停在了某一页上。只见小标题处写着"毒杀亲子案（蒂尔曼夫人骗保案）1951年联邦德国"。

若槻快速扫过案情梗概。

1950年6月，艾尔弗雷德·蒂尔曼的丈夫科特购买了一份带灾害附加险的人寿保险，保额五万马克。除此之外，他还购买了许多其他保险，每份保单的受益人都是他的妻子。后来，科特于同年9月去世。

1951年2月，艾尔弗雷德同时在三家人寿保险公司投保，被保险人都是她的儿子马丁。当时德国的法律对十四岁以下儿童的身故赔付金额是有限制的，但艾尔弗雷德强烈要求保险公司修改条款，确保马丁即使在年满十四岁之前死亡，她也能拿到全额赔付，这令销售代表颇感不解。

1951年3月，马丁迎来了他的十四岁生日，然后在同年6月死亡。葬礼上的艾尔弗雷德用手帕抹着眼泪，扮演了一个悲恸欲绝的母亲。通过调查，人们才知道她给马丁喂了铅溶液，却谎称那是药……

突然，金石的话语浮现在若槻的脑海中，仿佛金石的灵魂重归人世，为若槻注入了灵感。

"他们连自己的孩子都不爱。"

灵光乍现。也许他犯了一个天大的错误，他先入为主，对菰田重德产生了怀疑，因为和也是幸子的拖油瓶。但真凶如果是妻子幸子呢？

在受害者为孩子的谋杀骗保案中，杀害继子的情况占了绝大多数。也许就是这一点让若槻产生了刻板印象，他根本就没想过，有母亲会狠心杀死自己的亲骨肉。

然而，除了蒂尔曼夫人一案，现实生活中有的是类似的案例。例如，枪杀阻碍自己再婚的孩子，将尸体沉入湖中；把孩子困在浴缸里，再放火烧房子……

这么一想，一切就都说得通了。菰田重德没有机会行凶又怎样，反正幸子有的是时间。

清晰的画面浮现在若槻的脑海中。先把绳子提前拴在门楣上，另一头弄成一个圈，偷偷拿在手上。再找借口把孩子叫来，让他站在带脚轮的椅子上，代替垫脚台。至于她用了什么借口，也许是让孩子帮忙拿高处的东西。亲妈的吩咐，孩子当然会毫不犹豫地照办，而换成菰田重德，怕是没那么容易。

幸子迅速从后面将绳圈套在孩子的脖子上，椅子是带脚轮的，不费吹灰之力便能踢开。脖子被勒住后，孩子几乎是瞬间失去意识，根本来不及挣扎。

若槻不自觉地揉搓自己的手臂，明明没开空调，却起了一身的鸡皮疙瘩。

然而在情感层面，他仍对自己刚想到的这种可能抱有抵触。

他不禁想起了自己的母亲。父亲去世后，从没上过班的母亲做起了保险公司的销售代表，含辛茹苦养育他们兄弟俩。

垃圾袋中的母猫面容狰狞，显然是想保护它的小猫。

不惜一切代价保护孩子，不该是母亲的本能吗？

然而，如果金石的说法属实，那就意味着"他们"对孩子的感情也许与我们正常人有着本质性的不同，搞不好跟昆虫和蜘蛛对自己产下的卵的感觉差不多。

婴儿随时都有可能被抱住自己的人捕食，却仅仅因为能闻到母亲的气味便安然入睡。

气味……

若槻想到了幸子的香水，还有萦绕在菰田家的诡异恶臭。

某些东西在脑海中如闪电一般串联起来。若槻拿起电话的子机，毫不犹豫地拨通了阿惠家的号码。他早就该有所察觉了。

"喂……这里是黑泽家。"铃响过七次后，听筒那头传来了阿惠的声音。明明还不到十二点，但她好像已经睡下了。看来小猫的惨死对她的打击太大，她还没缓过来。

"喂，我是若槻，我有个很着急的问题，急需现在请教你。"

"什么问题啊？"她的声音很是低落。

"上个月去醒醐研究室的时候，老师是不是提起过，嗅觉障碍和情感缺失者有某种联系？"

"嗅什么？"

"嗅觉障碍，就是闻气味的能力有缺陷。醒醐老师提起的那个学生F不就有这毛病吗？"

"老师说过吗？我不是学这个的，记不太清了，"她终于振作起来，"稍等啊，书里应该能查到。"

窸窸窣窣翻书的声音传来，若槻等得心焦。

"有了……但不是学界定论哦。"

"没事，先念给我听听。"

"呃……'被诊断为情感缺失的罪犯常见天生的嗅觉障碍'。"

"情感缺失"一词被她念得格外夸张。

"为什么会这样？"

"有专家推测，那些人可能因为无法在婴儿时期闻到母亲的体味或乳汁的气味，情感的正常发展受到了阻碍。"

如果真是这样的话，若槻心想，当这样的人成为父母时，自然也不会对孩子萌生正常的亲情。

当然，他不能就此倒推，说有嗅觉障碍的人必定会成为情感缺失者。不过……

"哎，你问这个干什么啊？"

听完若槻的解释，阿惠陷入沉默。若槻觉得这也难怪，毕竟这是她无论如何都无法接受的观点。

"你是不是说过，那位母亲手上有割腕的伤疤？"阿惠的问

196

题令若槻颇感意外。

"对，可你怎么问起这个了？"

"书上说，情感缺失者不仅不在乎别人的性命，对自己的生命也漠不关心，所以容易出现多次自杀未遂的情况……我也不知道这句话对你有没有参考价值。"

若槻一时语塞。

他想起了幸子手腕处的伤疤，碰巧看到那些伤疤，也是促使他先入为主，认定幸子是受害者的因素之一。因为他当时认定幸子是想自杀，所以才会来电咨询保险的免责条款。

然而，也许她打那通电话并不是在为自杀做准备，而是想谋杀亲子，并伪装成自杀。

心地善良的保险公司主任却自以为猜到了对方的心思，一心劝对方不要自寻短见，不惜吐露折磨自己多年的心理创伤。听完他的叙述，幸子心生一计，让这个老好人当第一个发现尸体的人好了……

挂断电话后，若槻仍怔怔沉思许久。现在下定论还为时过早，一切都还只是假设。但……

电话铃突然想起，吓得他跳了起来。无声电话的狂轰滥炸，令他几乎对打来家里的电话心生畏惧。是不是阿惠又想起了什么？

他深吸一口气平复心绪，然后拿起子机："喂？"

"喂，请问是若槻先生家吗？"

光听声音，若槻便猜到了对方的身份。

"对，非常感谢您前些天的指点。"

"我是醍醐。不好意思啊，这么晚还来打扰。你是不是已经睡下了？"

"还没，上次真是太麻烦您了。"

"我正在重读那篇作文，有一些发现，觉得这事拖不得，这才给你打了电话，先说结论吧，那篇作文所写的梦确实有异常之处。"

无巧不成书。莫非醍醐教授跟他一样，也在琢磨那起案件？

"可您那天不是说，《梦》的作者不像是有情感缺失的样子吗？"

"对，我觉得有问题的不是《梦》，而是另一篇《秋千的梦》。我终于想起来了，那个梦和法兰兹的书里提到的梦一模一样。"

玛丽-路易丝·冯·法兰兹是荣格的得意门生，据说醍醐则子教授在瑞士的荣格学院深造时也得过她的指点。

"第一次读的时候就该发现的，问题不在于秋千，而在于作者对秋千的情感反应。"

"怎么说？"

"从头再看一遍那篇《秋千的梦》，你就会明白我的意思。

'我站上秋千，荡来荡去。''秋千越来越快，能荡到很高的地方了。可我还是用力荡，越荡越高。''我脚下一滑，从秋千上掉了下来。一路跌落到黑洞洞的、什么都没有的地方。'"

醍醐教授停顿片刻，似乎在给若槻留出思考的时间。

"和《梦》对比着看，区别就会更明显。《秋千的梦》里只有对动作的描述，却没有一个表示情感反应的词，不是吗？从头到尾，唯一跟表达情感沾边的就只有那一句'我觉得好玩'。"醍醐教授的语气越发激动。

"你知道吗？正如荣格所说，梦中的天空和大地代表了潜意识光谱的两极。虽然都是潜意识，但天空是集体潜意识的领域，大地则代表身体的领域。对人而言，在两者之间激烈摇摆本该产生巨大的压力。文章的作者明明在对立的两极之间来回游走，却丝毫不感到焦虑，只觉得好玩，这只能用异常来形容。特别是最后落入黑暗那段，正常人置身那样的场景必然会感到害怕，作者却只说'一路跌落到黑洞洞的、什么都没有的地方'。这简直跟法兰兹分析过的那个梦一模一样。"

若槻咽下一口唾沫。

"那法兰兹老师是怎么说的？"

"听说她当时是这么说的——'他没有心！'"

"没有心？"

"法兰兹分析的梦是一个臭名昭著的连环杀手做的，但她事先并不知情。"

那晚，若槻不得不借助更多的酒精才得以入睡。直到窗帘外微微泛白，他的意识才被吸入黑暗。

他站在一处貌似巨型洞窟的地方。

眼前是大得出奇的蛛网，它和背后的无尽黑暗一样，无边无垠。放眼望去，不见支点，只是向四周无限延伸。

天哪，又来了……若槻心想。他早就知道，那里是黄泉幽冥，在无尽的黑暗中徘徊的死者都将被这蛛网缠住，沦为蜘蛛的吃食。

有什么东西耷拉在他眼前。他很快便意识到，那是不幸的牺牲者的遗骸。

被蜘蛛丝裹住的死者盯着他看，脸上写满怨恨。那张脸看起来既像哥哥，又像菰田和也。那人已经死了，没有活人的意识，却即将因为被蜘蛛吃掉经历第二次死亡。死者似乎正用死者特有的意识，哀叹自己的命运。

蛛网开始微微颤动，颤动很快便发展成了剧烈的摇晃，蜘蛛回来了。

换作平时，噩梦本该在这里结束，但这个梦还没完。若槻在不断高涨的恐惧中等待着，无比巨大而骇人的生物终于现身。

它的腹部如气球般鼓胀，有八条长而多节的肢，巨型蜘蛛……脸却不是蜘蛛的模样。那是一张女人的羊腮脸，呆滞阴沉至极，眼睛好似刻刀划出来的口子。

梦所特有的奇异联想，让若槻认定那是一只络新妇。

络新妇挂在蛛丝上，在黑暗中摇摇晃晃。"没有情感反应，"某种声音如此说道，"在对立的两极之间来回游走，却没有丝毫感触。"

络新妇拽起被蛛丝裹着的亲子遗骸，咬住他的脖子。

本已死去的孩子猛然睁眼，鲜血四溅，自络新妇嘴边滴落。

孩子因痛苦颤抖不止，络新妇却不以为意，咂着嘴扯下肉来，细嚼慢咽，吃得有滋有味。

又有声音传来。"他们连自己的孩子都不爱。"

没有心。

骇人的进餐尚未结束，络新妇却忽然把目光转向若槻。

若槻惊恐万分，尖叫出声。说时迟那时快，立足之处消失不见，他在无边的黑暗中不断坠落，坠落……

醒时已在床下，内衣被汗水浸透，湿漉漉的，若槻口干舌燥，恶心头痛。

然而，梦中的景象还历历在目，甚至有种自己仍在噩梦之中的错觉。

若槻强忍着恶心，站起身来，望向在卧室深处堆成小山的纸箱。箱子都还没拆封，其中一个应该装着心理学方面的专业书籍。上大学时，他受阿惠的影响，看过不少那方面的书。他本以为自己应该不会有机会再看了，便把那些书撂在一边……

若槻费了一番功夫，将纸箱一一卸下，里头装的几乎都是书，重得很。而且都怪他当初偷懒，纸箱表面只写了"书籍"二字，以至于他不得不逐一撕开封箱带翻找。

总算看到了眼熟的白色封底。他翻过纸箱，把里面的东西统统倒在地上。有了！他找出荣格的解梦书，翻了起来。

若槻终于明白，自己为什么会反复梦到蜘蛛了。

果然如他所料。蜘蛛代表世界、命运、成长、死亡、破坏和再生等，但梦中的蜘蛛是"太母"的象征，是人类集体潜意识中母亲形象的原型。

根据荣格的理论，"太母"有积极的一面，代表了"慈母的关怀和温柔，女性特有的咒术权威，超越理性的智慧和精神升华，有用的本能与冲动，慈悲为怀的一切，所有促进培育、支持、成长和丰饶的东西"。但也有阴暗的一面，被他形容为"所有的秘密、隐瞒、黑暗、地狱、死者的国度、吞噬、诱惑、危害、如命运般无法逃脱、叫人毛骨悚然的一切"。

鬼子母神本是以人间婴孩为食的恶鬼，但后来幡然醒悟，成了妇女儿童的保护神，据说她正是兼具光影两面的"太母"。

若槻心想，他在案发后反复梦到蜘蛛真的只是个巧合吗？也许他的潜意识从一开始便察觉到了凶手是"母亲"，所以才会用这种方式提醒他。

他走到洗脸台边，用李施德林漱口，镜中的脸与死人一般苍白。

若槻用温热的自来水洗了把脸，慢吞吞地换好衣服，穿上西装后，令人不快的热气顿时瘀滞在周围，缠着他不放。光是扛着山地车走下狭窄的公寓楼梯，就已是汗流浃背。

不过，骑行在御池大街时，微微晨风吹干了他额头上的汗。

至少在意识层面，他直到昨晚才发现菰田幸子才是凶手。这也难怪，毕竟菰田重德给他留下的第一印象实在过于深刻。

虽然现在说什么都是马后炮，但细细回想起来，重德背后总有幸子的影子若隐若现。

重德点名让若槻去菰田家，以便将他打造成第一个发现尸体的人。这只能是幸子下的命令，因为她和若槻通过电话，知道有他这个人。而"每天同一时间来到分部给若槻施压"这种非比寻常的执拗，也更符合明显有偏执型人格的幸子，而非分裂型人格的菰田重德。如果重德确实是奉幸子之命前来，别无选择，那咬手这一自残行为似乎也就更容易理解了。

也许是因为蹬车促进了血液循环，头脑好像活络了一些。

对了。他曾一度认定，在K町小学残杀动物、将女生推入池塘都是重德干的，如今想来，这两件事就有了完全不同的解释。

其实是菰田幸子接连杀害了那些无力反抗的小动物，而且她不仅具有扭曲的攻击性，还兼具将自己置于怀疑范围之外的狡猾。

以他人为饵料的人，往往有一种独特的直觉，能嗅出猎物的心理弱点。

菰田幸子很可能借助这种直觉认识到，班上的问题儿童小坂重德是一个自我薄弱、缺乏意志的人。于是她悄悄接近小坂重德，而且没有引起任何人的注意。重德在学校受尽排挤，幸子是唯一关心他的人，所以他定会向幸子敞开心扉，与她亲近。对幸子来说，随意操纵他怕是不费吹灰之力，于是在她杀害动物之后，同学们总会在笼子附近看见重德……

假设其他班的女生之死也是幸子的手笔，那她的动机应该是嫉妒。她恨极了那个女生，因为她长得漂亮，家里条件也好，过着幸福快乐的生活，境遇比自己好太多了。重德又对她表现出了朦胧的好感，这也有可能加剧幸子的恨意。

于是在郊游的时候，幸子用某种借口把那个女生引到了远处。对她这样的人来说，撒这种谎简直是小菜一碟。然后，她就把那个女生推进了一片形似擂钵、不容易爬上岸的池塘。

集体活动时，重德总会自说自话跑开，而幸子肯定也把这一点算了进去。幸子为重德提供不在场证明也并不是为了包庇他，她不过是在为自己制造不在场证明而已。

若槻很清楚，自己正在编故事，这一切都只是建立在一个个臆测之上的空中楼阁。没有任何证据可以证明菰田幸子是那几起案件的真凶，连足以让她进入嫌疑人名单的证据都找不到一件。

到达分部，和年过花甲的白发保安打过招呼后，若槻将山地车停在了昭和人寿大楼后面的自行车棚，然后在一楼电梯间的自动售货机上买了一罐咖啡当早餐。汗水顺着他的太阳穴流了下来。

总之，站在昭和人寿的角度看，这起事件已经彻底落幕了。若槻也很清楚，忘记才是最明智的选择。但在那之前，他还得做一件事。有一个问题在他脑海中挥之不去，只需简单操作几下，便会有定论。做完这件事，就专注于日常工作吧，有待完成的工作已经堆积成山了。

那天上午，若槻饱受宿醉和头痛的折磨，只得从茶水间取来茶壶，接了些冰水机里的水，倒进茶杯大口大口灌进肚里，机械地处理大量文件。

十一点过后，成堆文件的处理终于告一段落。若槻抬起头来，葛西正在柜台前接待一位老人，对方似乎有些耳背，他在礼貌细致地讲解表单的填法，声音都传到了若槻这里。环顾四周，只见两三台电脑恰好空着。

若槻拿着从福利事务所邮寄来的保单查询函站了起来。

上面写着一家六口的姓名和出生日期，还附上了父母的同意书，允许保险公司将保单内容提供给有关部门。这家人可能正在申请低保，若槻要做的就是在电脑上查询那几个名字，没有查到保单则写"无"，查到了就填写详细内容并寄回。

但若槻最先输入的姓名和出生日期，并不属于这六口之家的任何一名成员。

"白川幸子""1951年6月4日"

"白川幸子"是菰田幸子第一次结婚后的名字，之前只查询过"菰田幸子""菰田重德""小坂重德"，但幸子以前的姓氏还没试过。

屏幕上居然真跳出来了一条记录，是一份十七年前就已失效的保单。失效原因一栏写着"因被保险人死亡进行身故赔付"，被保险人是幸子的孩子，名叫义男。

问题是，这孩子究竟是怎么死的？

人寿保险公司的电脑里存放了大量的数据，对数百万乃至数千万被保险人的死亡原因进行了分类记录。

虽然白川义男的保单年代久远，无法调取明细，但电脑屏幕上出现了两个数字，死因代码497和事故原因代码963。

两个代码均出自以厚生省大臣官房统计情报部制定的"疾病、伤害及死因统计分类提要"为基础，由人寿保险协会的死亡率调查委员会修订的代码列表。

其中，死因代码也是若槻非常熟悉的数字。不祥的预感掠过心头，497代表他杀。若槻折回工位，抽出压在抽屉底部的《事故原因代码手册》。

这本小册子涵盖了现实生活中可能发生的各种致命事故，因此分类详尽而多样。不少类别乍看都不明白是怎么回事，好比"816：失控的非碰撞性机动车交通事故""976：基于法律干预的不明手段造成的伤害"。

还有一些至今从未使用过的"处女"代码在书页中默默等待出头之日，例如"845：宇宙飞船事故""996：基于战争行为的核武器伤害"。

在纸上滑动的手指停住了，手册上说，事故原因代码963是"缢颈或勒颈造成的伤害"。

若槻一边用图书馆的机器搜索十七年前的报纸，一边扪心自问：我到底在干什么？

事已至此，就算查到了当年的旧案又能怎样？退一万步讲……不，退一百万步讲，就算找到了犯罪证据，也早就过了追诉时效。

即便如此，他还是忍不住要查。十七年前那份保单的相关文件已被销毁，所以他别无选择，只能来图书馆查找。他不得不为此放弃午餐，反正也没什么胃口。

过了一会儿，他在晚报社会版底部的角落里找到了一篇短小的报道，标题是"幼儿惨遭勒死"。

四日上午十一点半左右，家住东大阪市金冈五丁目的白川幸子（二十八岁）购物归来，发现长子义男（六岁）死于家中起居室，遂向东大阪警署报案。警方在义男颈部发现了绳索类物品造成的勒痕，认为这可能是一起谋杀案，计划在五日进行司法解剖，调查具体死因。

幸子称，丈夫白川勇（三十岁）在她回家时夺门而出，就此失联。警方认为此人可能了解案件细节，正在追查他的下落。

两天后的早报上则刊登了简短的后续报道，题为"警方通缉杀害幼子的父亲"。

四日上午，一名年仅六岁的幼童在东大阪市金冈五丁目被人勒死。大阪府警已发布通缉令，全力追捕涉嫌谋杀的父亲A（三十岁）。

在尸体被发现前不久，其妻S子目击到他冲出家门，此后下落不明。A有两年前在大阪某精神病院就诊的记录，据说他近期不务正业，终日买醉，闷闷不乐。

这写法就好像白川勇去精神病院看过病这一事实足以说明一

切。文章当然没有提到有人给死去的义男买了人寿保险，只是照搬了警方的公告，十有八九都没核实过相关信息。

若槻翻看了之后的报纸，但终究还是没找到白川勇被捕的消息。

怎么回事？是因为案子发生在外地，没有继续跟进的新闻价值，还是因为嫌疑人有精神障碍，所以要尊重他的人权？

莫非，白川勇一直都没被找到？

若槻心头一凛。菰田幸子恰好在十七年前搬来京都，住进了那栋黑屋。这两个事实之间，会不会有某种联系？

10

7月15日（星期一）

7月的京都，连日热浪滔天。

当天，有关部门断定在大阪府堺市某小学暴发的集体食物中毒事件是由致病性大肠杆菌O-157引起，可能会有大批投保人申请相关的住院津贴和其他津贴，因此保险公司也绝不能隔岸观火。

下午两点多，若槻擦着汗回到分部。他刚跟伏见站长登门道歉去了，因为有客户投诉说，由于外勤职员没有及时上门收取保费，他的保单险些失效。

在迈入总务室的刹那，若槻便感到空气中飘荡着某种一触即发的紧张。

葛西和大迫外务次长围在木谷内务次长的办公桌边，低声讨论着什么。女职员对这种气氛最是敏感，个个埋头苦干，也不交头接耳。

"若槻主任，过来一下。"见若槻回来了，葛西招手让他过去，表情严肃，大迫也一脸不爽地看着他。若槻走去一看，只见内务次长桌上放着身故／严重残疾理赔申请表，木谷捧着胳膊一动不动，脸上挂着疑惑的神情。

"瞧瞧这个。保你不敢相信自个儿的眼睛……"葛西冷声道。他试图挤出一如往常的开朗笑容，一侧脸颊却略显僵硬。

若槻拿起了文件，申请人是菰田幸子。上面的签名很是眼熟，字迹整脚，写得却很用力。俗气的大号印章看着像是新刻的，盖章时蘸了太多印泥，像血一样在纸上晕开一圈。

难以名状的不祥预感涌上心头。申请所需的各类材料和邮寄文件时使用的信封用回形针夹在申请表后面，应该是刚寄到分部没多久。医院的诊断书上有蓝铅笔画的简略示意图，标出了受伤的部位。

才看了一眼，若槻的全身就僵住了。

"正常人……下得了这样的狠手？"大迫嘟囔道。若槻无言以对。

"不管怎么样，申请表都交上来了，我们总归是要处理的，跑一趟吧。"

说这话时，木谷一直盯着桌子，没看葛西，也没看若槻。

"这次换我去吧。"葛西沉声道。

"别，这事是我从头跟下来的，就让我负责到底吧。"若槻连忙自告奋勇。这一回，他不想再拖累葛西了。

"毕竟是特殊情况，就麻烦你们一起去吧，这就出发。窗口那边你们放心，我会调新单的人过来帮忙的，"木谷闭上眼睛，揉着脖子说道，"我去和理赔课说说，设乐课长听了怕是都会吓一跳……"

"突然寄申请材料来倒是这种人的惯用伎俩，问题是，他们是什么时候搞到表单的呢？我们没听到一点儿风声，这下可好，被打了个措手不及。"占据出租车后排大半空间的葛西低声说道。无处宣泄的怒气，震得他的声音微微发颤。

"临出发前，我打电话去太秦站问过了，说菰田幸子几天前突然去了一趟，问他们要了表单。"

"他们就乖乖给了？"

"说是窗口文员给的，没问清楚原因也就罢了，连招呼都没跟我们打一声，太不像话了。"

"菰田幸子是什么时候去的？"

"上周三。刚出事，第二天就去了。"

说完这话，葛西便陷入了沉默，若槻也接不上话。由于平时不太坐出租车，两人在车驶向医院的过程中越发紧张起来。

据若槻所知，菰田重德所在的西京区某医院并不在涉嫌道德风险的名单上。跟出租车司机一打听，司机也说那家医院在本地口碑不错，医生水平高，还配备了最新的医疗设备。

诊断书上写着，菰田重德是受伤后立即被救护车送往医院救治的，所以他应该无法自行选择对他"有利"的医院。

出租车从JR桂站驶向山手方向后，他们要去的那家医院渐渐映入眼帘。虽然只有三层楼高，但建筑面积比之前去的那家山科的医院大了一倍还多，外墙的漆面依然崭新。

出租车拐进医院门口的转盘，停车场几乎是满的，进进出出的人也不少。

两人在入口附近的问讯处问到了菰田重德的病房号，然后搭乘光亮堪比购物中心的自动扶梯上到三楼。葛西也表现出了一反常态的紧张，不停地清嗓子。

来到病房门口时，若槻产生了转身逃跑的冲动。

他不想再和他们有任何瓜葛了，一心只想和有常识的正常人打交道，做些太太平平的工作。若槻生活的方方面面，都因为这起事件蒙上了阴霾。他有一种预感，再与他们拉扯下去，定会万劫不复。

然而事到如今，他已经没有回头路了。看门口的铭牌，应该是个单人间，葛西敲了敲门。

"请进。"回应的声音，无疑出自菰田幸子。

"打扰了。"葛西一边说，一边开门走进病房，若槻紧随其后。

"我们谨代表公司，致以最诚挚的……"葛西说到一半便哑口无言，低声咳嗽数次清嗓子。若槻在葛西身后看到了靠着升起的床架，支起上半身的菰田重德。

他的大眼睛很是浑浊，仿佛盖着一层薄膜，都不知道他有没有认出若槻他们。他的皮肤色彩尽失，不见了每天来分部时的油光，给人以干瘪枯槁的印象，感觉不到一丝一毫的生气。

若槻的目光，被重德裹着层层绷带的手臂吸引。

两条手臂都断在了肘部与手腕中间的位置，末端不见踪影。

早在看到诊断书的那一刻，若槻便有了思想准备，但亲眼看到那双手的时候，他还是大感震惊，恶心不已。

"呃，真不知道该说什么才好……出了这么可怕的事故，二位心里肯定很不好受。这是我们公司的一点儿心意……"葛西将带来的糕点礼盒递了过去，幸子喜滋滋地接了下来。

"我们已经通过诊断书了解了大致情况，不过可否请您再详细讲讲事故的来龙去脉？"

"他最近都在工厂用切割机干活儿。上星期二，机器好像出了点儿问题，他就在下班后一个人留了下来，想检查一下。可他中途走了神，忘了用塞子卡住刀片，然后也不知道是怎么了，机器突然开了，他就成了这副样子。"

菰田幸子用得意扬扬的口吻"解释"起来，既没有表现出对重德的同情，也听不出对飞来横祸的愤怒。

"是领导命令他独自加班的吗？"

若槻一发问，幸子顿时态度大变，用沙哑的嗓音连珠炮似的说道："自发加班又不是稀罕事，领导发不发话又有什么关系。他就是担心机器出问题，所以想检查一下啊，谁叫他这人有责任感呢！"

"是谁最先发现他出事了呢？"

"是我，当时已经很晚了，工厂里就他一个人。"

"那您怎么就跑去工厂了呢？"

"因为他一直都不回来，我就找过去了。我去的时候，他刚出事没多久，要是再多耽搁一会儿，他这条命都不一定保得住呢。哎，你问这些干什么？还有完没完了，还有什么不满意的啊？"

"不不不，只是我们回去以后要跟领导汇报详细情况的，所以……"

幸子杀气腾腾，搞得若槻全无办法。他悄悄观察重德，从他们进门起，床上的重德就一直盯着半空中的某一点，纹丝不动，简直与蜡像无异。

若槻再次深刻认识到，重德并非铁血无情的杀人魔，只是一个没主见的人罢了。

重德在成长过程中没有享受到父母的亲情，他一定非常渴望有人能代替父母来关爱自己。一旦有这样一个人走进他的生活，他定会毫不犹豫地交出自己的一切。

如果对方心怀善意，那便是皆大欢喜。奈何重德本就有致命的心理弱点，还偏偏遇到了最不该遇见的人。

若槻打量着眼前的可怜人，他早已沦为猎物，先是被咬断了手指，这回又被啃下了两条手臂……

"话说他的保险，能赔多少钱啊？"

葛西似乎在竭力克制自己，免得将厌恶表露在脸上。

"这个嘛，如果事故情况确实如您所说，我们将按照严重残疾的标准赔付三千万日元。"

寿险保单的条款规定，保险人一旦出现特定的严重残疾，保险公司应进行赔付，金额与身故时相同。严重残疾包括双目永久完全失明，语言能力或咀嚼吞咽能力永久完全丧失，中枢神经系统、精神或胸腹部器官严重受损以致需要终身持续照护等情况，而重德的状态显然符合"双上肢腕上缺失或双上肢功能完全丧失"这一条。

幸子心满意足地点点头，看着直让人反胃。

"哦，是该多赔点儿，毕竟他下半辈子都没法干活儿了。"

菰田幸子瞥了重德一眼，仿佛他是已经没有用武之地的废物。

若槻感到毛骨悚然。失去双臂的重德，对幸子来说不过是无用的累赘。

他迟早会死在幸子手上，若槻产生了几近确信的预感。

"不过希望你们这回赶紧把钱打来，别跟和也那次似的推三阻四。"

说着，幸子将目光投向若槻。若槻只觉得自己险些身子一缩。刹那间，他对这个面无表情、看似愚钝的中年妇女生出了巨大的恐惧。

"啊啊……唔唔……"有声音从病床上传来。若槻心里咯噔一下,抬眼望去,只见片刻前还跟雕像一般一动不动的重德竟跟金鱼似的,嘴巴一开一合。

"嗯?怎么啦?"

幸子把耳朵凑到重德嘴边,重德又呻吟着说了些什么,但若槻听不到。重德看着那个俯视着自己的可怕女人,眼神中尽是绝望的渴求,盼着她救自己于水火之中。

若槻愕然。他遭了这么多罪,却仍未挣脱她的束缚,仍在她的掌控之中。

难道他已注定要继续被她摆布,直到生命的最后一刻,直到被她敲骨吸髓?

"……好痛。"重德终于挤出了声音。

"哪里痛啊?"

"手……"

"手?"

"手指尖好痛……"

幸子的脸顿时涨得通红,似乎在拼命憋笑。如果若槻和葛西不在,她怕是会狂笑不止。

"瞎说什么呢,哈哈哈……你早就没手了。"

"手……好痛……"重德喃喃道,仿佛在说胡话。

若槻心想,肯定是幻肢痛。听葛西说起当年的断指族事件后,他曾查阅过百科全书。感到被切断的肢体仍然存在的现象,在医学上被称为幻肢或幻觉肢。如果断肢前肢体就有疼痛,这种感觉可能会在断肢后继续留存在神经中,导致病人对不存在的部位感到疼痛，这就是幻肢痛。

据说成人的幻肢痛往往会持续数年。重德不仅失去了双臂，还会在未来很长一段时间里被这种不讲理的痛苦反复折磨。

"都说你没手了，看清楚了，喏。"幸子拧着重德的头，试图让他看清那双缠着绷带、好似树桩的断臂。

"……那我们今天就先告辞了。"葛西压低声音说道，许是不忍心再多看重德一眼。若槻也松了口气，正要转身离开。

"哎，等等。"幸子叫住了他们。葛西回头望去，神色紧张，不知她意欲为何。

"这次给的是严重残疾的钱吧？那他要是死了，是不是能再赔一笔啊？"

负责治疗菰田重德的波多野医生态度爽快，讲述起了事故的详情。

"事故发生在9日晚上十一点左右。接到右京区的一家小工厂拨打的急救电话后，救护人员立即赶往救助。可不知为什么，两个离断肢体都没被立刻找到……"

"您说的'离断肢体'是？"若槻问道。

"就是被切下来的那部分。因为菰田先生的情况十分危急，找到断肢再走就来不及了，于是他们就先把人送来了医院。"波多野医生很是遗憾地说道。

"太可惜了。虽说事故是大型切割机造成的，但手臂的创面非常平整，没有被压烂。照理说，只要在显微镜下进行手术，前臂离断再植的预后还是很好的。只要能立即找到那双断手，是完全有机会做断肢再植的。"

然而，某人对重新接上菰田重德的断臂兴致缺缺。

"可惜最后还是没赶得及，所以我们只能做残端成形术。但正如我刚才所说，创面是很平整的，所以也只是结扎了血管而已。"

"那断肢后来找着了吗？"这回轮到葛西发问了。

"嗯，过了四五个小时，他太太找到断肢送了过来，但断肢在高温环境下放了太久，已经没法用了。"波多野医生再次露出遗憾万分的表情。

"只要用塑料袋把离断肢体包好，盖上冰块，撑六到十二小时不成问题。她却拿了个装橘子之类的东西的纸箱，就这么把断肢扔在里头。纸箱里可全是细菌啊，也罢，反正那个时候再想办法降温也来不及了……"

"她就是个怪物！"

葛西用皱巴巴的手帕擦着额头上的汗珠，咬牙切齿道。离开医院后，他一直默不作声，在烈日下的马路上埋头暴走。若槻跟着他赶了一路，衬衫早已被汗水浸透，仿佛被人浇了一盆水。

"真是故意的？"

葛西的态度令大迫难掩惊讶。如此心烦意乱的葛西，他大概也是头一回见。

"这都不是故不故意的问题了……那压根儿不是个人！根本没有人心！"

葛西的感想竟与著名心理学家的结论不谋而合。精心粉饰的表面生出裂缝，露出骇人的本性，任谁看到都会不寒而栗。

"哎呀，女人本就都跟妖怪似的，出几个特别狠的也不稀奇。可我实在想不明白那个男的算怎么回事，"大迫歪着头说道，"对老婆唯命是从，合伙杀人，倒也没什么不可思议的。可谁会让人砍断自己的胳膊啊？不是说最近连黑帮混混都不乐意砍手指了吗？因为缺指头不好打高尔夫。"

"类似的事情，倒也不是从没有过，"若槻掏出《人寿保险犯罪案例集》，翻到之前贴上标签的那页，"1925年，奥地利有一个叫埃米尔·马雷克的人用斧头砍断了自己的左腿。"

"怎么砍的？"

"呃……维也纳工程师埃米尔·马雷克自称，他在用斧头砍树的时候不慎砍中了左侧大腿，大半条腿就这么废了。但事故发生在他签署保单的短短二十四小时后，专家们给出的鉴定结论也是一斧子不可能砍下一条腿。照料他的男护士也做证说，他腿上的伤是在医院做过手脚的，于是有关部门对其提起了刑事诉讼，这件事也发展成了震惊全国的丑闻。话说这个埃米尔的妻子叫玛莎，是个貌美如花的金发女郎。她四处奔走，向媒体呼吁丈夫是清白的，以至于公众舆论都倒向了埃米尔。最终，埃米尔·马雷克被判无罪，还拿到了保险公司给的巨额赔偿。"

"会不会真是意外啊？"

"后来人们重新研究了种种间接证据，断定他是为了骗保自己砍断了腿，"若槻翻到另一处贴了标签的地方，"这个叫玛莎·马雷克的女人……她本是维也纳街头的弃儿，被一对慈善家夫妇捡回家中抚养。玛莎一天天长大，出落得越发美丽动人。有个老富翁看中了她，将她收作情妇，并在遗嘱中指定她继承自己的豪宅。没过多久，老富翁就去世了。几个月后，玛莎嫁给了埃米尔·马雷克。但她花钱如流水，很快就把家底掏空了，于是就发生了刚才提到的自断左腿事件。后来，她又把钱花光了，再次陷入困境。就在这个时候，埃米尔死了。死因起初被认定为肺癌。一个月后，他们的女儿也死了。玛莎搬进一位年长的女性亲戚家中，与她同住。不久后，这位亲戚也去世了，而玛莎继承了她的遗产。"

无人插嘴。这想必是因为，在场的所有人都跟若槻一样，感觉到两起事件有着诡异的相似之处。

若槻想起了一种名叫黑寡妇的蜘蛛，日语名写作黑后家蜘蛛，是近年因"入侵"日本名声大噪的红背蜘蛛和几何寇蛛的近亲。其毒液量在寇蛛属中首屈一指，成年人被它咬上一口都有可能一命呜呼。

黑寡妇因雌性在交配后吃掉雄性而得名，将玛莎·马雷克和菰田幸子这样的人比作这种蜘蛛真是再合适不过了。回过神来才发现，她们周围已成血海尸山，而组成这幅绘卷的，都是碰巧离她们太近的倒霉牺牲者。

"后来，玛莎招了一位老太太当房客。没过几天，房客也去世了。尸检结果显示，死者体内竟有老鼠药常用的重金属铊。于是警方开棺验尸，发现埃米尔父女和那位女性亲戚均死于铊中毒。玛莎还有一个儿子，平时不跟她住在一起，但她有时会上门帮着做饭。连这个儿子都因为铊中毒命悬一线，所幸在危急关头逃过一劫。最终，玛莎的故意杀人罪名成立，被判处死刑。"若槻念完案件记录，抬起头来。

"你就是想说，这个埃米尔跟菰田重德一样，是奉老婆之命砍断了自己的腿？"

"对，而且据说埃米尔·马雷克是位很有才干的工程师，智商应该不低。而玛莎连这样一个人都能自如操纵……大概她身上有某种神奇的魔力吧。"

"那是，人家可是大美女……"大迫很是不爽地嘟囔道。

会客室的门开了，之前在另一个房间打电话的木谷走了进来。与理赔课长等人的讨论似乎进行得很不顺利，这通电话打了足足一个多小时。

"内务次长，总部那边怎么说？"

被葛西这么一问，木谷咧嘴笑道："叽里咕噜扯了半天，总算是敲定了，要废了这笔单子。要是闹大了，搞不好还得打官司。"木谷看向若槻："你姑且去警局探探口风吧。"

若槻嘴上答应下来，但很怀疑警方是否会采取行动。木谷似乎看出了若槻的心思："话虽如此，慢悠悠等警方出手也不是个办法，我已经决定找数据服务公司帮忙了。4月不是来过一个有点儿像黑帮混混的人吗？"

"您是说三善先生？"

"对，他这两天就到。"

哦……若槻的视线不经意地飘向葛西，只见他眉头紧锁，绷着脸陷入沉思。若槻这才想起，葛西并不赞成这种做法。

如果一切顺利，用这招确实省事。可一旦出了什么岔子，那就骑虎难下了……

话是这么说，可还有别的法子吗？在掌握确凿的证据之前，警方是不会轻易采取行动的。事已至此，也只能"以毒攻毒"了，不是吗？

从这个角度看，请三善来对付菰田幸子确实再合适不过了。

若槻算是看透了，警察果然靠不住。

松井警官外出办事了，联系不上，代替他接待若槻的刑警毫不掩饰心中的不耐烦。此人比若槻小两三岁，剃了个平头，给人一种运动健将直接进了警队的印象。

"既然接到了报案，我们自然会按规矩认真调查。"

"那京都府警是认为这起事件没有可疑之处，就是意外事故吗？"

刑警眉头一皱，傲气十足地靠着椅子，趾高气扬地俯视着若槻："我们得尊重个人隐私啊，不能随便透露调查机密。"

若槻强压着火气，换了一个问法："听说是在工厂出的事，而且还是大晚上？就没发现什么疑点吗？"

"我都说了，这是不能透露给外人的机密。"

"我们是外人没错，可菰田重德先生身上背着一份保额三千万日元的人寿保单。如果警方认定事故没有疑点，我们就得因为他严重伤残顶格赔付了。"

"这我知道，你刚不是说过一遍了吗？可警察又不是帮你们民营保险公司办事的。"

刑警烦躁地点了一支烟。身后的同事说了些什么，只见他转过身去，对人家吼了几句。他们说的貌似是刑警才懂的暗语，若槻听得一头雾水，却见那位同事笑着抬起手来，仿佛在说"我知道了"。

对面的刑警绷着脸抽烟，腿抖个不停。若槻很清楚，他是在用这种态度催自己赶紧走人，但他也有他的立场，不能轻易退缩。

"可要是这件事真有什么隐情，我们却进行了赔付，那岂不是在助长犯罪吗？无论从哪个角度看，这都不是什么好事吧？"

"话是这么说……"

"警方有没有找菰田重德和他的妻子幸子问过话？"

"该做的我们都做了，都是按规矩来的。"刑警很是不爽地回答。

"那是一起意外事故就是你们最后得出的结论？"

"嗯。呃……我都说了……"

若槻横下一条心——反正也问不出什么名堂，不如死马当活马医，激他一激，说不定能有奇效。

"我也找他太太了解过情况，感觉疑点实在是太多了。加班到深夜的理由说得含含糊糊，明明在用切割机这种危险的设备，却忘了用塞子卡住刀片，这也太离谱了。他太太在事故发生后不久跑去工厂找人，这也巧过头了，不是吗？连我这样的外行人都觉得不太对劲，你们警方却要把这么一件疑点重重的事情定性成意外吗？"

刑警的怒气终于爆发。被人用普通话噼里啪啦说了一通，对一个关西人而言，没有比这更令人恼火的了。

"可当事人说是意外啊！我们有什么办法！谁会为了钱砍掉自己的胳膊啊，给再多钱都不可能！"

还真有人这么干，若槻强忍住与他争辩的冲动。骗保案例集里就提到了一起1963年发生在日本的案子，当事人切断了自己的双手。白纸黑字，清清楚楚，然而，跟这位警官说这些也毫无意义。

若槻感谢对方抽空接待，告辞离去。警方的态度好歹是摸清楚了——他们打算贯彻不介入民事纠纷的方针。事已至此，保险公司只得自行斟酌对策。

7月17日（星期三）

站在病房门口时，若槻紧张得胸口发闷。回头望去，只见三善咧嘴一笑，那张晒得黝黑、宛若鞣皮的脸上顿时挤出了无数条皱纹。若槻不由得想，无论从哪个角度看，这位也是个彻头彻尾的怪物。说实话，他是一点儿都不想出现在这样的场合。

话虽如此，由于此次情况特殊，让三善单独出面多有不妥。万一双方谈崩，三善暴走失控，闹出更多的纠纷，后果不堪设想。与葛西协商后，若槻决定在双方第一次碰面时跟去看看情况。

若槻做了个深呼吸，下定决心，抬手敲门。

"请进。"菰田幸子的声音似乎比前天阴沉了不少。

"打扰了。"

若槻进屋一看，只见幸子正坐在床边的钢管椅上，手拿毛衣针盯着他们。一双眯缝眼射出凶光，隐隐透着怨念。若槻没在电话里透露太多，但她貌似已借助动物般的直觉预感到了对决的到来。幸子全身散发的腾腾杀气，直让人联想到意欲与入侵巢穴的外敌决一死战的野兽。

"菰田先生好些了没有？"

幸子没有回答若槻，而是盯着晚一步进屋的三善，仿佛在用眼神细细掂量他有几斤几两。

"哦，这位是三善先生，帮我们做些调查工作。"

"你好。"

三善点头示意，却没有要递名片的意思。他也盯着菰田幸子，眼睛一眨不眨。过了一会儿，又将视线投向重德。

"嚯……这可真是……够狠，也够干脆。"

三善突然扯着嗓子说了这么一句，随即走到床边，毫无顾忌地

222

打量菰田重德的双臂。只见他把脸凑近重德耳边，用低沉却响彻病房的声音说道："都没上麻醉，肯定很疼吧，嗯？"

若槻惊讶地发现，重德第一次在他面前有了微弱的反应，缓缓将头转向三善。

三善咧嘴一笑，露出雪白的门牙。乍一看喜笑颜开，眼神却冰寒刺骨。

重德露出惊恐的神情，立即缩回壳里，变回了一动不动的机器人。

"能下这种狠手的人啊，我还是头一回见，也算是勇气可嘉吧……"

三善微微一笑，显得很是快活。坐在一旁的幸子依然沉默不语，但脸色逐渐苍白。

"不过菰田太太，这么搞可不行啊。再怎么说，这也太过分了。"

眼看着三善将手轻轻搭在重德的胳膊上，若槻不由得心头一跳。

"要是就一根手指头，我们有时候也就睁一只眼闭一只眼了，权当是辛苦费嘛。可是为了三千万废掉两条胳膊，你这心也太黑了吧？"

"你、你这话是什么意思……？"

幸子的目光在三善与若槻间反复游走，显得贼眉鼠眼。大概是三善的态度与其他人相差太多，把她给搞蒙了。

"保险都是有条款的，要是嫌字太小，看着费劲，也可以看摘要。你有仔细看过那些条款吗？"

"条款……？"

"就是这个。"

三善从公文包里掏出一本印有"重要事项说明书"字样的小册子，举起来晃了晃。

"这里都写着呢！严重残疾保险金的免责事由，因下列原因造成被保险人严重残疾的，保险人不承担给付保险金责任，"三善宣读起了条款中写明的免责事由，"投保人的故意行为、被保险人的故意行为、被保险人自杀、被保险人犯罪、战争等动乱期间……但是针对这几种情况呢，上面倒也写了'对公司核算基础影响较小时亦可支付'。"

"那又怎样？"幸子像是被三善的气势镇住了，好不容易才挤出这句话来。

"你先生砍断自己的手臂，不是投保人的故意行为，就是被保险人的故意行为，所以我们是不能赔付的。"

"你……你胡说什么呢！证据呢？有证据就拿出来给我看看啊！"幸子极力反击，唾沫横飞。

"证据？急什么，迟早会有的。等这事上了法庭，肯定会冒出一大堆间接证据的。"

"法庭？"幸子的声音瑟瑟发抖。但若槻无法判断那是愤怒所致，还是恐惧使然。

"首先，你们肯定会提起民事诉讼，要求我们赔钱。我们呢，绝对会奉陪到底，拖上三年五载也是不痛不痒。然后还有刑事诉讼，那可就不是闹着玩的了。"

三善骤然提高音量，厉声吼道："胆儿够肥的啊，废了你男人两条胳膊！你知不知道，嗯？故意伤人罪要判十年以下有期徒刑！情节这么恶劣，绝对会顶格判罚！你想吃十年牢饭吗，嗯？"

幸子早已面无血色，半张着嘴，胸口剧烈起伏，似在喘息。

　　"三……三善先生。"见三善大有继续咆哮的架势，若槻赶忙劝阻。耳膜都要被震破了，照他这个音量，哪怕墙壁再厚，外面的人也能听得一清二楚。

　　"哦，不好意思，我这人天生大嗓门儿，"三善回以微笑，仿佛什么都没发生过，"所以呀，菰田太太，要是真闹上了法庭，对我们双方来说都是耗时又耗钱嘛。只要你在这份文件上签字盖章，我们也不打算把事情闹大。"

　　三善从公文包里掏出一份用于退保手续的表单。

　　"这是退保申请。有了这个，我们就当没签过这笔单子。虽然这样你就拿不到严重残疾的钱了，但迄今为止支付的保费是会全额退还的。还挺合算的是不是，嗯？哎呀，你男人的罪算是白受了，但你好歹不用进监狱了不是？"

　　幸子没有接下三善递来的表单，重德如雕像般僵硬不动，三善便将纸放在了重德的胳膊上。

　　"我过两天再来，你先拿个主意吧。丑话说在前头，如果你到时候还是软硬不吃，别怪我不客气！"三善撂下一个狠厉的眼神，快步走出病房。幸子乍看平静，因为她的表情变化不大，但她抓着椅背的指尖已是煞白，还瑟瑟发抖。

　　若槻又岂敢独自留下，含糊地点了点头，速速告辞。

　　他在扶梯口追上了三善，却不知说什么才好。该对三善的做法发表自己的看法吗？就在这时，三善主动开口说道："毕竟有您在，我今天已经是手下留情了。"

　　"哦……"

　　"其实退保有很多种谈法。我这种路数，确实不太适合您这样的'丝帕子'，但世上有很多事情是没法用冠冕堂皇的漂亮话解决的，就得靠我这样的'破抹布'摆平。"

"呃，瞧您说的……"

"不过话说回来，那女人还真是根硬骨头。说句不怕冒犯的话，您是搞不定她的。我看得出来……"三善喃喃道，"她肯定杀过人。"

若槻背脊发凉，却不知该如何回应，只得保持沉默。

"我记得您也就是想来看看情况，不准备从头跟到底吧？从下次开始，可以全权交给我负责吗？"

被若槻这么个小年轻盯着，显然令三善很是不爽。不难想象，他认为自己才是行家里手，并为此颇感自豪。

照三善这架势，天知道若槻不在时，他会摆出怎样的态度。但若槻转念一想，干脆随他去好了，正所谓"术业有专攻"。

三善与菰田幸子的对峙，令若槻想起了很久以前看过的一部纪录片。

北美巨人蜈蚣是一种体形巨大的蜈蚣，栖息在美国亚利桑那州的沙漠中。在它们眼里，比自己小的东西都是猎物，哪怕只小一点儿，都会扑上去吃干抹净，连大蝎子都无法幸免。

巨人蜈蚣会用身体盖住企图逃跑的大蝎子，用无数条腿将其牢牢固定。蝎尾虽有危险的毒针，却也只能直直伸着，动弹不得。确保敌人无法发起攻击之后，巨人蜈蚣才会将多出来的那截身子绕过大蝎子的头，轻而易举地将粗长的毒牙插入大蝎子的胸口……

不过，掠食者之间的龙争虎斗总是瞬息万变的，力量的细微差异，都能令局面天翻地覆。在法布尔的《昆虫记》中，就是蝎子用钳子制住了蜈蚣，成功扎入毒针，大快朵颐。

人就该随才器使。正如三善所说，社会的顺畅运转离不开这样的分工。

晚上十一点多，若槻回到家中。迎接他的，是留言爆满的电话答录机。

按键后，机器按部就班地播出三十条留言。不出所料，都是一片死寂。来电时间都是下午两点到三点之间，正是若槻和三善去医院见过幸子之后。说不定，幸子就是从医院拨出了这些电话。

又来了……若槻心想。她这是好了伤疤忘了疼，又要用这种荒唐的方式来骚扰他了？这招儿用得太多，早已没有了最初的震撼力。即便如此，她还是翻来覆去老一套，这无异于暴露了她的黔驴技穷。

问题是，她为什么还敢打三十通电话？也许是她挨了三善一通吼，想以这种方式泄愤。但这更可能是一种表态，言外之意是她的矛头自始至终都对着若槻。

若槻一边把西装挂上衣架，一边告诉自己，别纠结了，那就是荒唐可笑的恶作剧电话，揣摩对方的意图也毫无意义。不用理睬，要不了多久，三善就能帮他做个了断。

他删除了所有的无声留言，走到冰箱前，拿出一罐啤酒，只觉得自己都快变成彻头彻尾的酒鬼了。最近要是没有酒精的帮助，他连入睡都成问题，搞不好再过一阵子，他就要去匿名戒酒会报到了。

忽然，厨房的小窗映入眼帘。它在视野中一闪而过，但若槻望向别处后，又将视线移了回去，好像哪里不对劲。

月牙锁的朝向颠倒了，锁居然是开着的。

若槻放下没喝完的啤酒。他不可能忘了上锁，因为这两三个月里，他从没开过这扇小窗。

凑近月牙锁一看，便发现了更严重的异状。小窗的玻璃中嵌有网格状交错的铁丝，有人用玻璃刀之类的东西割下了其中一小格，然后再装回原处。从内侧轻轻一推，那块方形的玻璃就掉了出去。

月牙锁十有八九就是通过这个小洞用铁丝一类的东西勾开的，但由于若槻在窗口上下额外安装了螺栓锁，对方没能打开小窗，只得作罢。

若槻不禁想起，今天去病房的时候，菰田幸子手里正拿着毛衣针。别看她那副样子，搞不好人家有一双相当灵巧的手。

被害妄想逐渐成真。

如果事情真如他所想，答录机里的无声留言也许就有了不同的意义。那也许是她设下的诱饵，旨在分散他的注意力，要是他专心听着无声留言的时候，那个女人就躲在房中的某处……当然，没有任何依据可以佐证若槻的判断，但他可以感觉到明显的歹意，已然超出了威胁恐吓的范畴。

若槻犹豫了好一会儿，最终还是拨打了报警电话。他也不认为这点儿鸡毛蒜皮的小事足以让警方行动起来，但留下些许记录总归是没坏处的。

十多分钟后，两位警官来到若槻家。听说家里没丢东西，只是窗玻璃被人开了个洞，他们的态度顿时敷衍了事起来，随随便便做了些记录。见窗玻璃成了那副样子，也只是随口说道："大概是恶作剧吧。"

但若槻至少能通过他们全无紧张感的态度判断出，最近他家周边并没有发生过类似的闯空门盗窃案。因此，这只可能是菰田幸子的手笔。

若槻告诉那两位警官，他可能因为一些工作上的事情被人盯上了，警官们却是兴致缺缺。答录机里的无声留言已被删除，没有留下任何能证明有人骚扰他的证据。

他要求联系府警的松井警官，对方也是爱答不理。若槻下定决心，明天亲自打电话过去。

11

7月20日（星期六）

若槻睁开眼睛。

他伸手摸向脖子，没在响的耳机从耳朵里掉了出来。他揉了揉眼睛，抬腕看表。半夜一点五十四分，大概是躺在床上听CD的时候不小心睡过去了。

至于为什么突然转醒，他也说不上来，好像做了个非常可怕的梦，内容却想不起来了。

把手放向左胸口一探，人明明刚醒，心脏却跳得飞快，都和快走时差不多了。拿起枕边的遥控器一看，空调显示二十八度。他之前觉得太冷了，于是把温度调高，然后就没动过。睡梦中出了很多汗，只觉得口干舌燥。若槻起身走向没关灯的厨房，打开冰箱，几十罐啤酒一字排开。将冰凉的铝罐抵在额头上滚了滚之后，他才打开拉环。

才喝了一口啤酒，便觉饥肠辘辘，拉面加饺子的简单晚餐是七个多小时前吃的。他在冰箱和橱柜里翻了半天，却没有找到能当下酒菜的东西。细细想来，最近因为忙得脚不沾地，他都好久没去采购了。

没辙，若槻虽然懒得动，可还是决定去一趟最近的便利店。反正垃圾袋、洗洁精、剃须刀的替换刀头之类的必需品都用完了，横竖都得买。喝完啤酒后，他把钱包塞进牛仔裤后袋，光脚穿上运动鞋。无论去的地方有多近，出门时都要关灯锁门，这是他最近养成的习惯。

他在一楼下了电梯。走出楼门时，只觉得空气中的混凝土味比平时浓了几分。大概是因为太潮了。这是快下雨时特有的气味。

抬头望天，云层中的月牙朦朦胧胧。本想折回家拿伞，但再上一趟七楼实在麻烦，于是他决定就这么去。反正穿在身上的是T恤衫和牛仔裤，现在又是夏天，就算淋几滴雨也不至于感冒。

走上五六分钟，他便来到了位于堀川御池路口的罗森便利店。

明明是深更半夜，顾客却是络绎不绝。一个打扮得像陪酒女，却看不出年纪的女人正在仔细端详一款加了芦荟的酸奶饮料。

大概是没来对时候，若槻想买的那种盒装寿司已经没货了。于是他退而求其次，选了杯装意面，又往购物篮里放了一些下酒零食，好比柿种和开心果，外加一些家里用完的生活必需品，然后站着翻了一会儿周刊杂志。

若槻提着便利店的购物袋走回公寓楼下时，差不多是两点二十七分。

与他出门时相比，楼门口多了一辆自行车。那是所谓的城市自行车，前面装了购物篮。

也许是车主懒得出奇，整辆车肮脏不堪。链条、踏板、辐条和轮辋都是乌黑一片，仿佛蒙着厚厚一层尘土。

若槻对自行车爱护有加，总是把车身擦得闪闪发亮，所以才看了一眼，他便觉得不舒服。不过把车搞成这副样子，倒也不是全无益处——就算停车时不上锁，也绝对没人偷。

　　明明是夜深人静的时候，若槻却眼睁睁看着电梯升了上去。偶尔锻炼一下也好，他决定走上七楼。

　　遇到这种情况时，若槻总是习惯大幅甩动手臂，像猫一样悄无声息地蹿上楼梯。这样不仅能锻炼大腿肌群与胫骨周边的肌肉，还能均衡锻炼腹肌、背肌等核心肌群。

　　谁知刚冲到二楼，他便感到双腿沉得出奇，心脏悸动，额头不住地冒汗。最近他确实缺乏运动，体重直线上升，可才动了这么几下就吃不消了，还是令他郁闷不已。

　　刚过三楼，便有电梯停下的声响从楼上传来，像是停在五楼上下。片刻后，脚步声隐约传来，听起来像是在上楼，咦……

　　这栋公寓的电梯是每层都停的，所以平时极少有人走楼梯。中途下电梯改走楼梯就更令人费解了。

　　若槻的脚步自然而然慢了下来，回过神来才发现，他已是蹑手蹑脚，全神贯注聆听来自上方的声响。他来到六楼和七楼之间的楼梯平台时，上方的脚步声更是清晰可辨。

　　那人走得很慢，像是拖着一条腿。脚步声回荡在空旷的混凝土空间中，连若槻都听得清清楚楚。

　　好耳熟的脚步声。拖行的步子，仿佛踩着某种节拍，这让他联想到了某种蜘蛛悄然逼近猎物时忽前忽后的动作……

　　若槻心头一凛，停下脚步。

　　在五楼下电梯，然后走楼梯上七楼，只有接近猎物的猎手，才会做出这样的选择。这是为了避免在七楼直接下电梯时，恰好撞见目标人物。

楼梯平台上的若槻悄悄抬头望去，只见脚步声的主人正好从楼梯拐进了七楼的走廊。若槻蹑手蹑脚走到七楼，脚步声已近在咫尺。

这脚步声，听着确实耳熟得很。他躲在楼梯的暗处，悄悄探出头来，望向七楼的走廊。才看了一眼，就立刻把头缩了回去，足够了。

错不了……是菰田幸子。

他认得那道背影，用皮筋胡乱扎起的硬发，毫无曲线的身体包裹在俗气的绛紫色连身裙中，手上提着保险销售代表常用的那种购物袋。

菰田幸子的左脚有点儿跛，在分部和医院见到她的时候，若槻便注意到了。也许她的腿受过伤。

数一数步数，就能大致推测出菰田幸子走到了哪个位置。脚步声刚好停在第五扇门口，正是若槻家。

她想干什么？按门铃？还是……若槻心跳加速，她不会是要突然砸开玻璃硬闯进去吧？

紧接着传来的声音，大大出乎了他的意料。

咔嚓咔嚓……竟是钥匙插进锁眼的声音。

怎么可能！若槻惊愕不已，倒吸一口冷气，不会的，门是不会开的。

锁芯却被轻易转动了。锁舌弹回的金属声响回荡在公寓中，堪比枪声。

为什么？若槻心乱如麻，呆若木鸡。

为什么菰田幸子有我家的钥匙？

他将所有的注意力集中于听觉，全身好像都变成了耳朵。开门又关门时，铰链发出哀嚎，门随即被再次锁上。余音尚未散尽，若槻已然屏住呼吸，冲下楼去，仿佛置身噩梦。他一头雾水，不明白这是怎么回事。唯一可以肯定的是，某种超乎想象的事情即将上演。

若槻战战兢兢走出底层的楼门，仰望公寓。夜空仍是云层低垂，微风吹拂。

果然不是他的错觉，片刻前亲手关的灯是亮着的，没拉窗帘的窗边，分明有个人影一闪而过。

然后，灯光悄然熄灭。

她肯定是发现若槻不在，打算等他回来。

出楼门往左拐，走上二三十米，便是一座公用电话亭。若槻一面留意七楼的窗口，一面轻手轻脚小跑过去。正要拿起听筒时，他才意识到右手还紧紧攥着罗森便利店的购物袋。

他把购物袋放在地上，本想拨打110，另一种冲动却忽然涌上心头。

菰田幸子想在我家干什么？

别犯傻！内心的声音喊道。快打电话报警啊！这里离公寓太近了，再磨蹭下去，等菰田幸子出来了，搞不好会撞个正着！

若槻将一百日元的硬币投入电话机，拨了自家的号码。

回铃音传来，不出所料，幸子并没有拿起听筒。

若槻自己灌入答录机的语音信息传入耳中："您好，我现在不在家，有事请在提示音后……"

若槻向来不在录音时自报姓氏，因为他觉得让陌生人知道自己的名字很是危险。如果打电话来的是熟人，自然能听出他的声音。

提示音响起后，他先按井号键，再按下四位密码，⑨（ク）、⑥（ロ）、③（サ）、⓪（ワ）……连起来就是"黑泽"。

"没有留言。"答录机如此播报。

再按⑨，听筒便传出了沙沙的响声，他启动了答录机的室内监控功能，可以听到家中的动静。

菰田幸子肯定不了解这种电话的新功能。她就算知道答录机是什么东西，也只会认为出了门的若槻是想确认一下有没有新留言。

混入杂音传来的，是低吼与那种特征明显的脚步声，幸子似乎正在漆黑的房间里来回走动。由于吼声时近时远，若槻听不太完整，但可以肯定她一刻都没停过。

"你……有什么仇""碍着别人吃饭""碍事的家伙""饿不死你，净胡说""保险公司""赚了这么多黑心钱""那么高的楼""在车站前""建了那么多""……不是吗""人后用这种下三烂的手段""就这么点儿钱""白痴""扯来扯去""少说废话赶紧打钱啊""拿着那么高的工资""臭小子""上哪儿去了""赶紧给我回来""回来""一回来，我就""把你剁成肉酱"……

声音里的怒气与歹意已无须怀疑。照理说，此刻的她应该是暴跳如雷，可不知何故，声音却单调得诡异。比起人声，反而更像愤怒的黄蜂扇动翅膀时的嗡嗡声。光是听着，若槻都觉得双脚发颤。

还有某种尖锐物体划过天鹅绒布似的怪异声响随着幸子的说话声一同传来，她好像还会时不时爆发一下，激烈的打砸声接连响起。

若槻跟中了定身术似的，把听筒死死按在耳边。

三分多钟过去，在什么东西被砸坏的巨响过后，只听见噗的一声，电话断了，取而代之的是忙音。

若槻放下听筒，抬头望向公寓。就在他终于想起来要报警的时候，微弱的开锁声撕破了夜晚的寂静。竖起耳朵，好像都能听到幸子下楼的脚步声。若槻顿时心惊肉跳，连忙躲去电话亭边的软饮料自动售货机后。

怎么就没立即报警，逃去安全的地方呢？一时间，若槻难以接受自己的莽撞。要是菰田幸子出楼门以后，朝这个方向走来……

若槻等了好一会儿，却什么都没发生。就在他以为先前听到的都是错觉时，菰田幸子赫然现身在公寓门口。

只见她走向停在门口的自行车，把购物袋放进前面的篮子，插入钥匙，购物袋里装着一个细长条的包袱。

幸子费劲地蹬起自行车，这车没怎么上过油，一动起来就嘎吱作响。她会不会往这儿来？若槻吓得魂不守舍。所幸自行车朝着远离他藏身之处的西面去了。

"唧——唧——"自行车经过路口时，刹车发出极其刺耳的响声，宛若笑声。见幸子已然走远，若槻才冲回公寓，坐电梯回到家中。

门没锁，若槻走进漆黑的房间。他险些下意识抬手开灯，却在关键时刻打住。万一幸子骑到半路回头一看，发现家里亮了灯，搞不好会再杀回来。

他打开门口的柜子，取出应急手电筒照亮四周，超乎想象的惨状，浮现在扭曲的同心圆光圈中。

餐具里的玻璃器皿连同空调、CD录放机、电视等电器都被砸得稀巴烂。窗帘、日历、挂在衣架上的西装和床垫都被利刃划成了碎片。

幸子果然是带着凶器来的，若槻再一次感到毛骨悚然。今晚的便利店之行完全是个巧合，他如果整晚都待在家里，此刻肯定已经跟金石的尸体一样被千刀万剐了。

不过话说回来，亏她能在漆黑一片的房间里，而且是在短短几分钟之内造成如此彻底的破坏。

脚尖碰到了什么东西。若槻捡起来用手电筒一照，发现那是碎成两半的水晶玻璃相框。里面装着今年春天去天桥立旅游时拍的纪念照，只剩胸口以上的阿惠正在对他微笑。

突然间，冰冷的寒意横扫他的脊背。

菰田幸子怎么会有他家的钥匙？只有阿惠有他家的备用钥匙啊！

若槻伸手去够电话，却只摸到了挂着半截电话线的塑料残片。

回过神时，他已冲出家门。坐电梯时，他也烦得直跺脚。

电梯门在一楼开启后，若槻全速奔回电话亭。从钱包里抓出的一把硬币掉了几枚，在地上弹跳起来。他心急火燎地往电话机里塞了几枚硬币，拨了阿惠家的号码。

快接啊……老天保佑，你可一定要在家啊……

就在他怀着祈祷的心情焦急等待时，电话接通了。

"啊！阿惠，是我……"

"您好，我是黑泽，现在不在家，有事请在提示音后……"

阿惠的声音传来，若槻的视野因绝望漆黑一片。

"阿惠！是我，若槻！有要紧事！你要是在家就赶紧接电话吧！求你了！"

若槻说得无比急切，可左等右等都没人答话。他呆呆放下听筒，阿惠真不在家。这么晚了，她不可能还在外面瞎逛。

这一回，他毫不犹豫地拨通另一个号码。

"您好，这里是110报警服务台。"

"喂？呃，我的熟人……可能被绑架了！"

"请问您是哪位？"

时间仿佛在那一刹那凝住了。若槻周围昏天黑地，寂静无声，唯有思绪在高速运转。

怎么样才能说动警方？他根本没有证据表明阿惠是被菰田幸子绑走了，备用钥匙也没有足够的说服力，说阿惠不可能这么晚还不回家，警方也只会嗤之以鼻。

那该怎么办？对了！随口编个故事，只要能让警方行动起来就行。

不行，此路不通。光凭一通电话，警方恐怕不会百分之百相信他的说辞，前往菰田家的黑屋搜查，肯定要先找他当面问话。到时候，一切都迟了。就算阿惠此刻还活着，没能除掉若槻的菰田幸子也很可能在回到家后立刻弄死她泄愤。无论如何，都得在那之前把阿惠救出来。

从这里到菰田家大概是七八千米。那辆自行车再不给力，半个小时也能骑到了。幸子是三四分钟前走的，这意味着留给他的时间只有二十六七分钟了。

在这二十多分钟里去警局接受问话，说服当班警官，让警方派车赶往现场……没戏，肯定来不及。再说了，只要他编造的故事有那么一丝一毫的破绽，那就全完了。

"喂？可否告知您的姓名？"对方的声音已然带了几分恼怒，怕不是已经认定这是一通恶作剧电话了。

"我叫若槻慎二，在四条乌丸的昭和人寿工作。疑似被绑架的人是黑泽惠，她可能被囚禁在右京区嵯峨站附近的菰田家。"

"菰田？那家人是……"警官的声音顿时绷紧，许是意识到这并非恶作剧。若槻打断了他，快速说道："来不及解释了，详细情况问搜查一课的松井巡查部长就行。不尽快采取行动，阿惠可能会死。请警方立刻搜查菰田家！"

"哎，慢着！麻烦报一下您的电话号码……"

若槻狠狠撂下听筒。一刻都不能耽搁了，万幸的是，摩托车钥匙和家门钥匙一起拴在钥匙圈上。他绕去公寓后面的停车场，插入SR125的点火钥匙，按键启动，发动机发出强劲的咆哮。

从御池大街出发，穿过十字路口，拐进押小路大街，右手边就是二条城。这个时间段的车流量不大，如果他开得够快，应该能在五六分钟内赶到黑屋。

但他必须确保自己不会因超速被警察抓住。T恤加牛仔裤，光脚穿运动鞋，而且没戴头盔……就他这身打扮，完全有可能被警察错当成飞车党。

若槻一边赶路，一边寻觅菰田幸子的身影，却始终没能找到。他应该早就追上了，莫非她走了别的小路？

经过丸太町大街时，雨点滴落在若槻的脖子上。天色已阴沉许久，这会儿终于下起了雨。老天爷，先别下行不行，再等一下，给我五分钟就行！

路面逐渐被雨滴染黑。

这个时候出车祸，阿惠就再也回不来了！若槻如此告诫自己。绝不能眼睁睁看着阿惠被人害死！小心点儿，全神贯注，必须以最快的速度安全到达。

但阿惠搞不好已经没命了……他逼着自己不去想，但最坏的可能仍在脑海中闪现。片刻前听到的骇人噪音，在耳道深处清晰地响起。

"剁成肉酱！"

若槻拼命将这个念头赶出脑海。

按菰田幸子的性情，她应该不会立即杀害自己抓来的人。金石不就是被她囚禁了很长时间，受尽折磨之后才惨死的吗？阿惠被抓应该也是今天的事情，菰田幸子不可能这么快就下杀手。

然而，她先前来到若槻家，显然是为了当场要他的命，心中的另一个声音如此反驳。她只有自行车，不可能把人掳走。这一回，她是不是改变了方针，要当场置人于死地？

如果真是这样，那阿惠岂不是……

违章停车的卡车尾部直逼眼前。为了闪避，若槻一边急刹车，一边倾斜车身。轮胎打滑，险些失去平衡。他顿感心头一凉，拼命调整姿势，总算是没翻车。

尽管路面有些湿滑，晃成这样也太不像话了。对了……收来这辆车后，他还没换过轮胎。沟纹搞不好都磨平了。他也知道得换，可一忙起来就顾不上了。

最要命的，搞不好就是这种细节。

所幸雨没有下大，摩托车一路飞驰。

这条路走到底再左转，就是渡月桥周边。若槻在面前的窄路左拐，这条路的宽度只够一辆车勉强通行，而且路灯稀少，很是昏暗。

片刻后，摩托车驶过JR与京福电铁的道口，熟悉的街景映入眼帘，若槻放慢车速。

在晦暗的夜空下，赫然出现在眼前的黑屋勾出不祥的剪影，宛若悄然喘息的活物。上一次来，还是被菰田重德喊来那天。此刻望去，只觉得它的气场比白天更加可怖。

若槻驶过房前，把车停在四十多米开外的地方，然后熄火。他抬手看表，已是两点四十二分，一路上花了六分多钟，但和骑自行车的菰田幸子相比，他应该仍有二十多分钟的领先优势。

试着推了推院门，门板纹丝不动，若槻沿着黑屋的院墙行走，寻找便于入侵的位置。

黑屋侧面有一条小巷，面朝小巷的那一侧竖着一根电线杆。爬上去，便能翻过院墙，只不过一下去便是菰田家的院子。

若槻想起了菰田重德养的那群小狗，可能会被它们狂吠一通。可就算街坊邻居报警，他也是光脚的不怕穿鞋的，真发展到这一步，搞不好对他更有利。

他踩着电线杆侧面凸出的铁条往上爬，再次深刻意识到自己此刻的所作所为是擅闯私宅，怕是还得加上损害他人财物，妥妥的触犯刑法。

如果他是杞人忧天，阿惠并没有被菰田幸子绑架……他搞不好会被开除。就算公司手下留情，只给他严重警告，人事记录中的那一行字也会让他这辈子永无出头之日。

管他呢！若槻将手从电线杆移向墙头，转移体重。和阿惠的性命相比，这些又算得了什么。

直到此时，他才注意到院子里没有一声狗叫，黑屋寂静无声。

怎么回事？狗鼻子那么灵，照理说早该嗅到若槻的气味了。

若槻好不容易翻过院墙，用双手挂住墙头，跳了下来。

他落在一片齐腰高的杂草中，几乎没感觉到落地的冲击。说时迟那时快，一大群豹脚蚊朝他的脸扑来。无奈之下，他只得挥手驱赶，拨开杂草前行。

回过神来才发现，雨已经停了。月牙从云层中探出头来，月光照亮了一片荒芜的院子，一看就知道长期无人打理。廊台周边的杂草倒是割掉了，奈何地上没有铺任何东西，跟学校的操场一样光秃秃的，早已因刚才的雨化作泥沼。

果然不见小狗的踪影。被幸子处理掉了？无论如何，这都让若槻松了口气。

更幸运的是，防雨板是开着的，但玻璃门上了锁。若槻脱下一只运动鞋垫在玻璃上，慎之又慎地控制力度，用拳头砸了起来。

前两下太轻了，第三下才将玻璃砸碎，刺激神经的高亢响声响彻四周。

说不定有街坊邻居听到了刚才的声响。若槻穿上鞋，略显焦急地将手伸进玻璃上的破口，打开棒状的锁扣。

大拇指根部一阵剧痛，原来是收手时被碎玻璃划了个大口子。

若槻从牛仔裤口袋里掏出一块皱巴巴的手帕，绑住伤口。哪怕黑灯瞎火，也能看出手帕的颜色在逐渐变黑，但他不能再磨蹭了。

若槻打开玻璃门，跨上走廊。

木地板在运动鞋下嘎吱作响，心脏从刚才开始便狂跳不止。虽说他正处于相当亢奋的状态，但鼻腔仍能捕捉到那种独特的异臭。

他打开走廊尽头的推拉门。

菰田重德之前带他去的客厅一片漆黑，他强忍住开灯的冲动。房中的光亮能传到远处。要是幸子一到家就发现有人闯了进来，那可就麻烦了。事到如今，若槻才后悔自己走得太急，至少该带上手电筒，再备一件好歹能用作武器的东西。

他将门完全打开，靠着透过玻璃门照进来的苍白月光查看四周。他的眼睛已逐渐习惯黑暗，能隐约看到不少东西了。

客厅并没有什么异样。但不知为何，恶臭似乎比之前更浓烈了。难道是因为最近湿度太高？

若槻的目光被右手边的推拉门吸引住了，门后就是菰田和也的书房。

就是他发现上吊尸体的地方……

直到此刻，他仍有门后吊着死尸的错觉。

迷信般的恐惧涌上心头，若槻与之激烈斗争。

可妄想挥之不去。门后的尸体反而变得越发真实了，它不会一直在那个漆黑的房间里等待自己再次登门吧？

好在他及时想起阿惠，回过神来。他鼓起勇气，把受伤的手放在门把手上，轻轻一拉。

木头划过门槛的声响传来。

巨大的黑影撑满了他的视野。

若槻吓了一跳，但定睛一看，原来是胡乱堆放在榻榻米上的家具投下的影子。

若槻走了进去。靠着走廊的推拉门被月光照得朦胧发亮，可以清楚地看到一张大桌子、四把椅子、一个五斗橱和一把藤编无腿靠椅。莫非菰田和也的房间已经变成了杂物间？

抬手看表，带有绿色夜光涂料的指针指向凌晨两点四十六分。从他赶到黑屋至今，已经过去了四分钟，再过十五六分钟，幸子就要回来了。

打开书房深处的推拉门，呃！若槻顿感喉头一哽，难以呼吸，浓度更上一层楼的恶臭扑鼻而来。

他用裹着手帕的右手挡住嘴，走上漆黑狭窄的走廊。月光也无法触及此处，几乎只能靠摸索。每走一步，恶臭仿佛都会浓上几分。

走廊尽头是一扇百叶门。若槻提心吊胆打开一看，却是个寻常的储物间。柳条箱、木箱之类的东西一路堆到天花板，几乎没剩下多少空间。

这一回，若槻打开了近处的一扇门。门后的房间比客厅还宽敞，至少有十五叠，恶臭似乎就来自那间屋子。

透过黑暗看去，像是厨房。窗边有水槽，墙边则摆着橱柜、冰箱等家具。

但若槻注意到，视野中还摆着一个与厨房格格不入的大号铁笼。是不是专门用来关大型犬的？硬塞个人进去，好像也不是不行。

突然间，他觉得眼前的景象似曾相识，几乎要勾起一段遥远的记忆。空笼子……

他感觉自己好像快要想起什么很要紧的事情了。

但时间不允许此刻的他杵在这里翻找记忆。

这时，若槻注意到有几块木地板呈现出了与周围不同的颜色。

发黑变色的地方约莫两张榻榻米大，仿佛被泼上了墨水。在黑暗中，唯有那一块黑得出奇，仿佛是额外蒙上了一层阴霾。仔细观察，才发现地板似乎是被揭开了。

地板模样的东西堆积在房间深处，边上则是一把靠墙放的大铲子，铲头似乎还沾着深色的污泥。

若槻凑近揭开地板的地方，探头望去。房子的底面离地不过四五十厘米，但他万万没想到，眼前竟是一个又大又深的洞。

若槻拿起铲子，试着插入洞中，铲子的顶端竟没能触及洞底。他险些失去平衡，手一滑，铲子掉进洞里。"咚！"片刻后，一声闷响传来。这个洞，搞不好有两三米深。

食物发馊似的腐臭，自浓密的黑暗中升腾而起。

若槻在餐具柜的抽屉里翻了翻，找到一盒火柴，本想擦亮，手却抖得不听使唤。他一连弄断四根火柴，第五根总算是点着了。

举起点燃的火柴，向洞底看去。

转瞬间，火光照亮了洞底，只见铲子下面似乎叠放着一堆褐色沙袋模样的东西。但火很快就熄灭了。

他又擦亮一根火柴，这一回，看到了堆叠在洞底之物的头和四肢。

眼前的景象令人作呕。火苗舔过火柴梗，燎过他的手指，脱手的光瞬间照亮了数量惊人的小狗尸骸，随即消失不见，仿佛是被吸入了黑暗。

若槻站了起来，又划了几根火柴，环视四周。地上有好几摊干涸的血迹，还有一些形似人的脚印的痕迹，其中有一道血迹格外触目惊心。

细细一瞧，像是拖曳的痕迹，一路通往顶部装有玻璃窗的木质隔断门下。

门后有什么？

若槻将颤抖的手搭在推拉门上。哗啦啦……甜腻的铁腥味随着开门的声响将他笼罩。那个装猫头的塑料袋也曾发出同一种类型的气味，它是如此强烈而鲜明，几乎能渗入他全身上下的毛孔。那是生命的气味，同时也是死亡的气味。

门后是一间宽敞的浴室。右手边是带木盖的大浴缸，左手边有两套淋浴设备。瓷砖剥落大半，看着像血迹的污渍随处可见，裸露的墙皮与瓷砖的接缝都是乌黑色的。

若槻终于认清了笼罩菰田家的诡异臭味的本源。

此刻呈现在他眼前的，正是凄惨杀戮的发生地。

而且看样子，恐怕还不止一两次。新血渗入干透的旧血，周而复始……在此过程中酿成的恶臭，终于浸透了整栋房子。其他臭味——好比垃圾与动物性香水的气味也与之混在一起，使人难以确定臭味的真正来由。

正前方的高处开了一扇用于采光的小窗，屋外的月光透过磨砂玻璃照了进来。

面前的墙边有一道矮小的人影。那人对着若槻，伸长腿坐在地上。由于逆光，对方的上半身成了黑色的剪影。若槻仿佛被迷住了一般，迈步上前。

他再次擦亮火柴。随着距离的拉近，他逐渐意识到，靠墙的人有希腊躯干雕像般的躯体和脚，却没有头和双臂。

这是……阿惠吗？

恐惧几乎要将他逼疯，使他的身体跟疟疾发作的病人一样瑟瑟发抖。

火焰在指间自然熄灭。他机械地擦亮下一根火柴，全然感觉不到烫伤的疼痛。

树桩般的人体旁边，有个圆形的物体被安置在浴室的瓷砖上，正对着他。若槻将闪动的火光凑了过去。

那是一颗被割下的人头，双耳与鼻子都被削掉了，但若槻已然认出，那就是三善的头。

他吐出一口断断续续的气。

平头。由于血已流干，被阳光晒得黝黑的脸呈现出湿报纸的颜色。凹陷的眼窝底部，是一双宛若白内障病人的浑浊眼球。

这颗头正在"大展辩才",诉说着三善在生命的最后时刻遭遇了什么,他的表情因超乎想象的痛苦而扭曲。一旁随意撂着生锈的大号钢丝锯,像是用于加工金属的那种,还有两条断在肩关节处的胳膊。

若槻皮肤瘙痒,全身汗毛倒竖。说不定,菰田幸子是在三善还没断气的时候,生生割下了他的四肢。

他忽然想起了某种萤火虫幼虫的习性。

手中的橙色火光骤然蹿起,随即缩小消失,留下略带绿色的互补色残影。

人们总是将萤火虫的美丽荧光与诗情画意联系在一起,殊不知它们是极其凶猛的食肉昆虫。发光固然是为了吸引异性,但已有研究结果显示,有些萤火虫会模仿其他种类的雌性萤火虫的发光模式,捕食被诱骗来的雄性个体。

部分萤火虫的幼虫也以放逸短沟蜷等贝类为食,蚯蚓、马陆也在其食谱之中。

有些幼虫能捕食体形远大于自己的马陆。它们会注射有麻痹作用的毒液,使猎物动弹不得,然后逐一切断其体节,慢慢享用。

而在这个过程中,猎物一直都活着……

三善贴在公文箱盖内侧的妻女合照在脑海中一闪而过。

就在这时,若槻听到附近有什么东西在动。

他几乎屏住呼吸,缓缓转身,声响似乎来自被盖住的浴缸。若槻颤抖不止,却仍努力平复呼吸,侧耳聆听。

听见了,浴缸里再次传出微微扭动身体的声响。他抓住盖着浴缸的木板,猛地揭开。

若槻发出压抑的尖叫,不禁倒吸一口气。

是阿惠，她还活着！若槻只觉得热血顿时在全身奔腾起来。阿惠好像还没认出若槻，拼命挣扎，想要爬开。她全身一丝不挂，手脚上缠着好几圈白色尼龙绳，深深勒入皮肉。

她的双手被反绑在背后，跟双腿固定在一起，以至于无法起身，嘴也被胶带封住了，脸颊鼓起，可能是嘴里塞了布条之类的东西。万幸的是，她身上好像没有明显的外伤。

"阿惠！是我！"

若槻伸出手去，阿惠却挣扎得更厉害了，一心只想逃。她被吓坏了，完全失去了理智。

若槻钻进浴缸，紧紧拥她入怀。阿惠起初疯狂挣扎，但过了一会儿就平静了下来，看来她还记得若槻胸膛的触感。

"没事了，这就救你出去！"

阿惠的手脚都动弹不得，寸步难行。若槻想给她松绑，奈何打了死结的尼龙绳无法轻易解开。

"等我一下！"若槻爬出浴缸，捡起落在三善尸体旁边的钢丝锯。

一见到那把锯子，阿惠再度挣扎起来，似乎又陷入了恐慌。

"别怕！我就是用它割一下绳子。别怕……别乱动啊！"

若槻试图用钢丝锯割断捆住阿惠脚踝的绳子，锯齿太细，迟迟弄不断尼龙绳的纤维。加大幅度，快速拉动，也许效果会更好，奈何屋里漆黑一片，再加上阿惠不停地挣扎，稍有不慎就会伤到她。

若槻耐着性子锯了好一会儿，终于解放了阿惠的双腿。

他突然回过神来，望向手表，两点五十二分。割绳子这一步耗费了太多的时间，离他估算的菰田幸子到家的时间只有十分钟了。

考虑到误差，留给他们的时间可能已经非常少了。

"就这么逃吧，手上的绳子和嘴里的东西回头再弄。快，她就要回来了……"

若槻抱起双手仍被绑在背后的阿惠，让她站稳。问题是，阿惠此刻光着身子，就这么带出去总归不妥。于是他脱下T恤衫，套头罩在阿惠身上。衣服是L号的，拽一拽下摆，就跟迷你裙差不多长了。

阿惠尚未走出惊恐，双眼空洞无神，站着都吃力。若槻决定背着她走，有多远走多远。

沿着昏暗的走廊原路返回，来到客厅跟前。这时，正门口传来一阵响动。

若槻心里咯噔一下，僵在原地。怎么会……这也太快了，但愿是听错了。

哗啦啦……正门开合的响声传来。

她回来了……

若槻这才意识到自己的失策。他应该在闯进来的同时开灯寻找阿惠，弄出尽可能大的动静，引街坊邻居们报警。如此一来，他和阿惠此刻说不定已经坐在了安全的警车里。

如今却是进退维谷。那个女人持有刀具，赤手空拳的若槻根本不是她的对手。

可若能出其不意，发动突袭……冷不丁扑上去，不给她拔刀的时间，说不定还有一线生机。

若槻打算放下背上的阿惠。

只听见啪的一声，廊台的走廊突然亮了灯。炫目的光线照到若槻、阿惠二人，惹得他连连眨眼。

来了……幸子踩着走廊的木地板步步逼近的脚步声清晰可辨。

怎么办？拼死一搏？还是……

脚步声戛然而止。

怎么了？若槻心头一凛，她肯定是注意到了自己从院子入侵时留下的痕迹。

他根本无暇掩饰。玻璃门被敲碎了不说，走廊上肯定也印着运动鞋留下的泥脚印，幸子有所察觉也是理所当然。而且，她似乎认为入侵者仍未离开，因为她那边突然没了动静。

若槻重新背好阿惠，蹑手蹑脚沿走廊后退，姑且先去厨房躲一躲。

糟糕！若槻后悔不已。刚才那把铲子！要是它没掉进洞里，本该是一件称手的武器。

话虽如此，他也没胆量跳进洞里拿回铲子。更何况那洞不是一般的深，天知道没有梯子之类的工具能不能爬上来。

若槻走过厨房跟前，打开走廊尽头的储物间，里面仅剩的空间能勉强挤进两个人。

本想先把阿惠塞进去，谁知她使劲蹬腿挣扎，似乎是不想被塞进狭小之处。

若槻便抱起她以示安抚，然后带着她一起倒退入储物间。轻轻关上百叶门，还能透过缝隙看到漏出光亮的走廊。

门槛嘎吱响了一声。

然后哗啦一声，推拉门开了，来自客厅的光亮落在走廊和墙壁上，形成细长的光带。

光带之中，有另一条影子渐渐伸长。

菰田幸子一边留意四周的动静，一边缓缓迈入走廊。

由于光源在她背后，表情的细节难以辨别，但可以确定的是，她的全身正散发着非比寻常的杀气。

她的右手握着一把巨大的菜刀。若槻不禁瞠目，因为那把刀的刃长足有普通尖头菜刀的两倍以上，几乎跟伐木工用的山刀一般大。

若槻恰好在一年前见过类似的刀。去年的祇园祭前夜，他和外务次长为首的分部同事一起去日式餐厅聚餐时，柜台后的厨师不就是用这种刀切断了海鳗的骨头吗？话说回来，黑屋的前任房主就是厨师……

警方搞错了调查方向，并不是日本刀在活着的金石身上割出了无数道相隔数毫米的切口，三善的头和双臂想必也是被那把刀砍下的。

砍骨刀反射着从客厅射来的光，闪得晃眼。

眼看着菰田幸子缓缓走来，狰狞无比的非人表情也变得越发清晰。她的鼻头挤出了皱纹，上唇翻起，露出一排黄牙，直令人莫名联想到野兽。

最可怖的莫过于眼睛。平时她总是睡眼惺忪地眯着眼，以至于若槻现在才发现，她的瞳仁极小，是上下左右都露着眼白的四白眼。

只见幸子瞪大那双诡异的眼睛，向他们逼来。

若槻正品味着全身血液冻结的感觉。那是在洞中等待掠食者逼近的兔子才会有的体验。

若槻生怕眼球反射光线，暴露他们的位置，于是尽可能眯着眼睛，屏息凝视步步紧逼的幸子。

幸子的目光似乎暂时被厨房吸引住了，没有留意储藏间。她抬起一直耷拉着的右手，举好沉重的砍骨刀，然后伸出左手，打开了厨房的灯。

她在门口站了好一阵子，纹丝不动地观察厨房里的情形，表现出了异常强烈的猜疑与戒心。后来，她终于确信厨房里没有埋伏，快步走了进去。

幸子大概是看到了敞开的浴室门，只见她立即冲出厨房，没看储物间一眼。

天助我也！若槻心想，最好让她误以为我们已经逃走了。只要她走远一点儿，我们就有机会逃走。

菰田幸子缓缓折回客厅那边。

几乎快要走出极度紧张状态的若槻胳膊一松，阿惠的身体险些滑落。若槻心头一凛，在千钧一发之际抱住了她。"啊！"就在那一刹那，发自阿惠喉咙深处的声音击中了若槻的耳膜。

声音是那么轻，照理说正常人是绝不会注意到的。幸子却以骇人的速度转过身来，仿佛是有人在她背后开了一枪。

绝望令若槻两眼发黑。自己先进储物间也是一步臭棋，有阿惠挡着，他都没法在幸子逼近时猛然打开储物间的门扑过去。

走投无路了……

咚！咚！幸子连连跺脚，可能是想逼躲着的人再次发出声响。

幸子四下观察了一会儿，终于将目光锁定在储物间处。许是有了把握，只见她直直朝两人走来，以拖着左脚的独特步态……

若槻紧紧抱住阿惠。

来到走廊中间时，幸子突然止步。

怎么了？不过片刻后，若槻也听到了。

是警笛声。他很确定来的不是救护车或消防车，而是警车。声音越来越响，越来越近。

幸子露出雷霆大怒的表情，瞪向他们这边，仿佛已然透过百叶门清楚地看到了他们。

然后，她便一个转身，消失不见了。

若槻抱着阿惠，缓缓瘫坐在储物间的地上。

12

二十出头模样的女主播正在现场与演播室连线，那双目圆睁的表情和双手紧握话筒的动作表明，这搞不好是她第一次出现场。

若槻喝了一口速溶咖啡，脱下睡衣，穿上衬衫。浆得太硬的衣领摩擦着脖子，很不舒服。

"警方称所有凶案都发生在这栋房子里。呃，除了最先发现尸体的区域，警方对周边也进行了勘察，截至目前已在地板下方发现了十多具白骨化的尸体……其中已明确身份的仅嫌疑人菰田幸子的前夫白川勇一人，其余的还有待警方进一步核实。"

画面右角打出一行大字"黑屋惨剧！警方接连发现遗体"，字体很是浮夸。

若槻系了一条带水蓝色条纹的凸纹纱领带，看着很是清凉。他能感觉到自己的血压瞬间飙升，无异于条件反射。

"案发至今快满三周了，尽管京都府警正在全力搜捕，但嫌疑人菰田幸子仍然下落不明。呃，京都府警认为，嫌疑人可能已经逃往大阪南部或和歌山县了，因为她比较熟悉那一带的情况，因此已联系大阪府警与和歌山县警请求协助……"

若槻穿上西装，明明开着空调，却有种全身即将飙汗的感觉。

在炎热又潮湿的日本，盛夏穿西装简直愚蠢透顶。要是在没什么访客的总部部门上班，倒还能穿开领衬衫，可惜他是主管窗口业务的，非得穿西装不可。

画面切换到了娱乐新闻，若槻按下遥控器，关了电视。

推着山地车打开自家大门时，他注意到有个棕色的东西掉在门口不远处。可能是已死的油蝉的念头在脑海中一闪而过，他不以为意，所以当他回头看山地车的后轮有没有被门卡住的时候，一不小心碾了过去。

本以为那只油蝉已经死了，谁知它在被前轮碾过的刹那惨叫一声。音量之大，足以吓人一大跳，而且那显然是垂死挣扎时才会发出的诡异叫声。

若槻停下来看了一眼，但事已至此，他也无能为力了。油蝉的半截身子被一大块轮胎压扁了，但它愣是以强韧的生命力惨叫不止，用三条腿拼命挣扎，激烈扇动仅剩的那半边翅膀。

就这么让它活受罪才更残忍。若槻继续推动山地车，给了它一个痛快。"咔嚓！"干巴巴的响声传来。

走出公寓时，炎炎烈日普照大地。

若槻刚出院时经常在公寓前的马路上看到警察的身影，大概是在出事后加大了巡逻力度，这两三天却没见到人。警方许是认定危险已经过去了。

若槻一大早便觉得脑子里雾蒙蒙的，难以集中注意力，是因为没睡够吗？若槻已经认命了，在菰田幸子落网之前，他怕是没法睡上一个真正的好觉。

骑到御池大街，他发现路上有交通管制，因为要建地下停车场，好好的开阔街景就这么被糟蹋了。

就在若槻正要骑着山地车横穿过御池大街时，一辆四驱车无视变红的信号灯，冲入路口。那辆车被施工告示牌挡着，等若槻看见的时候已经来不及躲了，险些酿成一起碰撞事故。

在四驱车掠过若槻跟前的刹那，只见钢管防撞架在晨光下闪闪发亮。这种防护装置发源于澳大利亚，原本是为了防止车辆撞上袋鼠时伤到车身。从某种角度看，无异于是在车上装了一件为保护车体而杀害行人的武器，奈何有关部门尚未出台任何限制规定，以至于防撞架仍处于监管真空地带。瞧那车的架势，就好像它在为没能撞死若槻而遗憾似的。

司机躲在防窥玻璃后面，不见真容。四驱车用厉声鸣号代替咒骂，扬长而去。

若槻的脑海中忽然闪过先前那只油蝉的命运。

到达分部，开始办公后，若槻仍处于头脑角落里的某个部分麻木失灵的状态。状态不佳的日子总是难免的，不过话说回来，今天的他莫非是正巧撞上了生物节律的低谷？

处理好第一批文件后，若槻起身眺望窗外。太阳已升上中天，柏油路面升起滚滚热浪，玻璃窗外的这座城市仿佛是被整个塞进了微波炉里。

自从一年半前调来京都，若槻切身体会到了盆地特有的严苛气候。凉气自脚底扎入体内的寒冬着实难熬，可更折磨人的还是酷暑。京都夏天的炎热是东京与千叶无法比拟的，仿佛天上地下都有火烤着你。

面对如此炎热的天气，外勤员工难免不如平时积极。懒得拜访客户，躲在咖啡馆里消磨时间就是必然的结果，那天从站点送来的文件也比平时略少一些。

唯独坂上弘美此时送来的身故理赔申请材料格外多。不过匆匆一瞥，也能看出远多于平时。若槻粗略翻阅后发现，这些申请几乎都起因于同一起事故。一场大火烧毁了一栋房子，妻子和两个孩子（分别是四岁和一岁）不幸丧命。材料里附了报纸文章的复印件，警方与消防部门通过现场勘察，认定起火原因系故意纵火。

过世的三人共有十一份保单，因为日本人往往是因为抹不开面子才买保险，这种情况在日本并不少见。

但若槻注意到，其中有两单才刚签约一个月，而且这两单的保额明显比其他保单高出一截，总额高达七千万日元。

这属于"早亡"，照例该由总部管。谁知在审核文件的时候，若槻发现热昏头的不光是跑外勤的销售，不少文件还漏盖了必需的站长章。

若槻不禁咂嘴。京都分部管辖着二十多个站点，难免会出几个在文件方面疏忽大意的文员和站长。他曾多次提醒下鸭站的谷站长，简直说破了嘴皮子，对方却屡教不改。

若槻拨打了站点的直通电话。

文员说站长不在，这会儿应该快到分部了。

"你找下鸭的站长啊，他刚才就在楼下呢，"在一旁听着的葛西敲击着键盘说道，"他说他是被外务次长叫来的，应该还没走。"

于是若槻便下到七楼逮人。谷站长比若槻大十多岁，是高中毕业就入职公司的老员工，一路打拼上来，所以若槻原来只是提醒，说话也比较客气，但这次非把话说明白不可。

未来的女性销售代表们正在七楼接受上岗培训。在走廊中间，若槻遇到了匆匆走来的榊原副长。她年近五旬，身材枯瘦，主管外勤员工的培训事务。

"哦，是若槻主任啊……"榊原副长一脸困惑。

"出什么事了？"

"是这样的，我刚数了一下教室里的人数，发现跟盒饭的数目对不上，差了一个。"

"多了吗？那给我吃好了。"

原计划参加培训的新人因故缺席是常有的事，于是多出来的盒饭就会让分部的男员工代为解决。每次培训，公司都会订购名店的特级京都风味什锦便当，能免费吃到这样的好东西，大家自是举双手欢迎。

"多出来倒好了，问题是少了呀，真头疼。现在加单也来不及了，总不能委屈一个人吃不一样的吧……"

若槻皱了皱眉。

"不应该啊……"

"可不是吗。盒饭的数目是没错的，是新人多出了一个。肯定是哪个站点临时加了人，又没跟我们打招呼。"

若槻望向走廊尽头的第三会议室，那个房间和学校的教室一般大，门口的架子上贴着一张纸，上面写着几个笔锋强劲的大字"上岗培训会场"。

"麻烦了，麻烦了……"榊原副长嘟囔着冲过走廊。若槻目送她的背影远去。

若槻望向柜台后的时钟，已经是晚上八点半多了。

他用手指夹着两枚粗大的象牙印章，交替蘸上印泥，盖在文件上，其间还得时不时用纸巾擦去印章侧面和手指沾到的印泥。不同于自动出墨的印章，这种印章盖起来比较费力，以至于他的手都开始隐隐作痛了。

这种更适合工业机器人而非人类的工作，他一连做了近两个小时，终点却是遥遥无期。他是在往销售代表的人事管理表单上轮流加盖分部总经理和内务次长的印章。

有点儿常识的人稍微动动脑子就知道，分部的一把手每天大部分时间都在外面跑，不是在拉业务，就是在拜访客户，哪有时间审核这么多文件。可实际情况是，总部的各个部门都有自己的表单格式，于是分部每个月也不得不提交大量文件。

而这自然意味着，必须有人替总经理和内务次长在表单上盖章。

虽说这项工作没什么技术含量，可总不能把分部总经理的印章交给刚入职没多久的女文员吧。因此若槻这样的小领导便只能在办公室里没什么人的夜里勤勤恳恳地帮大领导盖章了。

机械重复同一套动作的时间久了，若槻的意识逐渐涣散，开起了小差。

回过神来才发现，思绪已然飘向了阿惠。

松井警官跟他讲述了菰田幸子绑架阿惠的全过程，她的手法简直是集幼稚拙劣、奸诈狡猾与惊人的耐心于一体。

7月19日早上，幸子现身大学校园。据说她当时穿得破破烂烂，戴着草帽，用手巾遮住脸，拉着一辆装满纸箱等杂物的两轮车。这身装扮成了绝佳的拟态，她没有引起任何人的注意。

她很可能提前踩过点，知道阿惠要进哪栋楼的哪个房间。她把两轮车藏到大楼后面，然后躲进离阿惠的研究室最近的女厕所，藏身于其中一个隔间，在那里等了阿惠足足三个小时。

　　多名校方人士做证说，离厕所出口最近的隔间一早就用不了了。

　　据说阿惠在早上去过一次厕所，但那次是跟朋友结伴去的，所以幸子不得不作罢。但阿惠在午休时又去了一次，这一回只有她一个人。更不凑巧的是，厕所里没有别人。

　　幸子好似听到猎物脚步声的蝰蟷，打开隔间的门扑了上去，用砍骨刀抵着阿惠，并迅速将她拖回隔间。

　　阿惠被菰田幸子的狰狞面目与菜刀吓破了胆，无力抵抗。菰田幸子逼她吞下了几枚白色药片。

　　警方尚未查明阿惠服下的是什么药，不过阿惠说她刚吞下药片，整个人就迷迷糊糊的了，因此松井警官推测，那很有可能是吗啡一类的麻醉止痛药。

　　值得注意的是，医生确实给尚未出院的菰田重德开过含有盐酸可待因（性质类似吗啡）的止痛药。

　　许是因为口服麻醉剂起效较慢，据说幸子还用一块浸有药液的布捂住了阿惠的口鼻。药液气味刺鼻，可能是氯仿或乙醚。待阿惠完全昏迷后，幸子再把人塞进提前备好的被子收纳袋，搬上两轮车。

　　将收纳袋放上两轮车后，她又在上面盖了几层纸板，然后就这么拉着车，走了大约十千米，从大学回到了那栋黑屋。这像极了用毒液麻痹猎物，再将猎物运回巢穴的沙泥蜂……

　　这是一种普通人即便想到了，也不会付诸实践的犯罪手法。毕竟她是把绑来的人装在了两轮车里，拉着车在光天化日、众目睽睽的大马路上走了四个多小时。

不过，要是撇开心理和肉体层面的负担不谈，这也许是一个格外稳妥的法子。事实胜于雄辩，在那四个多小时里，确实没有一个路人多看菰田幸子一眼。

顺利回到黑屋后，幸子将阿惠搬进浴室，扒光她的衣服，绑住她的手脚，还翻了钱包，抢走了若槻家的备用钥匙。然后，她便静候阿惠从昏迷中苏醒。

阿惠一睁眼，就看见了被五花大绑的三善。

三善被抓貌似是那之前一天晚上的事情。幸子大概是在电话里谎称同意退保，把三善引了过来。照理说，三善是久经沙场的老手，肯定也有所防备，警方也不清楚她如何控制住了三善。法医在断头的后脑勺找到了一处致使头骨开裂的击打伤。

然后，阿惠眼前就上演了一幕真正的地狱惨剧，菰田幸子竟当着刚苏醒的阿惠的面，将三善活活肢解。

至于菰田幸子为什么没有在三善死后立刻杀死阿惠，得等警方逮捕菰田幸子，获取口供后才能有定论。警方聘请的一位心理学家认为，幸子可能是想把若槻的头带回来给阿惠看。如此一来，便能尽情享受阿惠的反应，品尝胜利的滋味。

出事之后，阿惠为疗养回了横滨的父母家。虽然她在肉体层面几乎毫发无伤，但心理层面的冲击对本就脆弱的她来说实在是太大了。

若槻给她父母家打过好几次电话，却没能跟阿惠说上一句话。对方声称担心阿惠会因为和若槻说话想起那件事，想让她静养一段时间。

然而，阿惠的父母并没有试图去掩饰他们对若槻将女儿卷入这般骇人之事的强烈不满。

若槻回忆起两人克制而平静的声音，他们有着极其相似的口吻，绝不扯着嗓子大喊大叫，也会耐心听对方说话，但若槻从未遭遇过如此固执的排斥。

上周末，他本想直接去横滨探望阿惠，最后还是作罢了。考虑到她父母的愤怒之深，这么做恐怕只会火上浇油。感情一旦闹僵，唯一的办法就是花时间慢慢修复……

"你这活儿不一定非得今天弄完吧？要不先收工，一起去喝两杯？内务次长请客哦。我们找了家露天啤酒馆，有味道很不错的本地啤酒呢。"葛西对若槻招呼道。他手头的活儿似乎已经告一段落，木谷内务次长也看着他们点了点头。就在若槻心痒的时候，桌上的电话响了，对方打的是直通若槻的号码。

"您好，这里是昭和人寿京都分部。"

"请问是若槻主任吗？我是下京站的高仓。"

"哦，您好，忙到这么晚真是辛苦您了。"若槻有些不知所措。

高仓嘉子不过四十五六岁，但工作表现非常出色，每个月的保险销售额都在全国名列前茅。

她的丈夫是一位以精明能干著称的律师，家里自然不缺钱。据说她之所以当销售代表，是因为闲着无聊，想找一份能跟人打交道的差事做。结果她入职没多久就成了京都分部的销售冠军，霸榜十多年之久，还当上了指导主任，负责辅导其他销售代表。最近，她写的随笔和她参与的对谈不仅会出现在昭和人寿保险公司出版的小册子上，还频频登上大众女性杂志等媒体，说她是个名人也毫不夸张。

高仓嘉子的成功固然离不开丈夫的社会地位和广泛的人脉，还有买得起高价礼品送客户作为前期投资的经济实力，但她本身的人格魅力也在其中发挥了很大的作用。她思维敏捷，性格开朗，更有一颗坚韧的心。

"我在西阵的织物会馆门口，正要去见一位姓设乐的客户……"

从音质来看，她用的应该是移动电话。背景中似有隐约的钟声和规律的机械声，听着很耳熟，但若槻一时间想不起来。

而且她的说话声里时不时混有萧瑟寒风的声音。眼下这季节，本不该刮这样的风，莫非今天的风格外大？

"是这样的，等见完了那位客户，我想找您商量一件事……"

"请问是什么事呢？"若槻战战兢兢地问道。这个级别的销售代表连总部的高管都认识，真有事要商量，一般也会跳过站长，直接找分部总经理或内务、外务次长。找若槻帮忙这还是头一遭。

希望不是什么太棘手的事情。

"这事说来话长，我想等见过设乐先生了，再给您打电话细说……可能要到十点多了，请问您方便吗？"

人家还兼着销售代表工会的干部，虽说这要求有点儿过分，但若槻拉不下脸来拒绝。

"好的，那我等您的电话。"

"不好意思啊，这么晚了还让您等着。其实我今天中午为了估算保单转换的金额去过一趟分部，可惜您那会儿正好不在……"

又是寒风呼啸。

"哦，可能是我离开了一小会儿。"

"……那我稍后再给您打电话。"高仓嘉子似有未尽之言，但最终还是挂了电话。

听完若槻的汇报，葛西与木谷便说"既然高仓开了口，那就只能依了"，两人先行离去。

宽敞的总务室里只剩下若槻一人，他顿时就没了干劲儿。即便如此，他还是逼自己打起精神，继续盖章。

九点刚过，一楼的保安来总务室瞧了瞧。保安是个身材矮小的灰白老人，不过据说是自卫队出来的，退休后找了这份工作。年纪一把，却头脑清晰，身体健壮，也许是用了不一般的锻炼方法。

"加班呀？你们这一年到头都歇不了几天，真辛苦啊。"保安笑眯眯地说道。

"不好意思，我还得再待上一会儿，十点要接个电话。"

"哦，那我把八楼的防火门开着？"

若槻思索片刻。昭和人寿京都第一大楼有两部电梯和楼梯间，大楼外面还设有紧急逃生梯。为了防止火灾时火势蔓延过快，公司规定夜间要关闭各层楼梯口的铁制防火门。

当然，就算因停电无法使用电梯，也有紧急逃生梯可走。但不知为何，若槻冒出一个念头，想让保安把通往楼梯间的门开着。

"哦……那就麻烦您先开着吧，我走的时候会跟您打招呼的。"

"行。我一直在保安室，有事喊一声就成。"保安敬礼后离开。片刻后，沉重的响声传来，是保安在逐层关闭七楼以下的防火门。

若槻又全神贯注地盖起了章。工作终于告一段落时，他抬头看表，发现已经九点四十分了。他感到饥肠辘辘。细细想来，自从中午在荞麦面馆吃了配天妇罗的面条后，还没有任何东西下过肚。

他不由得想起了为参加上岗培训的新人订购的盒饭。要是中午的盒饭有多的，肯定不至于饿成这样，可惜盒饭不仅没剩，还少了一份。

现在回想起来，只觉得这事蹊跷得很。

分配给各个站点的指标不仅包括保险单数和金额，新员工的录用人数也得达标。要是哪个站点参加上岗培训的新人太少，就得做好事后被外务次长和分部总经理狠狠批评的思想准备。

因此，如果参加培训的人数变多了，站点是不太可能不通知分部的。毕竟掩过饰非、邀功求赏是人的天性。

那盒饭怎么会少呢？

忽然，一种可怕的猜想在脑海中闪过。

怎么可能，我在胡思乱想什么呢，肯定是太累了，脑子都没办法正常运转了，怎么跟关系妄想[1]似的啊。

越是试图一笑置之，脑海中的想象就越是清晰明确。

警方认为菰田幸子已逃往外地，但她也许仍潜伏在京都市内。京都四面环山，一个有能力在野外露宿的人定能找到不少藏身之处。警方也不可能把每一座山都搜查一遍。

如果菰田幸子真的冒险留在了京都，那理由就只有一个——为了取他的性命。

菰田幸子习惯在犯事前预先踩点，细致调查。她很有可能在白天来到分部打探情况，以便今晚袭击若槻。她长得普普通通，谁都

---

1 关系妄想指坚信周围环境的各种变化和一些本来不相干的事物都与自己有关，且内容多对自己不利的心理状态，多见于精神分裂症。

不觉得她敢在光天化日之下走进分部。培训的教室里挤满了中年妇女，她一旦混入其中，八成不会被人认出来。

说不定，她白天就想找机会当场解决他了。然而，她要是靠近八楼的总务室，就有可能碰到葛西和其他能认出她的人。也许就是这个原因，逼得她打消了这个念头。

但考虑到那个女人的偏执，她肯定会再度尝试。拖得越久，就越容易被警方发现，所以她的再度出击应该不会间隔很久。而且这一次，她绝对会挑他落单的时候下手。

若槻扭头环顾被日光灯照得扁平一片、失去阴影的总务室。电脑屏幕熄灭了，同事也走光了。不过是一些细微的变化，却大大改写了这间屋子的印象，将它变成了一处与白天截然不同的地方。

突然间，自己此刻是孤身一人的事实逼向若槻的胸口。

荒唐，肯定是疲劳和饥饿导致的低血糖把我搞得神经错乱了。就算孤田幸子要来杀我，她又怎么知道我会在哪一天独自加班到深夜呢？若槻自我安慰。

若槻正要拿起印章，全身却瞬间僵硬。

因为他想到了高仓嘉子打来的那通电话，莫非那是……

若槻试着在记忆中反刍当时的对话。

接电话的时候，他就已经觉得高仓嘉子说的话有些不对劲了。

若槻平时与高仓嘉子鲜有交集，对方指名道姓找他商量事情本就很不自然。而且她素来以行事体贴周到著称，却提了一个无理的要求，让若槻在分部等到十点，以便接她的电话，这也非常奇怪。

静下心来细想一番，若槻便发现了更多的疑点。

高仓嘉子在电话里说，她为了"估算保单转换的金额去过一趟分部"。当时若槻满脑子都是阿惠，听到的话左耳进右耳出。现在细品起来，这根本就是不可能的。如今每位销售代表都有公司配备的便携式终端或笔记本电脑，自行估算保单转换的金额也不费吹灰之力，而且她本就是每天都来分部的，告诉若槻自己特地来了一趟也没有任何意义……

若槻恍然大悟，是不是高仓嘉子来分部的时候被菰田幸子看见了？公司内外的各种印刷品上都有高仓嘉子的大头照。在菰田幸子看来，怕是没有比她更合适的目标了。

若槻险些伸手去拿电话听筒。但他略感踌躇，毕竟仅凭这些报警未免缺乏说服力。

等等，再回忆一下，肯定还有其他疑点……

电话的背景噪声里，有钟声似的响声和规律的机械声。他肯定在哪儿听过，而且不止一两次。

电车的声音……没错，而且像是那种只有一节车厢的有轨电车。京都的市营有轨电车已经停运了，所以能发出那种声响的就只有京福电铁的岚山本线和北野线，外加叡山电铁和京阪京津线。

高仓嘉子说她在哪儿来着？记得她当时说"我在西阵的织物会馆门口"，但西阵周边明明没有一条有轨电车线路。至少，没有近到可以透过电话隐约听到的地步……

高仓嘉子肯定是想通过这种一戳就破的谎言向他传达某种信息。这个念头刚冒出来，藏在暗处的另一个提示便清晰地浮现在若槻的眼前。

高仓嘉子说，她要在西阵见一位姓"设乐"的客户。而且这个名字，她故意说了两遍。

他早该注意到了，设乐并不是一个很常见的姓氏，但昭和人寿理赔课的课长正好就姓这个。高仓嘉子是不是想通过提起这个名字警告他，这通电话与道德风险有关？

若槻下意识地站了起来。

因为他终于认识到了"寒风"的本质。

怎么就没早点儿想起来？就在短短半个月前，他不是也通过电话线听到过几乎一样的声音吗？

那是利刃刮过光滑织物的声音。那正是菰田幸子用那把砍骨刀顶着高仓嘉子，胁迫她打电话的铁证。

只怪他当时满心惦记着阿惠，心不在焉。若槻为自己的粗心大意懊悔不已，抬头看钟，已是九点五十五分。

他用内线电话呼叫保安室。然而，电话那头只传来了空洞的回铃音，迟迟无人接听。

回铃音戛然而止。

听筒陷入死寂。若槻按下外线键试了试，但线路完全不通。

他轻轻放下听筒。此时此刻，他已经可以断定，菰田幸子为了杀他入侵了这栋大楼。

若槻没有移动电话。电话线一断，他就没有办法向外界求助了，要想活命，唯一的办法就是自己逃出去。

若槻环视总务室，寻找能用作武器的东西，却没发现任何用得上的玩意儿。他竖起耳朵，探听走廊上的情况。全无动静。

他关了总务室的灯，来到走廊。走廊关着灯，唯有尽头处的紧急出口上开着方形的绿色指示灯，明亮醒目。

两部电梯仍停在一楼。若槻按下按钮，试图让电梯升上来，奈何全无反应。显然是有人故意让电梯停止了运行。

该不该横下一条心，走紧急逃生梯逃跑？若槻犹豫了。问题是，紧急逃生梯的锁一开，报警铃就会自动响起，菰田幸子就会知道他想逃跑，搞不好会在一楼守株待兔。

那该怎么办？

既然电梯没法用，留给他的选项就只剩下了两个：要么留在八楼等待，要么走楼梯。

若槻心想，说不定菰田幸子并不知道八楼的防火门还开着。

她也许认定，只要停掉两部电梯，若槻就成了瓮中之鳖。也许她是想先困住他，然后放火烧楼？

若槻决定铤而走险，走楼梯下去试试。只要他足够小心，就不至于突然撞上菰田幸子。要是在楼梯间发现了菰田幸子的身影，就可以往上冲，这样她应该是追不上的。到时候再回八楼，走紧急逃生梯逃跑。只需两秒不到，就能打开门锁。

他环顾走廊，拿起灭火器罐。他在消防演习时学过灭火器的用法，只要拔掉插销，将喷嘴对准目标，最后按下压把就行，关键时刻用它争取一点儿时间总还是可以的。

若槻迈入楼梯间，隔着扶手，俯瞰直通一楼的狭窄缝隙。从七楼到二楼，似乎都只开着昏暗的应急灯，一楼则是漆黑一片。

他悄悄走下楼梯，小心翼翼不踩出回声。

七楼以下的各层楼梯口好像都关着防火门，再加上电梯无法使用，这意味着若槻无法逃去其他楼层。

每次走到各层与楼梯间的平台前，他都要仔细观察一下，以防菰田幸子埋伏在转角处。

他花了一分多钟，才从八楼下到五楼。快走到五楼和四楼之间的平台时，一团黑不溜秋的东西映入眼帘。他停下脚步，伸长脖子，悄悄往下看，只见平台下不远处的楼梯上，有个俯身瘫倒的人影。虽然周围亮度不够，却不妨碍他立即认出对方，深色污渍斑驳可见的蓝色衬衫，还有那白头发，从脖子的裂口处冒出的发黑液体顺着楼梯流到了四楼。

保安肯定是被往上走的菰田幸子袭击了，试图逃往楼上，可惜终究没能逃脱……

若槻把灭火器放在楼梯上，俯身蹲在保安身侧。

他伸手摸保安的手腕，全无脉搏。保安已然气绝身亡，但遗体尚有余温，应该是刚遇害不久。

她也许还在附近。

若槻突然感到自己的呼吸变得异常急促，心脏也开始剧烈跳动。冷静！慌了就死定了！必须保持冷静……

若槻悄悄转身，打算折返上楼。他到底还是慌了，差点儿一脚踩空，好不容易才站稳。

跳踢踏舞似的脚步声响彻楼梯间。

若槻小跑着冲上楼去，没关系，别慌！总之先回八楼，按响火灾报警器，打开紧急逃生梯的门，在门口等救兵来。无论菰田幸子从哪个方向来，都有路可退。越是这样，就越要保持冷静，要谨慎行事，别慌，冷静……

忽然，电梯轰鸣着启动了，心脏被人一把揪住似的恐惧向若槻袭来。钢铁打造的箱体，正在与楼梯间一墙之隔的空间快速上升。

若槻挣扎着想加快脚步，但因恐惧过度分泌的肾上腺素，反过来剥夺了双腿的自由。他的呼吸变得越来越浅，越来越急促，膝盖颤抖不止，仿佛下一秒就要碎成无数片。

平时慢得让人恼火的电梯轻易超过了他，在他到达七楼之前就停在了八楼。

连白天几乎听不到的梯门开闭声都变得格外响亮。

然后，死寂再度降临。

若槻将所有的注意力集中在耳朵上，但电梯关门后，他什么都没听到。

怎么办？上？下？还是留在原地？

他受不了继续待在楼梯中间不动，于是再次透过扶手，往下看去。

浓密的黑暗似乎正散发着邪恶的瘴气，仿佛这栋楼摇身一变，化作了那栋黑屋。

回过神来才发现，自己已经在往上走了。你疯了吗！内心的声音如此警告，菰田幸子应该就埋伏在八楼……

然而，若槻步履不停。不知何故，直觉告诉他，那就是正确的行进方向。

他在快到八楼的时候暂停片刻。如果菰田幸子就埋伏在走廊，他肯定会有所察觉。一个人不可能完全抹去自己的存在感。微弱的呼吸、空气的颤动、气味，还有体温……

若槻屏息凝神，把注意力集中在斜前方的空间。过了许久，他终于长出一口气。

她不在。

菰田幸子没在那儿埋伏他。

若槻走完剩下的几级楼梯，尽量不发出任何声响。

他轻轻探头张望，感觉走廊看起来和他下去之前一模一样。

他的目光被走廊右侧尽头处的紧急出口指示灯吸引住了，指示灯的图案，恰好是一个人正要从出口逃生，仿佛是在引导他尽快逃出这里。绿色的光亮，象征着自由与安全……

问题是，要从楼梯口走到紧急出口，他不得不经过四个房间的门口。万一菰田幸子藏身于其中之一呢？

紧挨着紧急出口的厕所门跃入视野。

她要是躲在那里，就能冷不丁蹿出来。若槻想起菰田幸子绑架阿惠之前，正是在厕所里埋伏了许久。

故技重施，不正是犯罪分子的天性吗？

若槻回头望向电梯。

根据楼层显示屏，离他近的那部电梯在一楼没有动过，而刚升上来的那部仍停在八楼。

要是在八楼下了人，电梯不是应该自动回到一楼吗？还是说，它会停在最后到达的楼层，直到有其他楼层呼梯？

若槻不确定电梯是按哪一种模式运行的，毕竟他从没注意过。再者，白天和现在的运行模式不同也完全有可能。

若槻之所以纠结这些，是因为他还无法排除另一种骇人的可能性。万一菰田幸子假装在八楼下了电梯，其实还埋伏在电梯里呢？

也许她是打算趁自己毫无准备地打开电梯门时猛冲出来，用砍骨刀劈死他。那把刀不是一般地长，在电梯门完全打开之前造成致命伤也并非全无可能。

走哪边？若槻的目光在电梯和紧急出口之间剧烈摇摆。

该不该回头走楼梯下去？然而，一想到要走回保安的尸体跟前，他便毛骨悚然。而且，如果一楼的防火门也是关着的，那他就没了退路，到时候就真成瓮中之鳖了。

按常理推断，菰田幸子似乎不太可能让电梯空着，躲在紧急出口附近。因为这样就等于是在对若槻说"请往这边逃"。

不过，菰田幸子可能料到了他会这样想，考虑到她格外奸诈狡猾……

可是就这么耗下去也无济于事。眼下唯一的办法，就是横下一条心，打开电梯门看看。浪费时间，只会让菰田幸子占据更大的优势。

万一她就在电梯里……那就只能发力狂奔，从紧急出口逃出去了。在电梯门完全打开之前，菰田幸子是出不来的。也许他能利用这个时间差打开紧急出口，逃去外面。

但菰田幸子要是一听到电梯打开的声音，就从走廊深处蹿了出来呢？

若槻犹豫了，到时候，他绝对来不及坐电梯下到一楼。

他忽然想到，既然保安是在楼梯上遇害的，那他应该还没亲手关上一楼的防火门。再说了，他特意为若槻留了八楼的防火门，所以应该也不会去关一楼的。

菰田幸子应该不知道防火门的开关方法，那就意味着一楼的防火门还开着，楼梯就是他的最后一条生路。菰田幸子也许可以坐电梯先到一楼，但她不可能在楼梯间抓住他。

无论怎么选，都是一场豪赌。

若槻用裤子擦去掌心的汗，同时留意面前的电梯和通往左手边最深处的紧急出口的走廊，按下三角形的呼梯按钮。

"叮——"清脆的铃声响起。电梯似乎抖了一抖，铁门缓缓开启。

若槻摆出起跑姿势。

不在……电梯里空空如也。

紧急出口那边也是一片寂静，若槻蹑手蹑脚地走进电梯。

就在这时，他好像听到了什么声响。

他条件反射般地同时按下关门键和一楼的按钮。停顿片刻后，电梯门再次闭合起来，速度慢得让人无语。

快关啊！若槻在心中嘶吼，不断狂按关门键。

搞不好菰田幸子是故意没有立即蹿出藏身之处，就等着他走进电梯。也许菰田幸子下一秒就会冲出黑暗，扑向自己，这种恐惧萦绕着若槻。

快……快！

门关上了。若槻狠狠松了口气，险些当场瘫坐在地。

电梯动了起来。

若槻在心中为高仓嘉子合掌。她在电话中的声音是那样坚毅，明明危机当前，她却绞尽脑汁到最后一刻，都拼尽全力向若槻传递信息。

再怎么感谢她都不为过，虽然他确信，她已不在人世……

忽然，若槻突然感到电梯特有的下坠感令他阵阵反胃。

怎么回事？

明明是费了九牛二虎之力逃出了虎口，身陷险境的感觉却涌上他的心头。

为什么？随着电梯的下降不断膨胀的恐惧，究竟因何而起？

他抬头望向楼层显示屏。电梯已过三楼，正向二楼靠近。

骇人的猜想在脑海中一闪而过，这是个陷阱……

说时迟那时快，若槻的手指按下了二楼的按钮。

如果菰田幸子埋伏在八楼，那就肯定会打开某扇门。转动门把手的声音，锁舌缩回的声音，厕所双开弹簧门的铰链发出的嘎吱声……整层楼却是一片死寂，声响全无。

再者，如果菰田幸子就躲在八楼，那她为何不早点儿冲出来？

她肯定是听见了若槻折回楼上的脚步声，于是把空电梯送上了八楼……

若槻不顾一切地狂按二楼的按钮，奈何电梯就是不停。来不及了，电梯穿过二楼，直奔一楼而去。

绝望令若槻眼前发黑。他胡乱按下每一个按钮，却于事无补。厢式电梯只有紧急联络装置，却没有紧急停止按钮。他一拳砸向操作面板，还用头去撞……

宣告抵达的铃声响起。

门开了。

一楼走廊连应急灯都灭了，放眼望去一片漆黑。

浓重的香水味扑鼻而来。

若槻下意识地按下关门键。

电梯门正要缓缓闭合。

突然，一只手从旁边伸了过来，牢牢抓住门板。

菰田幸子终于现身。一看到若槻，她便发出骇人的笑声，试图将身体强行塞入即将闭合的电梯门。

持刀的右手被梯门挡住了片刻。若槻拼命扑了上去，攻其不备。菰田幸子试图挥刀，但过长的刀刃撞到了门板，被生生卡住。

就在那一刹那，若槻牢牢抓住了幸子握刀的右手腕，两人扭打着出了电梯。

绝望刚过，猛烈的攻击冲动就在心口火热爆发。若槻对自己的臂力颇有信心，对方再凶残，终究不过是个中年妇女，只要夺下那把菜刀，他就能……

利爪攻向他的眼睛。他在千钧一发之际转过脸去，但被抓到的太阳穴瞬间滚烫，能感到鲜血顺着脸颊丝丝淌下。

菰田幸子执拗地用左手的指甲攻击他的眼睛。由于若槻的右手正抓着她的右手，他只能扭头躲避。

他还试图用右腿踢菰田幸子，可惜两人贴得太近，使不上劲。

右臂虽被制住，但菰田幸子仍是一脸暴怒，发出野兽般的咆哮，口喷白沫，疯狂挣扎。若槻认识到了自己的天真，这和按住一只豹猫又有何异。

掠过眼下的指甲，如利刃般划开他的脖子。

若槻发出痛苦的呻吟，但愣是不松开右手。

快……快夺下那把刀！

他的右手紧紧抓住对方持刀的手腕，皮肤几近苍白。

即便如此，菰田幸子仍不松开砍骨刀。紧咬的牙关间发出响尾蛇恫吓敌人的声响，同时喷出大量的泡沫和唾液。这一回，她抬脚踹向若槻胯下的要害之处。若槻刚一退缩，她就身子一沉，一口咬上他的右臂。

若槻因剧烈的疼痛惨叫起来。

菰田幸子的牙齿扎进了若槻手臂的肌肉。若槻迫不得已，用左手殴打幸子的脸，可她就是不松口。颚关节如老虎钳般逐渐收紧，卡住他的骨头，犬牙扎破皮肤，温热的鲜血滴落下来。

若槻终于还是没扛住，手指没了力气。菰田幸子看准机会，一把扯开他的右手。

糟了。若槻痛失最后一根救命稻草，呆若木鸡。菰田幸子仅用一只左手，就将他一把推到了墙边。作为一个女人，她的力气大得叫人难以置信。若槻踉跄几步，双手扶墙。

转身望去，只见菰田幸子高举菜刀。

情急之下，他本想侧身闪避，可是没能完全躲开。他一屁股坐在地上，在本能的驱使下用右臂护住头部，刀尖擦过上臂，仿佛被铁棍击中一般的冲击直入骨髓。

右臂跟骨折了似的瞬间麻木，猛烈的寒意席卷全身。若槻爬着逃向走廊深处，奈何后门被防盗铁闸门堵死了。

回头一看，菰田幸子轻抚着持刀的右手腕，悠然走来。

若槻看见楼梯间前面的防火门是开着的。于是他掉转方向，拼死冲上楼去。鲜血自伤口喷涌而出，将肩膀到胸口染成湿热的一片，又滴落在地。

才上了四五级，若槻便已是气喘吁吁。四肢末端冰凉僵硬，大腿完全使不上劲，寒气让他起了一身的鸡皮疙瘩。

从楼梯平台往下看，菰田幸子才刚开始往上走。她大概是认定了，无论若槻如何挣扎，都逃不出她的手掌心。

二楼到七楼的防火门都关着，应该无法从楼梯间出去。要想活命，唯一的方法就是先上到八楼，再走走廊另一头的紧急逃生梯。

自己粗重的呼吸声回响在耳道深处。

快爬到四楼时，膝盖一软。

流了多少血？应该没伤到动脉，不然血应该会像喷泉那样激烈喷出。失血量不能超过血液总量的一半，也就是两升，再多就会失血而死……问题是，按他现在的状态，怕是根本撑不到八楼。

若槻用左手抽下领带，用嘴咬住一头，扎住右侧腋下。疼痛依旧，所幸出血情况有所缓解。

熟悉的脚步声从下方传来。她拖着一条腿，缓缓走上楼梯。

若槻拼尽全力，站了起来。

视线模糊，头晕目眩。他觉得恶心，想吐口水，然而嘴里干得冒火，什么都吐不出来。

他心想，我会死在这儿吗？

今天就是我的死期？

今天一大早，他就有种隐约的不祥之感，事到如今才反应过来。世上有很多事，等你反应过来就来不及了……

过了四楼，便看到了倒在平台前不远处的保安。他已经没有力气跨过去了，只得左手扶着楼梯，踉踉跄跄绕过保安的尸体。

最后的时刻即将来临。不可思议的是，若槻心中并没有对死亡的恐惧。

脚步声传入耳中，双方的距离，恐怕已不足十米。

若槻的左手摸到了什么东西，硬硬的，凉凉的，好重……他下意识抓住它，拽到跟前，是灭火器。发现保安的尸体时，他把灭火器忘在了这里。

他用身体挡住灭火器，将罐子立于双膝之间，拔出插销，用左手摸索喷嘴的位置。

脚步声从身后逼近。

扭头望去，身后四五米处的菰田幸子身形如影，若隐若现，握着沉重的砍骨刀的手耷拉在身侧。

若槻强忍着疼痛，换右手握住灭火器的喷嘴，然后一个转身，对准菰田幸子的眼睛，使出全身的力气，用左手握住了压把。

与高压二氧化碳一同喷射出来的灭火剂化作一团纯白的烟雾，扑向菰田幸子的头。

狭窄的楼梯间顿时白烟缭绕，几乎无法呼吸。

野兽咆哮般的吼声在空旷的楼梯间里回荡，响彻整栋大楼。灭火剂似乎是命中了，只见菰田幸子捂着双眼。

若槻松开压把。

菰田幸子发白的头颅从烟雾中冒了出来。虽然失去了视力，但她还是用尖厉的嗓音咒骂着若槻，朝着他所在的位置往上走了两三步，握着砍骨刀的手因愤怒颤抖不止。

若槻将钢罐高举过头，菰田幸子一进入他的攻击范围，他便用尽全力，猛砸她的天灵盖。

骨骼碎裂的触感传来。

菰田幸子仰面倒地，宛若朽木，后脑勺撞击楼梯的闷声响起。瘫软的身子沿着沾满灭火剂的楼梯，一路滑下。

若槻的视野逐渐模糊，最后化作一片黑暗。

13

8月11日（星期日）

"就是这部电话，完事了直接挂掉就行。"

负责若槻的护士如此说道，然后绷着脸转身离开。护士是个身材微胖，但眼睛大而有神的京都美人。她一直都对身负重伤的若槻抱有同情，态度也和蔼可亲，这是怎么了？

若槻道了谢，护着用三角巾挂在脖子上的右臂，坐在休息室的沙发上，然后拿起电话听筒，通话处于保留状态。

"喂，我是若槻。"

"……喂。"是阿惠的声音。护士没说电话是谁打来的，所以若槻吃了一惊。

"喂？阿惠？"

"你的伤，不要紧吧？"

"嗯，手术很成功，会好的。医生说伤口是被锋利的刀一口气划出来的，愈合起来反而快。"

"哦……我是看新闻知道的，吓死了……"

"嗯……我也没想到事情会变成这样。"

若槻忽觉砸死菰田幸子时的触感重归握着听筒的手心。

那像是一种柔软的、质地类似于豆腐的物质，装在薄薄的素烧瓶子里。它是那样脆弱，稍微用力一砸，便会碎得不成原样。就是那样一个东西，掌控着我们的一切。

"我很担心你的伤势，又怕你缓不过来……"

若槻几乎没有自己杀了人的感觉。菰田幸子的死留给他的，唯有生理上的不适和隐隐的苦涩。

他对自己能这么想得开颇感惊奇。虽说菰田幸子多次行凶，手段残虐至极，但她无疑和自己一样是人。然而，"终结她的性命"令他产生的情绪波动，和把步甲虫扔进装有对二氯苯的毒瓶时一样微小。他甚至对自己没怎么感受到良心的谴责产生了些许愧疚。

"我没事啦。当时也没别的办法啊。不瞒你说，警察才找我问过话呢。虽然没有目击证人，但警察也知道她是个什么货色，说是应该会算我正当防卫的。"

"哦，那就好。"

阿惠如释重负地叹了口气。若槻能感觉到她的记挂，心里暖洋洋的。

"不过你只有一只手能用，很多事都不好弄吧？"

"是啊，所以我妈在这儿找了个酒店住下，每天来医院照顾我，都让她别来了……"

"要是我能飞过去看你就好了……"

"哎呀，我挺好的，没事。倒是你……已经不要紧了？"

"嗯。"

若槻心想，她是不是想起了在黑屋的经历？再坚强的人碰到那种事都不一定承受得住，更何况阿惠这种心思格外细腻的……

"我的想法没变。"阿惠吸了口气，幽幽道。

"啊？"

"我还是坚信，没有人生来就是邪恶的。"

若槻被她说得有些哑口无言。

"你遭了那么大的罪，就不恨她吗？"

"我很怕她，也很恨她，甚至想杀了她。可就因为这个把她当怪物对待，那我就一败涂地了。"

"哪怕她干了那么多伤天害理的事？"若槻半信半疑地问道。

"孩子会下意识地用别人对待他们的方式来对待这个世界。她肯定是从记事前就受尽了这样的对待，所以只会用那种方式活着。肯定没有人教过她，伤人、杀人是不对的。"

看来，那样恐怖的一段经历也没能改变阿惠的信念。若槻被她的坚强折服，同时也放下了心头的大石。

"所以你还是觉得菰田幸子不是心理变态？"

"别用这个词。我是不想说死者坏话的，但我总觉得那个金石才是真的心理有问题，他不过是把自己心中的邪恶投射到了别人身上。"

"你对他也太苛刻了吧？"

"你光顾着菰田夫妇，没看清金石的真面目。"

"真面目？"

"真正危险的，反而是金石那样的人。"

"啊？"

在这一连串的事件中，金石助教显然是受害者。在若槻听来，阿惠的说法着实不妥。

"我就知道你一时半刻也理解不了……因为我认识金石的同类，而且，他们是跟我很亲近的人。"

阿惠说的是谁？若槻很是诧异。

"说起这个，我还得跟你道个歉。"

"啊？"

"你最近不是给我家打过好几次电话吗？我昨天才听父母说起……"

"你说这个啊……那也是因为你受的刺激太大，还没恢复好。"

"才不是呢，那都是借口。他们只是想拆散我们罢了。"

"毕竟闹出了那种事，伯父伯母会那么想也是情有可原……"

"不是的，根本就不是因为那些！"阿惠的情绪好像有点儿激动，"我父母希望每一件事都能按他们的想法来。他们希望我永远都不要长大，最好一直都跟洋娃娃似的，穿着带花边的漂亮衣服，迈着小碎步走来走去。"

"但……那也是因为他们太宠你了吧。"

"才不是呢……我从头跟你解释。"阿惠深吸一口气，洪水决堤般叙述起来。

"我父母的婚姻几乎就是一场政治联姻。年轻的企业家，娶了城市银行分行行长的女儿，他们对彼此没有任何感情。据说结婚以后，他们的关系也一直都很冷淡。旁人生怕他们离婚，就催他们赶紧要孩子，不是都说孩子是婚姻的纽带吗？可那些人有没有想过，被活活当成纽带的人过的是什么日子？我总是被两边拉扯着，感觉人都快被撕裂了。"

"你是夹在父爱和母爱中间左右为难吧。"

"也不是。我父母只是在拿我博弈，看谁能随心所欲摆布我。我当然盼着父母能够和睦相处，所以心里一直都很痛苦。我总是提心吊胆的，生怕听了一个人的话，就会伤害到另一个人。可他们不需要担心这个问题，因为他们本就没有爱过任何人。"

"但他们总归是爱你的吧？"

"不。对他们来说，我不过是棋盘上的一枚棋子，所以他们不容许我有自己的想法。我准备来京都上大学的时候，他们也是百般阻挠。这次的事情，也只是他们刁难的借口罢了。"

在亲子关系有问题的家庭长大的孩子，往往很容易钻牛角尖。若槻认为阿惠的说法肯定有曲解和夸张的成分，但回想起与她父母通电话时感到的寒意，有些细节又确实对得上。

"我对金石助教的第一印象就不太好。听他发表了一些见解之后，我就意识到他跟我的父母是同一类人，对人抱有冷酷偏见的人，都会散发出相似的气场。"

"怎么听起来就好像伯父伯母有某种人格障碍似的。"

"没有啊，他们都是很普通的人。也许加个'几乎'会更准确一点儿吧。问题在于，他们都有一种病态的厌世主义思维，对人生和世界抱有深不见底的绝望。他们会把那种漆黑的绝望投射到自己看到的所有东西上，绝不认同人的善良与上进心有可能让世界变得更美好。"

若槻沉默不语。

"也难怪他们会带着超乎必要的恶意去看待世间的所有事物。为了保护自己，他们玩弄起了巧妙的手段。他们不跟任何人构建情感纽带，也不依恋任何人，如此一来，即使遭遇背叛，也不会受到伤害。而且他们会给所有威胁到自己的东西贴上邪恶的标签，这样就能在关键时刻毫不心疼地将其排除。在我看来，有人格障碍的人一眼就能被看出来，问题并不大。真正在毒害社会的，反倒是这种看似普通的人。"

若槻有点儿心虚，只觉得阿惠好像是在指摘他的冷酷无情，也许他是为了保护自己免受杀人带来的良心苛责，下意识地将菰田幸子划出人的范畴。确实，任何一个人都可以通过这种心理层面的小手脚轻易转变为杀人犯。这也许比金石所谓的心理变态者的存在更加可怕。

"……只有在这种情况下，他们才会团结一致。把自己的情绪放在一边，为了共同的利益携手合作，别提有多默契了。在高中的世界史课上学到合纵连横的时候，我最先联想到的就是父母。"

阿惠一反常态变得健谈。若槻忽然想起了金石引用的那句话——通往地狱的道路，是善意铺就的。他也不知道是不是真有那样的谚语，但这也算是厌世主义的极致了。不过反过来兴许也说得通——恶意造就的围墙，也能发挥出防波堤的作用。因为对父母的抵触，阿惠在心中筑起了一层坚硬的"壳"。也许就是这层"壳"在机缘巧合下保护了她，没有让她因为在黑屋的那段可怕经历受到严重的心理创伤。

"……最近他们编出各种莫名其妙的借口，安排我跟我爸公司的年轻员工见面。两个平时势同水火、互相憎恨的人，偏偏在这种场合互相递眼神，串通一气，用意简直不能再明显了。光是在一旁看着，我都觉得恶心。"

不经意间，阿惠说出了这么一番让若槻不能置若罔闻的话。若槻用若无其事的口气问道："感觉那人怎么样？"

"我可讨厌了。虽然是东大毕业的，可一看就是那种混运动队的人，皮肤晒得黝黑，身高大概一米八，肩膀很宽，头发梳成整整齐齐的三七开，每次见面都摆出一副开朗阳光的样子。"

若槻不禁担心起来，阿惠不会是看上那人了吧？

"不过他既然能被我父母看中，搞不好那些表象都是装出来的。反正无论如何，我都不会再由他们摆布了。我的人生我做主，选谁做人生伴侣，也是我自己说了算。"

"嗯。"若槻顿感暖流涌上心头。

"我再过一阵子就回去，你耐心等着吧。"

"真的？可伯父伯母那边……"

"无所谓，我都下定决心要跟他们划清界限了。"

"你能这么说……我当然很高兴，但还是再跟家里好好谈一谈吧……"

"用不着。不好意思啊，光说我了。"

"没事，感觉你比我想象的精神多了，我也放心了。"

"也说说你呗。"

"嗯……"

若槻环视休息室，所幸周围只有一个老太太在打瞌睡。

因手臂受伤大量失血后，若槻一直都有点儿贫血，脑袋也晕晕乎乎的，但他无论如何都想把这件事告诉阿惠。

"我解决了一个问题。一个对我来说挺大的问题……"

"什么问题？"

"跟我过世的哥哥有关。其实你早就察觉到了吧？"

"……嗯。"

"什么时候发现的？"

"我早就觉得是有什么隐情了，不过直到你提起小时候抓虫子的往事，我才意识到事情跟你哥哥有关。"

"为什么？"

"当时我问你是不是一个人去的，你纠结半天才说是跟哥哥一起去的，不是吗？我问昆虫的昆字是什么意思的时候，你也是欲言又止，到头来还是没回答我。于是我就去翻了翻汉日辞典，这才知道昆有兄长、哥哥的意思。"

"哦……"虽已相识多年，但若槻还是再一次惊讶于阿惠的聪颖。

"我哥哥上六年级的时候，从公寓楼顶跳下来死了。这些年，我一直都认为哥哥是被我害死的。"

若槻告诉阿惠，他当年因为校霸的威胁，不敢把哥哥受欺负的事情告诉任何人。阿惠一声不吭，耐心听着。

"但我渐渐冒出了一个念头，也许真相并不是那样的。这个念头还得从我去黑屋救你那天说起。"

"怎么说？"阿惠自是一头雾水。

"我在漆黑的厨房里看到了一个很大的空笼子，连土佐犬都能塞得下的那种，搞不好就是用来关金石助教的……"

若槻意识到自己险些说出会让阿惠想起那段恐怖经历的话，连忙切入正题。

"那时，我突然产生了一种似曾相识的感觉，又觉得那不单单是错觉。然后我就突然想起了很久以前看到的一幕——夜晚的公寓阳台上，放着一个空笼子。当然，那个笼子比黑屋的小多了，也就鸟笼那么大。笼门是开着的，里面什么都没有。而且我看到那个笼子的时候，恰好是哥哥出事的那天晚上。"

"家里是不是养了什么小动物？"

"我哥哥养了一只花栗鼠。他很喜欢小动物，会用葵花子喂它，在笼子里铺好纸，清理粪便……每天都照顾得可细心了。遇到烦心事，心里难受的时候，他都会坐在阳台上，盯着花栗鼠看。"

"……然后呢？"

"放走花栗鼠的不是我，也不是我妈。因为我妈最怕长得像老鼠的小动物，绝不会去碰那个笼子。所以这意味着，是我哥哥在死前打开了笼子。"

"……他是想在走之前让花栗鼠回归大自然？"

"我觉得不太可能。真是这样的话，他应该会把花栗鼠带去森林这种更合适的地方，然后再放生。毕竟在新村的阳台放生，花栗鼠也活不下去啊。"

"那是怎么回事呢？"

"我猜他并不是放走了花栗鼠，而是花栗鼠自己溜走了。当时哥哥很难受，想跟花栗鼠玩一会儿排解一下。也许是他刚打开笼门，花栗鼠就蹿了出去。之前也有过类似的情况，于是哥哥拼了命想把它抓回来……"

"一路找去了屋顶？"

"应该是的。我们家的公寓楼有点儿年头了，表面有很多凸起的混凝土块，花栗鼠很容易就能爬上屋顶。我哥哥肯定是找去了屋顶，然后看到花栗鼠跑到了铁丝网外面。"

"那岂不是……意外事故吗？"

"要确认是不是事故，其实容易得很，甚至不需要查当年的报纸。因为我妈是销售代表，她给我哥买了我们公司的保险。所以我只要用电脑查一查记录，就能找到一个叫死因代码的东西。这些年我一直都不敢查，但前些天，我终于鼓起勇气，查了一下。"

"结果呢？"

"死因代码是482，指代意外坠落。慎重起见，容我补充一下，意外坠落是不包括自杀的。"

阿惠叹了口气。

"原来都是误会……可你怎么会生出那样的误会呢？"

"哥哥出事以后，我就跟得了自闭症一样，认定一切都是我的错。我没跟任何人聊过哥哥的事情，连报纸上的报道都没看过。因为那段日子过得太煎熬了，直到现在，我都不太能回忆起当时发生了什么，"若槻轻吐一口气，"昨天，我找我妈问了问。她说，警方断定哥哥是为了抓回逃跑的花栗鼠翻越了铁丝网，结果脚下一滑摔了下去。她还以为我肯定是知道的，大概压根儿没想到我为这件事纠结了那么多年。"

"那真是太好了，这下就能彻底摆脱困扰你多年的负罪感了。"

"嗯。"若槻突然意识到了这意味着什么。

"你什么时候回来呀？"

阿惠扑哧一笑："怎么突然问起这个了？"

"我想你了。"

"真讨厌，感觉你是别有用心呀。"

"哎呀，别问那么多，赶紧回来吧。"

"看情况吧……"

若槻被阿惠吊胃口的语气惹急了，喊道："还不懂啊？我是馋你了啊！"

忽然，他感到有一道目光落在自己身上。抬头望去，只见刚才那位护士不知在什么时候回到了休息室，看着他目瞪口呆。

若槻羞红了脸。

8月23日（星期五）

若槻将斜挎包挂上左肩，走出公寓。分部的惊魂一夜后，他的生活发生了很大的变化。由于目前只有左臂能用，他放弃了骑山地车上班，改坐地铁，从御池站坐到四条站。

他用眼睛的余光瞥着御池站画廊中展出的艺术品，乘自动扶梯去往地下。

万幸的是，菰田幸子造成的伤口没有感染，一周左右就顺利愈合了。

前半程是从千叶飞来的母亲伸子在照顾，后半程由阿惠接班。多亏两人的精心照料，若槻得以在第二周出院。但由于伤处至今隐隐作痛，所以他还缠着绷带，也会不时服用止痛药。

若槻过上了滴酒不沾的日子，因为喝酒不利于伤口恢复，这也是他生活的一大改变。考虑到在短短一个月前，他还埋头狂奔在通往酒精中毒和肝硬化的道路上，说那一夜改善了他的健康状况倒也未尝不可。

成天躺着不动，性欲自然高涨。奈何阿惠以"影响伤口恢复"为由吊着他，搞得他颇有些欲求不满。

最麻烦的莫过于洗澡的时候，得用塑料袋把右臂整个裹起来，再用胶带把口子封死。坐进了浴缸，也得时刻提防右臂沾到水，好不费神。

单手洗澡还让若槻参透了一个事实，要想把左臂洗干净，光用左臂是绝对不行的。他尝试了各种笨办法，好比把毛巾铺在大腿上，用左臂去摩擦等，效果都不太好。如今他已彻底死心，打算等右臂完全好了再说。

在他出院后，八卦节目的记者在分部周围蹲守了好一阵子，一见到他就把话筒塞到他面前。但无论记者问什么，他都一言不发，所以这几天已经不见记者的人影了。

到分部后，他在电梯口遇见了以坂上弘美为首的女职员。她们跟他打招呼，他也点头致意。又是一个寻常的早晨，与出事前别无二致。

今天是他回来上班的第五天。在值得纪念的第一天，坂上弘美代表分部的所有同事递给他一束鲜花，大伙的掌声将他包围。

到了第三天，一切似乎都归于正常，只剩下了仅有一只手能用造成的不便。不过他的工作还是以审核文件和盖章为主，所以只能用左手倒也不至于太过头疼。

看样子，就算那天晚上他惨死在菰田幸子手下，最多也就是办公桌上放三天花而已。要不了多久，他就会被同事们抛之脑后，好似被忙碌的日常工作掩埋了一般。

他不禁想起了高仓嘉子。

就在他住院的时候，人们在左京区的宝池公园发现了高仓嘉子伤痕累累的尸体。电话背景中的杂音果然来自叡山电铁。据说她的葬礼办得相当隆重，昭和人寿总部的社长都率领多名高管出席了。若槻没能参加葬礼，所以在出院的第二天就去了高仓嘉子和保安的墓前，悄悄献了花。

若槻走出电梯时，在总务室门口遇见了橘课长，他负责的是面向企业的销售业务，只见他腋下夹着几本今天刚上市的写真周刊。

"是若槻主任啊，这个看了没？"一见到若槻，橘课长立刻兴高采烈地翻到折了角的那一页给他看。

那是一篇关于菰田重德的报道。

据说在菰田幸子身亡的几天后，重德从医院楼顶跳了下来，企图自杀。因为医院建得不高，他伤得不重，但抑郁等症状严重恶化，目前已被转去了精神科病区。

报道附了一张重德躺在病床上眺望窗外的照片，天知道是怎么拍到的。

若槻瞥了一眼照片便移开了视线。

橘课长大概是坚信若槻肯定感兴趣，热情地帮他翻到下一页。

只见页面上印着两张人像照片。一张是个长相粗犷的男人的正面大头照，看着像证件照。另一张的主角是个身材丰满的年轻女人，正在花园模样的地方和小狗嬉戏。两人的眼睛都被打上了马赛克黑条。

"总之查到现在，那堆尸体里就只有这两个人确认了身份，其余的还不知道是谁呢！"

杂志上称，男的是菰田幸子的前夫，遇害时三十岁。女的遇害时年仅二十四岁，据说只是碰巧去黑屋推销化妆品而已。

"除了之前曝光的，警方高度怀疑菰田幸子还杀害了三个亲生的孩子。除了菰田和也还有三个哎！据说每一次都是为了骗保。其中有两个孩子投的是别家的寿险，但另一个貌似是在我们公司投的。"

白川义男，六岁……若槻记得这个名字。他用图书馆的机器查过这个名字，也在旧报纸上找到了相关的报道。

"你也真够倒霉的，碰上了这么个怪物。"

确实是倒霉吧。他也好，小坂重德也罢，还有其他人……可他们究竟有多倒霉呢？

百万分之一，十万分之一，还是千分之一？在今天的日本，遇到菰田幸子这种人的概率到底是多少？

走近总务室时，葛西恰好放下电话。见转向自己的那张脸全无血色，若槻吃了一惊。

"早上好，出事了？"

"嗯……你过来一下。"葛西桌上摆着一沓文件，那是身故理赔的申请材料，附有报纸相关报道的复印件。

"眼熟吧？就是我们在菰田幸子袭击分部的那天受理审核的那份。"

若槻想起来了，是那起纵火导致房屋全毁，妻儿三人葬身火海的案子。三人共有十一份保单，其中两份投保未满一个月，保额共计七千万日元。

若槻刚准备找下鸭的站长了解情况就出了事，所以从那天起，他就再也没参与过这件事。

"这事我也找下鸭站长问过，但他起初死活不说真话。昨天我把他叫来分部，面对面谈了很久，他总算老实交代了。原来这两单是客户主动去的下鸭站，说是想买不返还本金的消费型保险，而且附加险什么的一概不要，要求把保额尽量做高。"

"那岂不是很可疑吗？新单的人怎么就没在那个时候严格审核呢？"若槻问道。

"因为下鸭站那个月业绩惨淡，分部总经理跟外务次长他们肯定给了站长很大的压力。所以站长才让销售代表谎报军情，号称客户是经人介绍才来的，说什么都要把合同签下来。"

保险公司的站长时刻面临着巨大的业绩压力。分部每个月都会召开站长大会，若槻也旁听过几次，被会场那非比寻常的气氛吓得不轻，那场面直让人联想到传销组织和宗教团体的集会。

业绩好的站长享尽吹捧，而没有达标的站长则惨遭集体炮轰。被骂作"不中用的饭桶"，连人格都被全盘否定，都得咬牙忍着。据说在其他分部，还有总经理抬脚踹人、下跪反省之类的事情。

想及此处，若槻就不忍心再责怪耍小花招的站长了。

"这把火是从简易保险烧起来的，毕竟他们审查严格是出了名的。于是我们公司也接到了协查请求。一查才知道，简易保险、其他寿险和互助保险的保额加起来足有三亿多日元。"

若槻看了看申请材料，签约人与受益人都是宫下龙一，生于1963年，今年三十三岁。

"这人是干什么的？"

"说是当过钢筋工，但现在是无业游民一个。单算签约后的头一笔保费，每个月都要近三十万，据说交的钱都是问高利贷借的。"

不适的触感扫过背脊，右臂的伤口一跳一跳地疼。

"这不，我刚接到宫下的电话，那叫一个气势汹汹啊……他质问我们为什么不给钱，说是这就过来讨个说法。要是谈下来的结果不能让他满意，他就让我们吃不了兜着走。他住得很近，大概再过十分钟到十五分钟就到了。内务次长今天去绫部了，只能委屈你这个大伤初愈的跟我一起去会会他了，行吗？"

"好。"

连身经百战的葛西都脸色发僵，处理菰田幸子一事时，他都没怎么露出过这样的表情。

人寿保险到底是个什么东西？走回工位的若槻扪心自问。

日本的寿险投保率高居全球第一，因为这套系统与日本良好的治安和爱存钱、工作勤勉的国民性实现了完美的契合。随着平均寿命的延长和日本经济的稳步增长，各大寿险公司自是春风得意。然而，好日子似乎已逐渐沦为黄粱一梦。

因为日本全社会面临着如美国正在日益深化的道德沦丧一样的危机。轻视精神价值、金钱至上的风潮，思考力与想象力的衰退，对社会弱势群体缺乏关怀等，种种问题的前兆，早已在财险领域萌芽。甚至有说法称，骗保占了财险理赔金额的半壁江山，这种情况蔓延到寿险只是时间问题。

这将导致保障成本的大幅上升，最终让全体国民为之埋单。

这仅仅是世纪末和过渡时期特有的现象吗？还是说，这是全社会正朝着不可逆转的悲惨结局迈进的信号？

人们曾一度以为，道德风险，即起因于人类心理的危险会随着社会的进步不断减少。然而，现实正朝着截然相反的方向发展。造成这种现象的原因，真的是被死去的金石和部分社会生物学家炮轰的福利制度吗？若槻实在没觉得，日本当前的福利制度有那么体贴弱势群体。

还是说，这一切都是在暗示我们，农药、食品添加剂、二噁英和电磁波等形成的环境污染，正从各个角度逐渐侵蚀我们存在的根基，也就是基因？

金石在若槻面前描绘了一幅荒凉的未来景象。

由于罪犯太多，所有的监狱爆满，刑事审判也因为耗时太久丧失了原有的功能。城市居民几乎无法在夜间外出，新村小区化作贫民窟，公共设施因污损变得面目全非，无法使用。

随着老龄化社会的全面到来与犯罪率的飙升，财政支出直线上升，不见拐点。再加上猖獗的偷税漏税行为和寄生虫一般的政府官僚，国家财政迟早会崩盘。不，说财政已经崩盘了也许并不夸张。而在这样一个丧失秩序的黑暗社会中，会有各路心理变态者上蹿下跳。

在金石看来，他们才是最适应新社会环境的先进物种，而且他还预言，我们的社会终将被他们吃干抹净。

那是病态的厌世主义织成的幻影吗？

又有谁敢断言，那栋充满尸臭的黑屋不会是社会未来的模样？

阿惠坚信世上没有天生的罪犯。她认为，恶劣的环境与幼儿时期遭受的心理创伤才是犯罪的温床，给人贴标签是大错特错。

若槻早已下定决心，相信阿惠。

人寿保险是一套旨在对冲人生风险的系统，以统计学思维为父，以互助思想为母。

绝不是对人头的悬赏。

二十多分钟后，电梯一阵轰鸣。

直觉告诉若槻——来了。他不禁周身一颤，也许他即将接待的，也是菰田幸子的同类。

很久以前在电视上看到的科学节目中的一幕突兀地浮现在若槻的脑海中，那是一部由外国电视台制作的纪录片，以蚂蚁为主题。

画面中，无数蚂蚁在树枝上疯狂奔走，那好像是一种栖息在树洞中的蚂蚁。它们钻进巢穴，拼命往外搬运卵、幼虫和蛹，一副大难临头的样子。

镜头一切，原来"大难"是一条长相奇怪的毛虫，形似倒置的橡皮船。那是拟蛾大灰蝶的幼虫。灰蝶家族的许多成员与蚂蚁建立了共生关系，唯独拟蛾大灰蝶会袭击树上的蚁巢，将卵、幼虫和蛹吃得干干净净。

拟蛾大灰蝶的幼虫沿树枝徐徐逼近，为了守护家园，蚁群拼死进攻。然而与蚂蚁相比，毛虫的体形是那样巨大，还披着厚实的皮肤，蚂蚁根本伤不了它。再加上它的足部宛如披着橡皮船的突起，蚂蚁的大颚根本无法攻击到它。

对蚂蚁而言，这种生物就是终极噩梦的化身。只见那大而长的身躯上下起伏，用无数对足牢牢抓住树枝，以缓慢却扎实的"步伐"逼近蚁穴。

蚁群采用密集队形，试图在毛虫面前筑起最后一道防线。对方却不以为意，直冲过来。蚂蚁用自己的身体构筑的防线被轻易冲散，七零八落地被甩下树枝。

结局已是显而易见，连减缓毛虫的行进速度都是奢望。其余的蚂蚁再抓紧时间，都不可能运走所有的卵、幼虫和蛹。

肉食性的毛虫终于抵达蚁穴。它将头悠然探入洞中，扭动身躯，将上半身拱了进去。然后驱动奇形怪状的口器，对着蚂蚁们没来得及带走的卵、幼虫和蛹大快朵颐……

电梯停了，梯门开启。

一个身材极其高大的男人走了出来，身高肯定远超一米九。

葛西顶着一张惨白的脸站了起来，若槻紧随其后。

那人缩了缩脖子，推开玻璃门，迈入分部。他吊起的双眼，射出异常强烈的眸光。

他傲然昂起腮帮鼓起的粗野下巴，睥睨总务室的角角落落，眼睛一眨不眨。负责柜台业务的所有女职员瞬间仿佛全身麻木，一动不动。

在与他视线相交的一刹那，若槻的血压骤然升高，心跳激烈如擂鼓。

也许真正的噩梦，才刚刚拉开帷幕，若槻心想。